U0081138

凱信企管

**用對的方法充實自己，
讓人生變得更美好！**

凱信企管

用對的方法充實自己，
讓人生變得更美好！

凱信企管

用對的方法充實自己，
讓人生變得更美好！

凱信企管

用對的方法充實自己，
讓人生變得更美好！

征服考場

多益單字

New TOEIC Vocabulary

←嚴選2000→

得分王

多益滿分教師獨家關鍵考點

多益滿分教師嚴選 2000 單字，
不論是第一次應考或想快速衝刺突破高分者皆適用。

1 與時俱進的主題分類＋必背單字，範圍最明確！

14 大類多益主題方向及 2000 重要單字，學習範圍精準鎖定，不被單字海淹沒。短期衝刺＋平時備考都適用。

使用說明｜006
作者序｜008

Chapter 1 旅遊
Chapter 2 交通
Chapter 3 購物
Chapter 4 外食
Chapter 5 娛樂
Chapter 6 辦公室
Chapter 7 人事

labyrinth
[ˈlæbəˌrɪnθ]
n. 迷宮

landmark
[ˈlændˌmɑrk]
n. 地標

luggage
[ˈlʌɡɪdʒ]
n. 行李；行李箱

luxury
[ˈlʌkʃərɪ]
n. 奢華；奢侈品

major
[ˈmedʒɚ]
adj. 主要的

meandering
[mɪˈɛndərɪŋ]
adj. 蜿蜒的

2 每一單字收錄對應主題的中文詞義（多義），學習最精準！

學習貴在精！每一單字收錄相對應主題的最完整真義（多義），只記會考的，用最短時間，衝破多益高分。

community
[kəˈmjunətɪ]
n. 社區；社會；社群

unapproachable
[ˌʌnəˈprotʃəbl̩]
adj. 高冷的；不易親近的

∃ 例句結合情境，緊扣出題方向，單字好記解題更快

將單字包裹在句子或情境裡，才能體現出最真實的樣貌，記憶快又強。另外，以單字出現在考題裡的慣用語模式，貼近多益測驗，日積月累單字的慣用考法實力，作答游刃有餘。

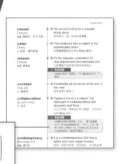

例 This is a **nonstop** train from Taipei to Taichung.
這是一班從台北到台中的直達車。

例 We offer a wide range of **onboard** entertainment options.
我們提供各式各樣的機上娛樂選擇。

4 獨家考點分享，直接 get 得分重點，考試不失分！

單字怎麼考、如何的樣貌呈現在試題裡、有哪些考試陷阱……多益滿分教師一次公開分享，學習最到位，考試不混淆，不失分。

✎ 考點提醒
collaboration 意思是「合作」，雙方皆積極付出；而 cooperation 除了「合作」之外，還有「配合」的意思，如：Thank you for your cooperation.「感謝您的配合。」

5 MP3 音檔，隨掃隨聽，即時學習溫故知新！

全書單字及例句，附有 MP3 語音檔，任何地方都能營造英語環境，隨時都能累積字彙量，刷單字記憶，同時鍛鍊英語耳。

▶▶ Track 083

　　曾經在一次的教學研習會上聽過：「沒有語境的單字學習，都是耍流氓！」但這似乎是很多學習者的共同經驗。按字母順序排列的單字口袋書，因便於攜帶的體積，容不下例句和解釋的空間；線上近義詞辭典，羅列了許多為文章增色的近義詞，卻沒有附上適配的搭配詞組；課堂上老師的單字補充：A=B=C，將單字強行壓縮便於記憶，而學生們便不求甚解地直接用到寫作中。當然，這些傳統學習方式有他們的權宜性，省時、省力、便於操作，但長期累積下來，卻會導致單字面貌嚴重失真，使用起來錯誤百出，更糟的是：養成了一套套錯誤的學習方式。

　　就像學鋼琴不能只鑽研樂理而不上琴，學游泳不能只比劃動作而不下水，同樣地，學語言不能只記單字而不運用。一個單字包裹在真實的句子或情境裡時，才能體現出它最真實的樣貌。同時，句子的記憶連結是比單字強的。用句子記憶生字時，我們往往能從上下文中快速聯繫上這個生字的

意思。就像認人一樣，記得某某人是誰的朋友，會比記得某某人叫什麼名字容易。對於你來説，名字和個人的聯繫弱，而共同朋友是兩人之間較強的連結點。這樣的情境熟悉嗎？「那個陳某某……反正就你那個朋友……」句子的前後文就是生字的朋友，幫助我們從已知推導到未知，而句子也是日常語言交流的單位，我們都是用句子來達意的，而不是單字。

這本《征服考場嚴選 2000 多益單字得分王：多益滿分教師獨家關鍵考點》匯總了十四個主題的常見單字，每個主題都是一個大情境，而每個單字都有搭配和該情境相關的例句，這些例句便是小情境。層層的情境包裹將這些單字立體化，從而達到加深記憶的作用。因此，雖然這是一本單字書，但我更希望大家把它用成一本句子書，學句子雖然辛苦點，但效果肯定更好！

Contnet 目錄

使用說明 | 006
作者序 | 008

Chapter 1 旅遊 ⸻⸻ 12

Chapter 2 交通 ⸻⸻ 33

Chapter 3 購物 ⸻⸻ 65

Chapter 4 外食 ⸻⸻ 93

Chapter 5 娛樂 ⸻⸻ 113

Chapter 6 辦公室 ⸻⸻ 138

Chapter 7 人事 ⸻⸻ 162

Chapter 8 製造 182

Chapter 9 醫療 202

Chapter 10 企業管理 224

Chapter 11 企業發展 249

Chapter 12 金融 272

Chapter 13 商業 295

Chapter 14 房產 311

全書音檔雲端連結

因各家手機系統不同,若無法直接掃描,
仍可以至以下電腦雲端連結下載收聽。
(http://tinyurl.com/3dsbshrm)

C 1

CHAPTER

旅遊

Chapter 1 音檔雲端連結

因各家手機系統不同，若無法直接掃描，
仍可以至以下電腦雲端連結下載收聽。
（http://tinyurl.com/4etyw7ec）

abundance
[ə`bʌndəns]
n. 豐富

例 Tainan, along with the nearby cities like Chiayi and Yunlin, is known for its **abundance** of fish and rice.
台南，和鄰近的嘉義和雲林一樣，是以豐富的漁獲和大米而聞名。

absolute
[`æbsə‚lut]
adj. 絕對的

例 Barcelona is an **absolute** must on your itinerary if you want to be a true traveler.
如果你想要當個真正的旅行家，巴賽隆納絕對是你必去的景點。

accessible
[æk`sɛsəbl]
adj. 可得到的；可進入的

例 Trains are **accessible** to wheelchair users in London.
在倫敦，乘坐輪椅的人是可以上火車的。

accommodate
[ə`kɑmə‚det]
v. 照顧到；容納

例 Power outlets were added near beds to **accommodate** guests who like to keep their phones nearby.
床邊添加了插座，方便喜歡將手機放置於身邊的人充電。

accommodating
[ə`kɑmə‚detɪŋ]
adj. 樂於助人的；親切的

例 The crew was really helpful and **accommodating**.
工作人員都非常樂於助人、非常親切。

accommodation
[ə‚kɑmə`deʃən]
n. 住宿

例 There are limited affordable **accommodation** options in the town.
這個鎮上的平價住宿選項有限。

✍ 考點提醒

accommodation 常與 hotel「旅館」、lodging「住宿」同義替換。

admission
[əd`mɪʃən]
n. 入場許可；入場費

例 The **admission** fee is five dollars per person, payable at the entrance.
入場費每人五美元，在入口處支付。

adventure
[əˈvɛntʃɚ]
n. 冒險；歷險

例 This island attracts **adventure** seekers from around the world.
這座島吸引了來自世界各地熱愛冒險的人。

adventurous
[əˈvɛntʃərəs]
adj. 熱愛冒險的

例 He would never have been so **adventurous** before he started this challenge.
在開始這項挑戰之前，他從來沒有如此熱愛冒險。

agency
[ˈedʒənsɪ]
n. 仲介；代理機構

例 A travel **agency** helps to plan and book travel arrangements.
旅行社會幫忙計畫和預定各項旅遊安排。

agent
[ˈedʒənt]
n. 仲介；代理人

例 I highly recommend using an **agent** to book your trip for a seamless and stress-free experience.
我強烈建議你透過仲介來預定你的行程，以獲得無縫且無壓力的體驗。

alleviate
[əˈlivɪˌet]
v. 減輕；緩和

例 Sustainable tourism can **alleviate** poverty mainly by creating economic opportunities within local communities.
永續觀光主要透過在當地社區創造經濟機會來減輕貧困。

alter
[ˈɔltɚ]
v. 變更；修改

例 Always allow time for yourself to **alter** your plans, ensuring flexibility in the face of unexpected changes.
一定要預留給自己變更計畫的時間，確保面對意外變化時的靈活性。

altitude
[ˈæltəˌtjud]
n. 海拔

例 We are cruising at an **altitude** of 12,000 meters.
我們現在正在海拔一萬兩千公尺的高度飛行。

amenity
[ə`mɪnətɪ]
n. 便利設施

例 Our hotel is equipped with many **amenities**, such as conference rooms, a fitness center, and a rooftop garden.

我們酒店附設許多便利設施，如：會議室、健身房和頂樓空中花園。

☆ **考點提醒**

amenity 常為複數型 amenities。有別於主要為硬體、基本設施的 facility，amenity 是指提供便利、舒適的設施。

announcement
[ə`naʊnsmənt]
n. 公告；聲明

例 An **announcement** was made that the flight had been canceled.

剛剛廣播了關於這航班被取消的消息。

☆ **考點提醒**

announcement 常與 make 連用，make an annonucement 意思相當於 announce。

approximate
[ə`præksəmɪt]
adj. 大約的

例 The **approximate** cost of our stay will be one thousand dollars.

我們住宿的費用大約會是一千美元。

architecture
[`ɑrkə͵tɛktʃɚ]
n. 建築

例 I like the ornately decorated interior of Victorian-era **architecture**.

我喜歡維多利亞時代建築那裝飾華麗的室內設計。

arrangement
[ə`rendʒmənt]
n. 安排

例 We can make other **arrangements** for accommodation if the current ones are not suitable for you.

如果目前的住宿不適合你，我們可以另行安排。

atmosphere
[`ætməs͵fɪr]
n. 氣氛

例 The lively **atmosphere** of the bustling city made the travel experience truly unforgettable.

繁華都市的熱鬧氣氛讓這趟旅程體驗十分令人難忘。

attraction
[ə`trækʃən]
n. 景點

例 Taipei has many tourist **attractions**, such as Taipei 101, night markets, and Mt. Elephant.

台北有許多旅遊景點,像是台北 101、夜市和象山。

available
[ə`veləbl]
adj. 有空的;可取得的

例 Do you have any rooms **available** for today?

你們今天有任何空房間嗎?

✐ 考點提醒

available 形容物時,意思為「有空位的」、「可取得的」;形容人時,意思為「有空的」,如:Is Lily available at the moment?「請問 Lily 現在有空嗎?」

availability
[ə`velə`bɪlətɪ]
n. 空位;可預定的時段;可得到的東西

例 We only have **availability** after six, so please plan accordingly for your reservation.

我們要到六點之後才有空位,所以請相應地規劃您的預定。

backpack
[`bæk‚pæk]
v. 背包旅行

例 We're **backpacking** around the United States, checking out cool spots, meeting interesting folks, and just soaking in the whole American vibe.

我們在美國背包旅行,參觀很酷的景點,結識有趣的人,沉浸在整個美式氛圍中。

book
[bʊk]
v. 預定

例 I have **booked** a table for four at the seafood restaurant.

我已經在那間海鮮餐廳預定了四個人的桌位。

✐ 考點提醒

book 常與 reserve、make a reservation for 「預定」同義替換。

breathtaking

[ˋbrɛθ͵tekɪŋ]

adj. 令人屏息的；歎為觀止的

例 It is the best spot to take **breathtaking** views of the mountains and rivers below you.

這裡是觀賞腳下壯麗的山脈和河流的最佳位置。

budget

[ˋbʌdʒɪt]

adj. 平價的

例 I found a **budget** hotel on the website that fit our needs.

我在網站上找到了一家符合我們需求的經濟型酒店。

cancellation

[͵kænslˋeʃən]

n. 取消

例 **Cancellation** fees may apply if you cancel outside this period.

如您在本時段外取消可能會產生相關費用。

chain

[tʃen]

n. 連鎖店

例 Hyatt is one of the largest hotel **chains** in the world.

凱悅是世界上最大的連鎖酒店之一。

chilly

[ˋtʃɪlɪ]

adj. 寒冷的

例 It can get **chilly** in spring, so please bring a warm jacket and gloves.

春天時，天氣會很冷，所以請帶上一件溫暖的夾克和手套。

circumstance

[ˋsɝkəm͵stæns]

n. 情況

例 We may have to carry out an eligibility check in some **circumstances**.

在某些情況下，我們可能必須執行資格檢查。

☆ 考點提醒

circumstance 可搭配 in 或 under，如：in the circumstance 或 under this circumstance。

commentary

[ˋkɑmən͵tɛrɪ]

n. 實況導覽

例 Audio **commentary** will be available on the bus.

巴士上將會有語音導覽。

companion
[kəm`pænjən]
n. 同伴

例 Jeff is by far my best travel **companion**, always adding joy and laughter to our adventures.
傑夫是我目前最棒的旅伴,總是為我們的冒險增添歡樂和笑聲。

complimentary
[ˌkɑmplə`mɛntərɪ]
adj. 免費的

例 A **complimentary** ticket to the museum will be sent to you.
一張博物館的免費票券會寄給你。

✍ 考點提醒
易混淆詞 complementary 意思為「補充的」、「互補的」。

concierge
[ˌkɑnsɪ`ɛrʒ]
n. 旅館服務台職員

例 The **concierge** will provide information on how to book the tickets.
這位服務台職員將會提供您如何訂票的資訊。

confirm
[kən`fɝm]
v. 確認

例 I am calling to **confirm** my reservation for Wednesday.
我打來是想確認我星期三的訂位。

customize
[`kʌstəmˌaɪz]
v. 訂製

例 We offer **customized** holiday tour packages to ensure you a unique experience.
我們提供客製化的度假旅行方案,讓你擁有獨一無二的旅遊體驗。

customs
[`kʌstəmz]
n. 海關

例 We will have plenty of time to go through security and **customs**.
我們會有足夠的時間來過安檢和海關。

✍ 考點提醒
customs 作為「海關」的意思時本身便是複數型;而 custom 的意思則是「習俗」,複數也是 customs,因此,兩者語意容易混淆,需依靠前後文來判斷,如:go through customs「過海關」、customs officer「海關人員」。

declare
[dɪ`klɛr]
v. 申報；聲明

例 When **declaring** items, you must describe them clearly.
當你在申報物品時，一定要描述清楚。

destination
[ˌdɛstə`neʃən]
n. 目的地

例 Paris is a popular holiday **destination** renowned for its iconic landmarks, rich history, and vibrant cultural experiences.
巴黎是一個熱門的度假勝地，以其標誌性地標、豐富的歷史和充滿活力的文化體驗而聞名。

distance
[`dɪstəns]
n. 距離

例 The tower is within walking **distance** of our hotel.
這座塔距離我們的酒店是步行可達的。

✗ 考點提醒

常見片語 distance learning 或 distance education 是指現在十分常見的「遠距學習」。

enthusiastic
[ɪnˌθjuzɪ`æstɪk]
adj. 有熱情的

例 Peter is **enthusiastic** about paragliding, eagerly anticipating the exhilarating experience of gliding through the open skies.
彼得熱衷於滑翔傘，熱切地期待在開闊的天空中滑翔的體驗。

entrance
[`ɛntrəns]
n. 入口

例 A long queue can be seen at the **entrance** of the park.
樂園的門口可以看見一條長長的隊伍。

essential
[ɪ`sɛnʃəl]
n. 必需品

例 Chargers are one of the **essentials** to pack when it comes to traveling.
旅行時，充電器是必帶的東西之一。

exceptional
[ɪkˋsɛpʃənl]
adj. 不同尋常的；優秀的

例 On a clear day, we can get an **exceptional** view of the entire downtown area from above.
晴天時，我們可以從上面非常清楚地俯瞰整個市中心。

excursion
[ɪkˋskɝʒən]
n. 遠足

例 We are going on an **excursion** to the national park this Friday.
我們這星期五要去這座國家公園遠足。

expectation
[ˏɛkspɛkˋteʃən]
n. 期待；預期

例 Our rooms were designed with guest **expectations** in mind.
我們的客房都是根據房客的需求期待設計的。

expedition
[ˏɛkspɪˋdɪʃən]
n. 探險；遠行

例 She was on an **expedition** to explore the Sahara desert.
她正在撒哈拉沙漠探險。

extraordinary
[ɪkˋstrɔrdnˏɛrɪ]
adj. 非凡的

例 This luxury hotel boasts **extraordinary** views over the Pacific Ocean.
這座奢華酒店主打能夠眺望太平洋的絕美美景。

fasten
[ˋfæsn]
v. 繫緊

例 For your safety, always keep your seat belt **fastened**.
為了您的安全，請全程繫好安全帶。

flexible
[ˋflɛksəbl]
adj. 彈性的

例 We prefer **flexible** travel arrangements, including dates, flights, and length of stay.
我們偏好彈性的旅行安排，包含日期、航班和停留時間。

flight
[flaɪt]
n. 航班；航程

例 My **flight** was delayed for three hours, causing inconvenience but allowing me time to explore the airport before departure.
我的航班延誤了三個小時，造成了一些不便，但讓我有時間在出發前探索這座機場。

forecast
[`for͵kæst]
n. 預報；預測

例 I checked the weather **forecast** for our destination, and it looks like we can expect clear skies and mild temperatures during our stay.
我查了目的地的天氣預報，看來我們在當地的期間將能有晴朗的天空和溫和的氣溫。

gallery
[`gælərɪ]
n. 畫廊；美術館

例 I visited a total of five **galleries** while I was in London.
我在倫敦時總共去了五個美術館。

getaway
[`gɛtə͵we]
n. 旅遊去處

例 They booked into this resort in the mountains for a weekend **getaway**.
他們預訂了這個山上的度假村來度過週末假期。

guide
[gaɪd]
n. 指南；導遊

例 Our agent connected us with a local tour **guide**.
我們的仲介幫我們聯繫到了一位當地的導遊。

📌 考點提醒

guide 當動詞為「引導」的意思，如：guide you through the questions「引導你解決這些問題」；guided 則是它的形容詞變型，如：guided tour 就是指「有導遊帶領的行程」

haggle
[`hægl]
v. 討價還價；殺價

例 I had learned some Thai so that I could **haggle** with the local street vendors.
我學了一些泰語，這樣我就可以和當地的街頭小販討價還價。

historic
[hɪsˋtɔrɪk]
adj. 歷史性的；有歷史意
義的

例 This area is where most of the **historic** sites and buildings are.
這區是大部分的歷史遺跡和建築的所在地。

hospitable
[ˋhɑspɪtəbl]
adj. 好客的；款待的

例 Emma was very **hospitable** and would go out of her way to tell us how we could find the best deals at the local market.
艾瑪非常好客，還會不厭其煩地告訴我們如何在當地市場找到超值的好物。

hospitality
[ˏhɑspɪˋtælətɪ]
n. 殷勤；款待

例 We are impressed with the **hospitality** the local people showed us.
當地人對我們的友好款待令我們印象深刻。

housekeeping
[ˋhaʊsˏkipɪŋ]
n. 家政

例 The **housekeeping** staff ensures that the hotel rooms are impeccably clean and well-organized.
客房服務人員確保飯店房間一塵不染且井井有條。

hub
[hʌb]
n. 中心

例 This area of New York used to be the **hub** of youth culture.
紐約的這個區域過去曾是青年文化的中心。

iconic
[aɪˋkɑnɪk]
adj. 代表性的

例 This island is best known for its **iconic** statue, which stands 93 meters tall.
這座島就是以這座高九十三公尺的標誌性雕像聞名。

immunization
[ˏɪmjənəˋzeʃən]
n. 免疫

例 The current policy requires you to carry your **immunization** record when you go international.
目前的政策規定當你飛國際線時，必須攜帶你的疫苗接種紀錄。

impairment
[ɪm`pɛrmənt]
n. 損傷

例 This activity is not suitable for people with mobility **impairment**.
這個活動不適合行動不便的人。

inclusive
[ɪn`klusɪv]
adj. 包含全部費用的

例 We booked a stay at an all-**inclusive** resort near the beach.
我們預訂了靠近海灘的全包式度假村的住宿。

inn
[ɪn]
n. 客棧；小旅店

例 I stumbled upon a charming **inn** nestled in the countryside.
我偶然發現了一家坐落在鄉村中的迷人旅館。

insurance
[ɪn`ʃʊrəns]
n. 保險

例 You are advised to take out travel **insurance** for your trip to Thailand.
你去泰國旅行前最好買個旅遊保險。

📌 **考點提醒**

insurance 是指投保人向保險公司簽訂的「保險合約」，而 coverage 則是指保險合約中所覆蓋的「保障範圍及事項」。通常會用 The insurance covers ...「這份保險保障了……」的句子呈現。

itch
[ɪtʃ]
v. 渴望

例 I have been **itching** to travel abroad over the past two years.
我過去這兩年一直想要出國旅遊。

itinerary
[aɪ`tɪnə͵rɛrɪ]
n. 旅行行程

例 Our **itineraries** were identical, so we ended up hitting all the same spots during the trip.
我們的行程完全一樣，所以我們在旅途中到達了所有相同的地點。

📌 **考點提醒**

itinerary 專門指「旅遊行程」；而 schedule 則是用在工作、課程或交通工具等，如：work schedule「工作時程」、class schedule「課程時間表」、bus schedule「公車時刻表」。

labyrinth
[`læbə͵rɪnθ]
n. 迷宮

例 This village is like a **labyrinth** crafted by nature's hand.
這座村莊就像一座大自然精心編織的迷宮。

landmark
[`lænd͵mɑrk]
n. 地標

例 The Tower Bridge is the most iconic **landmark** in London.
塔橋是倫敦最具代表性的地標。

luggage
[`lʌgɪdʒ]
n. 行李；行李箱

例 Please do not leave your **luggage** unattended.
請不要把行李置放在無人看管的地方。

✧ 考點提醒

luggage 和 baggage 同義，都是作不可數名詞，指稱數量時常和單位 piece 連用，如：three pieces of luggage。

---

luxury
[`lʌkʃərɪ]
n. 奢華；奢侈品

例 We booked a **luxury** hotel for our anniversary getaway.
我們為週年紀念日度假預訂了一間豪華酒店。

major
[`medʒɚ]
adj. 主要的

例 The Jazz Festival is one of the **major** events in Vancouver.
這場爵士音樂節是溫哥華的主要大型活動之一。

meandering
[mɪ`ændərɪŋ]
adj. 蜿蜒的

例 As you cross the **meandering** bridge, you will come to a lobby with a vaulted ceiling.
當你越過這座蜿蜒的小橋後，你會來到一個挑高的大廳。

medication
[͵mɛdɪ`keʃən]
n. 藥物

例 I always pack a supply of **medications** I need for my trip.
我旅行時都會帶我需要的藥物。

must-see
[mʌstsi]
adj. 非看不可的

例 Most of these **must-see** attractions are free, allowing you to enjoy the best experiences without spending a dime.
這些必看景點大部分都是免費的,讓你不用花一毛錢就能享受最好的體驗。

nomad
[`nomæd]
n. 遊牧者

例 As a digital **nomad**, I am geographically free and don't have to be based anywhere.
身為數位遊牧者,我不受地域限制,不必駐紮在任何地方。

notable
[`notəbl]
adj. 著名的

例 Don't miss out on the other **notable** museums in Vienna.
不要錯過在維也納其他著名的博物館。

onward
[`ɑnwɚd]
adj. 繼續的

例 I am about to make the **onward** journey to Shanghai.
我要接著前往上海。

organize
[`ɔrgəˌnaɪz]
v. 組織

例 We help travelers **organize** their trips to ensure the best experiences possible.
我們幫助旅客安排行程,讓他們能享受到最棒的旅遊體驗。

outing
[`aʊtɪŋ]
n. 郊遊;遠足

例 The school organized a spring **outing** to the local zoo.
學校組織了一次到當地動物園的春遊活動。

pack
[pæk]
v. 將……裝入行李

例 I prefer to **pack** light when traveling, making the journey more convenient and enjoyable.
我旅行時喜歡帶少量的行李,讓旅程更加方便愉快。

☆ **考點提醒**

pack 也有「擠滿」的意思,如:The streets are packed with people.「街道上擠滿了人。」

passage
[`pæsɪdʒ]
n. 通道；通行

例 The dark and narrow **passage** led them deep into the tropical jungle.
黑暗而狹窄的通道將他們帶領到熱帶叢林的深處。

photocopy
[`fotə͵kɑpɪ]
n. 影印件

例 You want to make a **photocopy** of all your travel documents and bring them along with you.
你最好把所有的旅行文件影印一份帶在身上。

pilgrimage
[`pɪlgrəmɪdʒ]
n. 朝聖

例 Thousands of believers began their **pilgrimage** to the holy shrine.
數千名信徒開始前往聖地朝聖。

possession
[pə`zɛʃən]
n. 所有物；財產

例 Keep an eye on your valuable **possessions** in tourist-heavy areas.
在遊客眾多的區域切記要看好你的貴重物品。

precaution
[prɪ`kɔʃən]
n. 預防；預防措施

例 We have taken **precautions** to avoid getting pickpocketed.
我們已做好預防扒手的措施。

preference
[`prɛfərəns]
n. 偏好

例 The app would give you suggestions based on your **preferences**.
這個應用程式會根據你的偏好給予建議。

prepayment
[pri`pemənt]
n. 預付

例 No **prepayment** is needed for your booking; you can settle the payment when you arrive.
您的預定無需預付費用；您可以在抵達時付款。

profound
[prə`faʊnd]
adj. 深遠的

例 Jinhua Ham has a **profound** influence on Chinese cuisine.
金華火腿對中華料理有著深遠的影響。

promenade

[ˌprɑməˈned]

v. 散步

例 You can **promenade** along the waterfront and enjoy the beach scenery.

你可以沿著海岸散步，欣賞海景風光。

✍ 考點提醒

promenade 也可作為名詞，意思是「濱海步行區」，如：take a stroll along the promenade「沿著海邊步道散步」。

quarantine

[ˈkwɔrənˌtin]

n. 隔離檢疫

例 I will have to be put in **quarantine** for 14 days when I arrive at my destination.

到達目的地後，我會需要被隔離檢疫十四天。

reassuring

[ˌriəˈʃʊrɪŋ]

adj. 使人放心的

例 Steve is such a **reassuring** and patient tour guide.

史蒂夫真是一個令人放心且耐心的導遊。

receptionist

[rɪˈsɛpʃənɪst]

n. 櫃檯人員；接待員

例 The **receptionist** made a mistake, so we must move you to another room.

那位櫃檯人員出了點錯，所以我們必須將你換到另一個房間。

recommend

[ˌrɛkəˈmɛnd]

v. 推薦

例 Please **recommend** a nice lunch spot around here.

請推薦附近一個不錯的午餐地點。

reference

[ˈrɛfərəns]

n. 參考

例 Please present your booking **reference** number to the receptionist.

請向前檯人員出示您的預定參考號碼。

region

[ˈridʒən]

n. 區域

例 It is the largest ski resort in the Jungfrau **Region**.

它是少女峰地區最大的滑雪勝地。

reputation
[ˌrɛpjəˈteʃən]
n. 名譽；名聲

例 The hotel has earned a stellar **reputation** for its exceptional service.
這間酒店以其卓越的服務贏得了良好的聲譽。

reschedule
[riˈskɛdʒʊl]
v. 重新調整時間

例 This booking can no longer be canceled or **rescheduled**.
本次預定已無法取消或改期。

reserve
[rɪˈzɝv]
v. 預定；保留

例 I have **reserved** a table for three at the restaurant.
我已經預定了這間餐廳的一個三人桌位。

> ✦ 考點提醒
>
> reserve 作為「預定」時，常與 book 同義替換，如：reserve a table 也可替換為 book a table。另外，reserve 作為名詞時為「預備品」的意思，如：have some snacks in reserve「預備一些點心」。

resonate
[ˈrɛzəˌnet]
v. 引起共鳴

例 The legacy of the city still **resonates** with the local people's hearts.
這座城市的遺產依然能與當地人民的內心引發共鳴。

resort
[rɪˈzɔrt]
n. 度假勝地

例 There are a lot of seaside **resorts** in this area, offering a variety of accommodations and stunning ocean views for a perfect getaway.
這一區有很多海濱度假村，提供各種住宿和迷人的海景，是個完美的度假勝地。

retain
[rɪˈten]
v. 保留

例 The capital of six ancient dynasties **retains** a segment of its ancient city walls.
這座六朝古都依然保留了一部份的古城牆。

review
[rɪˋvju]
n. 評價；評論

例 This host received mixed **reviews**, with opinions varying on aspects such as hospitality, cleanliness, and overall satisfaction.
這位房東的評價褒貶不一，在熱情好客、清潔度和整體滿意度等方面意見各異。

satisfaction
[ˌsætɪsˋfækʃən]
n. 滿意

例 The hotel strives to enhance customer experience and **satisfaction** by offering top-notch service and comfortable amenities.
這間飯店致力於透過提供一流的服務和舒適的設施來提升客戶體驗和滿意度。

scenic
[ˋsinɪk]
adj. 風景絕佳的

例 You can enjoy the **scenic** train ride at a discounted price.
你可以以折扣價享受到這段風景絕佳的火車之行。

security
[sɪˋkjʊrətɪ]
n. 安全

例 Always get behind business travelers when going through airport **security**.
過機場安檢時，一定要排在商務旅客後面。

sightseeing
[ˋsaɪtˌsiɪŋ]
n. 觀光

例 We plan to do some **sightseeing** after the conference.
我們計畫開完會後去觀光一下。

souvenir
[ˋsuvəˌnɪr]
n. 紀念品

例 They might have the map you need at the **souvenir** shop.
那間禮品店可能會有你要的地圖。

spectacular
[spɛkˋtækjələ]
adj. 壯觀的

例 You can admire the **spectacular** views of the mountains and lakes from above.
你可以從空中欣賞這些山脈和湖泊壯觀的景色。

spontaneous
[spɑn`tenɪəs]
adj. 自發的；隨性的

例 Solo travel allows for **spontaneous** adventures based on personal preferences.
獨旅讓人們可以根據自身喜好隨性地安排冒險旅程。

suitcase
[`sut͵kes]
n. 行李箱

例 A small **suitcase** would force you to only carry a little stuff.
一個小手提箱會迫使你只攜帶一些東西。

tamper
[`tæmpɚ]
v. 玩弄

例 **Tampering** with the smoke detector installed in the lavatory is strictly prohibited.
嚴禁觸動洗手間內的煙霧探測器。

thorough
[`θɝo]
adj. 徹底的

例 It is essential to conduct **thorough** research before you set off.
出發前進行徹底的研究是很重要的。

tour
[tʊr]
n. 遊覽

例 You can book a sightseeing **tour** on this app.
你可以在這個軟體上預定觀光行程。

tourism
[`tʊrɪzəm]
n. 觀光；旅遊

例 This country relies heavily on **tourism**, as it plays a crucial role in its economic development and sustenance.
這個國家高度依賴觀光業，因為它在經濟發展和維持生計方面扮演著相當重要的角色。

tourist
[`tʊrɪst]
n. 遊客；觀光客

例 Paris is full of **tourists** in August, drawn by the warm weather and the city's vibrant cultural attractions.
八月的巴黎到處都是遊客，被溫暖的天氣和這座城市充滿活力的文化景點所吸引。

trail
[trel]
n. 小路

例 Get out and enjoy the open-air nature **trails** in the forest.
出去享受森林裡的露天自然小徑吧！

traverse
[`trævɚs]
v. 越過；橫渡

例 Taking the boat is the most efficient way to **traverse** the lake.
搭船是橫越這座湖最有效率的方式。

trek
[trɛk]
v. 跋涉

例 They spent an entire day **trekking** across the desert.
他們花了一整天的時間徒步穿越沙漠。

upgrade
[`ʌp`gred]
v. 升級

例 Most hotels will **upgrade** you to a higher-level room at no additional charge if your reserved room is unavailable.
如果你預定的房間無法入住，大部分的酒店都會免費幫你升級房型。

upscale
[`ʌp͵skel]
adj. 高檔的

例 Here, you can find the best-rated **upscale** hotel brands.
在這裡你可以找到評價最高的高檔酒店品牌。

vaccination
[͵væksn`eʃən]
n. 疫苗接種

例 Make sure you are up-to-date with any necessary **vaccinations**.
確認你接種了所有必要的疫苗。

☆ 考點提醒

vaccination 是指「接種疫苗」的動作，而 vaccine 是指「疫苗」本身。get a vaccine 是指「接種一劑疫苗」，也可以說 get vaccinated。

valid
[`vælɪd]
adj. 有效的

例 Your passport must be **valid** for six months beyond your intended stay in the UK.
你的護照必須在你於英國期間時仍有六個月的效期。

> ⚗ 考點提醒
>
> valid 的相反詞為 invalid「無效的」。兩者通常都是指法律上的效力。

various
[`vɛrɪəs]
adj. 各式各樣的

例 Grindelwald offers **various** adventure activities for thrill-seekers.
格林德瓦為熱愛冒險的人提供了各式各樣的探險活動。

venture
[`vɛntʃɚ]
v. 冒險;探險

例 Besides taking photographs, you can also **venture** into this tower.
除了拍照之外,你還可以進到這座塔裡探險。

wanderlust
[`wɑndɚ͵lʌst]
n. 流浪癖

例 I suffer from my **wanderlust** every time I open my social media apps.
每次我打開社群媒體時都會激起我的旅遊魂。

welcoming
[`wɛlkəmɪŋ]
adj. 歡迎的;友善的

例 I find the locals more **welcoming** than I thought.
我覺得當地人比我想像的更友善。

wilderness
[`wɪldɚnɪs]
n. 荒野

例 They embarked on an adventure into the **wilderness**.
他們踏上了荒野冒險之旅。

C 2
CHAPTER

交通

Chapter 2 音檔雲端連結

因各家手機系統不同，若無法直接掃描，
仍可以至以下電腦雲端連結下載收聽。
（http://tinyurl.com/5bpz6d9v）

additional
[əˋdɪʃənl]
adj. 額外的

例 **Additional** costs may be incurred if you cancel the trip outside the free cancellation period.
若您在免費取消時段外取消本次行程，可能將會產生額外的費用。

☆ **考點提醒**

這個字副詞的用法 additionally「另外」，常與 besides、in addition 同義替換。

---

adjustment
[əˋdʒʌstmənt]
n. 調整

例 I would like to make an **adjustment** to our drop-off location.
我想要調整一下我們的還車地點。

aggregator
[ˈagrəˌgādər]
n. 資訊整合網站

例 You can search for multiple airlines on an **aggregator** website.
你可以在整合網站上查詢多個航班。

aircraft
[ˋɛrˌkræft]
n. 飛機

例 The sleek **aircraft** soared gracefully through the clear sky.
這架造型優美的飛機在晴朗的天空中優雅地翱翔。

airline
[ˋɛrˌlaɪn]
n. 航空公司

例 I booked my flight with a reputable **airline**.
我透過一家信譽良好的航空公司預訂了航班。

alight
[əˋlaɪt]
v. 下車

例 Please mind the gap when you **alight**.
下車時請注意間隙。

alternative
[ɔlˋtɝnətɪv]
adj. 替代的

例 We will try our best to provide **alternative** arrangements for you to complete your journeys.
我們會盡力提供替代方案來幫助您完成您的旅程。

apologize
[əˈpɑləˌdʒaɪz]
v. 道歉

例 We **apologize** for any inconvenience this disruption may have caused.
我們為這次的中斷造成的不便道歉。

applicable
[ˈæplɪkəbḷ]
adj. 可應用的；可實施的

例 The company will pay for travel expenses where **applicable**.
如適用，公司會支付差旅費。

approach
[əˈprotʃ]
v. 接近；聯繫

例 Who should we **approach** about ticket refunds?
退票事宜我們應該找誰處理？

approve
[əˈpruv]
v. 批准；認可

例 We will notify you once your request for an upgrade has been **approved**.
一旦您的升等需求核准後我們便會通知您。

📌 考點提醒

approve sth. 意思是「批准某事」，而 approve of sth. 則是「認可」、「贊同」的意思。

arrival
[əˈraɪvl]
n. 到達

例 Flight **arrivals** are updated every ten minutes.
到達航班每十分鐘更新一次。

assist
[əˈsɪst]
v. 協助；幫助

例 The porter **assisted** us with our luggage and belongings.
這位搬運工幫我們提了行李和其他東西。

📌 考點提醒

assist 常與 help 同義替換。assist sb. with ... 相當於 help sb. with ...。

attendant
[əˈtɛndənt]
n. 服務員

例 The flight **attendants** are getting everything ready for the passengers to board.
空服員們正在進行準備工作以便乘客登機。

authority
[ə`θɔrətɪ]
n. 權限；權力

例 They don't have the **authority** to swap our seats.
他們沒有權力可以幫我們換位子。

authorize
[`ɔθə‚raɪz]
v. 授權；批准

例 We can only refund tickets purchased from **authorized** ticket sellers.
我們只能為從官方授權售票單位購買的票進行退票。

auto
[`ɔto]
n. 汽車

例 The Chicago **Auto** Show is back for the first time in four years.
芝加哥車展睽違四年首次回歸。

automobile
[`ɔtəmə‚bɪl]
n. 汽車

例 The **automobile** has a sleek design, characterized by smooth lines, aerodynamic features, and a modern aesthetic.
這部車的設計很時髦，具有流暢的線條、空氣動力學特徵和現代美感。

banner
[`bænɚ]
n. 橫幅

例 The digital **banner** displays the bus's destination.
電子顯示屏會顯示這班公車的目的地。

beforehand
[bɪ`for‚hænd]
adv. 事先；預先

例 You are advised to book your ticket **beforehand** to avoid long wait times on the day.
你最好事先訂好票，以免當天等待時間過長。

📌 **考點提醒**

beforehand 常與 in advance 同義替換。
book your ticket beforehand 相當於 book your ticket in advance。

belongings
[bə`lɔŋɪŋz]
n. 財產;攜帶物品

例 Gather your **belongings** and make for the front door.
拿好你的隨身物品,走到前門。

✧ 考點提醒

belongings 作為「個人隨身物品」時恆為複數;belonging 則是「歸屬」的意思。

beverage
[`bɛvərɪdʒ]
n. 飲料

例 **Beverages** are not allowed on the train.
火車上禁止喝飲料。

board
[bord]
v. 登上公共交通工具

例 Leave a space for passengers exiting the train before you **board**.
上車前請讓出空間給車上的乘客下車。

booth
[buθ]
n. 崗亭

例 You will have to present this ticket to the toll **booth** operator.
你要把這張票出示給收費員看。

bound
[baʊnd]
adj. 前往

例 This train is **bound** for its final destination, making stops at various stations along the route.
本班車開往最終目的地,沿途停靠各車站。

✧ 考點提醒

bound 常與方位詞結合,如:northbound「北上的」、eastbound「往東的」。

brake
[brek]
v. 煞車

例 You should always straighten the front wheels before **braking**.
你煞車前一定要先擺正前輪。

cab
[kæb]
n. 計程車

例 I will hail a **cab** for you, so you don't have to worry about transportation.
我會為你叫一輛計程車,這樣你就不用擔心交通問題了。

cabin
[`kæbɪn]
n. 客艙

例 He asked a member of the **cabin** crew for assistance.
他向一位空服員求助。

canal
[kə`næl]
n. 運河

例 Venice is famous for its intricate **canal** system.
威尼斯以其複雜的運河系統而聞名。

carpool
[`kɑrpul]
v. 共乘汽車

例 I **carpool** to work every day, so I can contribute to reducing carbon emissions and enjoy the company of my coworkers during the commute.
我每天共乘上班,這樣我就可以為減少碳排放做出貢獻,並在通勤期間享受同事的陪伴。

carrier
[`kærɪɚ]
n. 運輸工具

例 Keep the number of the **carrier** in mind, for that will be needed for the immigration form.
記住這班交通工具的編號,因為填寫入境卡時會需要。

charge
[tʃɑrdʒ]
v. 收費

例 You are **charged** based on where you enter and exit the system.
這個系統是根據你的進出站紀錄收費的。

charter
[`tʃɑrtɚ]
v. 包租

例 We have **chartered** a boat for this trip, so we can enjoy a personalized and comfortable journey on the water.
這次行程我們包了船,這樣我們便可以享受個人化且舒適的水上旅程。

chauffeur
[`ʃofɚ]
v. 開車接送

例 He **chauffeured** us around the city and provided insightful commentary on notable landmarks.
他開車帶我們遊覽城市,並對著名地標提供精闢的解說。

claim
[klem]
v. 認領；索取

例 I'd like to know how to **claim** compensation for damaged luggage.
我想問一下怎麼針對行李損害索賠。

cluster
[ˋklʌstɚ]
v. 群聚

例 Do not **cluster** near the closing doors; please allow space for others to enter and exit the vehicle comfortably.
關門時請勿群聚在門邊；請為其他人舒適地進出車輛留出空間。

coach
[kotʃ]
n. 車廂；長途巴士

例 It's much cheaper to go to the airport by **coach** than by other modes of transportation.
搭巴士去機場比搭其他交通方式便宜得多。

collision
[kəˋlɪʒən]
n. 碰撞

例 Do I need to buy a **collision** damage waiver for my rental car?
我需要幫我的租車買車輛碰撞險嗎？

confirmation
[͵kɑnfɚˋmeʃən]
n. 確認；批准

例 They wrote back in **confirmation** of my booking.
他們回信確認了我的預定。

commute
[kəˋmjut]
v. 通勤

例 It is exhausting to **commute** to work every day.
每天通勤上班很累人。

concession
[kənˋsɛʃən]
n. 營業權；營業場所

例 You can buy some food and drinks from the **concession** stand.
你可以在那個攤販買點食物和飲料。

concoct
[kənˋkɑkt]
v. 策劃；調製

例 Airlines keep **concocting** strategies to make it harder for you to get the cheapest price.
航空公司會一直研訂策略讓你更難買到最便宜的票。

condition
[kən`dɪʃən]
n. 情況;條件

例 You can receive flight compensation when meteorological **conditions** cause flight delays.
當飛機因天氣因素延誤時,您可以獲得賠償。

conductor
[kən`dʌktɚ]
n. 車掌

例 You need to wait for the **conductor** to issue you a ticket.
你必須等車掌發票給你。

congestion
[kən`dʒɛstʃən]
n. 壅塞

例 You can get a discount if you pay the **congestion** charge on the same day.
如果當天繳交擁堵費,可以享有折扣。

connection
[kə`nɛkʃən]
n. 轉運交通工具

例 You don't have to pick up the luggage during the **connection**.
你轉機時不需要去提行李。

costly
[`kɔstlɪ]
adj. 昂貴的

例 International flights were **costly** and scarce during the pandemic.
疫情期間的國際航班非常昂貴且稀少。

> ✎ **考點提醒**
>
> coslty 常見的同義詞有 expensive、pricey、high-priced,閱讀測驗時需留意原文和題目間用詞的轉換。

counter
[`kaʊntɚ]
n. 櫃檯

例 This **counter** only handles oversized luggage.
這個櫃檯只負責處理超大行李。

crew
[kru]
n. 全體工作人員;機組人員

例 On behalf of the entire **crew**, we would like to welcome you aboard Singapore Airlines.
我們代表全機組人員歡迎您搭乘新加坡航空。

crosswalk

[`krɔs͵wɔk]

n. 人行道

例 Always remember to use the **crosswalk** when crossing busy streets.

穿過繁忙的街道時，請務必記得使用人行道。

cruise

[kruz]

n. 巡航；航遊

例 We will set off on a round-the-lake **cruise**.

我們將開啟一趟環湖之旅。

decline

[dɪ`klaɪn]

v. 下降

例 Public transit ridership in the United States **declined**.

美國的公共交通搭乘率下降了。

☆ 考點提醒

decline 還有「婉拒」的意思，如：decline the invitation「婉拒這份邀約」。

demarcate

[`dɪmɑr͵ket]

v. 劃定；區分

例 Please wait in the **demarcated** area for a smoother and more organized process.

請在劃定的區域等待，以便流程更加順暢有序。

departure

[dɪ`pɑrtʃɚ]

n. 出發

例 If your flight were canceled less than seven days before **departure**, the compensation would be £110.

如果航班在出發日前七天內取消，賠償金為一百一十鎊。

descent

[dɪ`sɛnt]

n. 下降

例 The **descent** took about forty-five minutes, giving us plenty of time to enjoy the view on the way down.

下降時間大約是四十五分鐘，給了我們足夠的時間欣賞下降途中的景色。

destroy
[dɪ`strɔɪ]
v. 摧毀

例 Any unattended luggage may be **destroyed**.
任何無人看管的行李可能會被銷毀。

detour
[`ditʊr]
n. 繞道；迂迴

例 We took a big **detour** to avoid the traffic, and that added extra time to our journey.
我們為了避開車潮繞了一大圈，這增加了我們旅程的額外時間。

✦ **考點提醒**

「繞道」我們可以說 make a detour 或 take a detour。

diesel
[`dizl]
n. 柴油

例 Be reminded that this car takes **diesel**.
記得這部車要加柴油。

direct
[də`rɛkt]
adj. 直達的；直接的

例 I took a **direct** train from Shanghai to Nanjing for a quick and straightforward journey.
我搭乘從上海到南京的直達火車，這段旅程快速又直接。

directory
[də`rɛktərɪ]
n. 指南；電話簿

例 We referred to the **directory** to find their number.
我們查了電話簿找到了他們的號碼。

disability
[dɪsə`bɪlətɪ]
n. 殘疾

例 This facility was designed with people with **disabilities** in mind.
這個設施是依據殘疾人士的需求設計的。

disembark
[ˌdɪsɪm`bɑrk]
v. 下車

例 Passengers will be permitted to **disembark** once the light is off.
當這盞燈熄滅時，乘客才允許下車。

dismount
[dɪs`maʊnt]
v.（從自行車或摩托車）下車

例 Cyclists must **dismount** before entering this lane.
自行車騎士進入此車道前必須先下車。

document
[`dɑkjəmənt]
n. 文件

例 These travel **documents** should be kept securely to ensure a hassle-free journey.
這些旅行文件應該妥善保存以確保旅程順利。

domestic
[də`mɛstɪk]
adj. 國內的

例 Customers taking **domestic** flights will use this terminal.
搭乘國內線航空的顧客請到這個航廈。

✦ **考點提醒**

domestic 還有「家庭的」、「家務的」的意思，如：domestic duties「家庭責任」。必須聯繫前後文決定文意。

duration
[djʊ`reʃən]
n. 時長

例 The **duration** of this trip will be determined by how much money we are allowed to spend.
這次旅行的時長將由我們有多少錢可以花用來決定。

economy
[ɪ`kɑnəmɪ]
n. 經濟

例 We flew **economy** this time, keeping it budget-friendly for the trip.
這次我們搭乘經濟艙，節制我們旅行的預算。

✦ **考點提醒**

「經濟艙」固定是 economy class，而非 economic class。

efficiency
[ɪ`fɪʃənsɪ]
n. 效率；效能

例 The five modes of transportation were rated according to their energy **efficiency** level.
這五種交通工具是根據它們的能源效率獲得評比的。

electronic
[ɪlɛk`trɑnɪk]
adj. 電子的

例 All **electronic** devices should be turned off during the journey.
旅途中所有的電子設備應被關閉。

eligible
[`ɛlɪdʒəb!]
adj. 合格的；有資格的

例 My grandfather is **eligible** for a half-price metro card.
我外公有資格得到一張半價地鐵卡。

✂ 考點提醒

eligible 是指「法規上的合格」，而 qualified 是指「技能上的合格」。

ensure
[ɪn`ʃʊr]
v. 保證；確保

例 Measures have been taken to **ensure** the punctuality of the trains.
人們已經採取措施來確保火車的準時度。

✂ 考點提醒

ensure ＋事：I can ensure your safety.「我能確保你的安全。」

assure ＋人＋事：I can assure you that she will be fine.「我能向你保證她會沒事的。」

insure「為……買保險」：I would like to insure my car.「我想幫我車子投保。」

entire
[ɪn`taɪr]
adj. 全部的；全然的

例 The **entire** inspection will take a month, so we've got to buckle down and get things sorted.
完整的檢修將需要花費一整個月，所以我們必須全力以赴，把一切事情整理好。

escalator
[`ɛskəˌletɚ]
n. 電扶梯

例 Riders are asked to refrain from walking or running on the **escalators**.
乘坐電扶梯的人被要求不要在扶梯上行走或奔跑。

etiquette
[`ɛtɪkɛt]
n. 禮節；禮儀

例 **Etiquette** requires that we hold the door open for the person behind us.
為後面的人扶著門是一種禮節。

evacuation
[ɪˌvækjʊˈeʃən]
n. 疏散;撤離

例 A simulation of fire emergency **evacuation** will be carried out at the station.
這座車站將會進行一場火警疏散演習。

exact
[ɪgˈzækt]
adj. 確切的;精準的

例 The **exact** arrival time of the train varies, so it's advisable to check the schedule for accurate information.
這班火車的確切到達時間還未確定,因此建議您查看時刻表以獲取準確的資訊。

extend
[ɪkˈstɛnd]
v. 延伸;擴展

例 We are pleased to announce that we will **extend** the station's service hours after September 19th.
我們很高興宣布我們將於九月十九日後延長我們這個站點的服務時間。

fare
[fɛr]
n. 交通工具票價;車費

例 A more expensive **fare** on the railway might help limit the number of tourists.
更貴的火車票價可能有助於限制旅客量。

fee
[fi]
n. 費用

例 There is a **fee** implied to ride the YouBike.
騎 YouBike 需要付費。

ferry
[ˈfɛrɪ]
n. 渡輪

例 The **ferry** ride is about 30 minutes each way.
這班渡輪一趟約三十分鐘。

flight
[flaɪt]
n. 飛行;飛機班次

例 The outbound **flight** was held up for several hours by the accident.
這班離境的班機被這起意外延宕了好幾個小時。

fuel
[ˈfjʊəl]
v. 給……加燃料

例 What type of **fuel** does this car run on?
這部車要加什麼種類的燃料?

garage
[gəˋrɑʒ]
n. 車庫;汽車修理廠

例 Please put the car in the **garage** when you return.
當您返回時請將車子放在車庫內。

gate
[get]
n. 大門;登機門

例 This is the **gate** from which your flight departs.
這是你的班機的登機門。

guarantee
[͵gærənˋti]
n. 保證

例 The policy includes a money-back **guarantee**, so you can get a refund if you're not satisfied.
這個政策包含一項退款保證,因此如果您不滿意,您可以獲得退款。

harbor
[ˋhɑrbɚ]
n. 海港

例 With 200 passengers on board, the boat cruised across the **harbor**.
搭載了兩百名乘客,這艘船駛過了這座海港。

hassle
[ˋhæsl]
n. 麻煩;困難

例 The All-in-One Ticket takes all the **hassle** out of travel arrangements.
這張多合一票券讓你省下了旅行安排上的所有麻煩。

haul
[hɔl]
n. 托運;搬運距離

例 The long-**haul** flight from Bangkok to London takes about 13 hours.
這趟從曼谷到倫敦的長途飛機大約為十三個小時。

highway
[ˋhaɪ͵we]
n. 公路

例 The coach will take the **highway** that connects Los Angeles and San Francisco.
這班巴士將會走連接洛杉磯和舊金山的公路。

hire
[haɪr]
n. 租借

例 Eurocar is one of the biggest car **hire** companies in the UK.
Eurocar 是英國最大的租車公司之一。

⚑ **考點提醒**

> hire 後接物品時為「租借」，接人時則為「雇用」的意思，如：hire a driver「雇用一名司機」。

identification
[aɪˌdɛntəfəˈkeʃən]
n. 身分證

例 You must present a physical **identification** upon request.
當有人要求時，你必須出示實體身分證明。

identify
[aɪˈdɛntəˌfaɪ]
v. 辨識；確認

例 There are several ways to **identify** suspicious activities.
有多種方法可以識別可疑活動。

illegal
[ɪˈligḷ]
adj. 違法的；非法的

例 The state Department of Transportation is cracking down on **illegal** car rentals.
州立交通部正在取締違法租車公司。

indicate
[ˈɪndəˌket]
v. 指出；表明

例 This sign **indicates** that beyond this point, there is a pedestrian zone.
這個標誌標明過了這個點就是行人專用區了。

influx
[ˈɪnflʌks]
n. 湧入

例 The large **influx** of cars has all but paralyzed the traffic in the city.
大量湧入的車輛幾乎把城市的交通都癱瘓了。

instruction
[ɪnˈstrʌkʃən]
n. 指示；說明

例 Please carefully read the **instructions** before you set off.
出發前請仔細閱讀說明指示。

interfere
[ˌɪntəˈfɪr]
v. 妨礙；干預

例 The use of electronic devices which may **interfere** with the flight communication system is strictly prohibited.
嚴禁使用干擾飛行通訊系統的電子設備。

intersect
[ˌɪntəˈsɛkt]
v. 相交；交叉

例 The path **intersects** with a railway line, so exercise caution and follow safety guidelines when crossing.
這條路徑與鐵路線相交，因此穿越時請務必小心並遵循安全準則。

interstate
[ˌɪntəˈstet]
adj. 州際的

例 The crash on the **interstate** highway was caused by fog.
這起州際公路上的車禍是由霧引起的。

invoice
[ˈɪnvɔɪs]
n. 發票；費用清單

例 Please refer to the original **invoice** for the actual cost.
實際的費用請參考本的發票。

📌 **考點提醒**

invoice 是指付錢前開給付款方的請費清單，而 receipt 則是指收到款項後開立的收據。invoice 也可作為動詞，意思是「開立發票」，如：We will invoice you for the parts.「我們將會開給您一張關於這些零件的費用清單。」

item
[ˈaɪtəm]
n. 品項；細目；物品

例 You'd better start collecting your carry-on **items** when the plane starts descending.
你最好在飛機開始下降時開始收拾你的登機行李。

junction
[ˈdʒʌŋkʃən]
n. 交叉點；樞紐

例 You can get off at Bangna **Junction** after the bus passes the roundabout.
你可以等公車經過那個圓環之後在 Bangna 樞紐下車。

kiosk
[kɪ`ɑsk]
n. 販售亭

例 You can pick up your pre-purchased tickets from one of the **kiosks**.
你可以在那些販售機上領取預先買好的票。

last-minute
[`læst`mɪnɪt]
adj. 最後一刻的

例 We made a **last-minute** decision to hop on the train.
我們在最後一刻決定坐上那班火車。

layover
[`le͵ovɚ]
n. 臨時停留

例 We will have a thirty-minute **layover** in Bath.
我們將會在巴斯臨時停留三十分鐘。

📌 **考點提醒**

layover 可理解為「中轉」，時間較短；而 stopover 為「中途停留」，可能長於二十四小時以上。

leg
[lɛg]
n. 階段；行程中的一段

例 We won't be able to make our flight unless we cancel the final **leg** of the trip.
除非我們取消最後一段行程，否則我們將無法趕上我們的飛機。

legroom
[`lɛg͵rum]
n. 放置腳的空間

例 The first-class cabin on the flight boasts generous **legroom**, allowing passengers to stretch out and enjoy a more comfortable journey.
這個航班的頭等艙擁有寬敞的腿部空間，讓乘客可以舒展身體，享受更舒適的旅程。

lengthy
[`lɛŋθi]
adj. 冗長的

例 Here are some tips to handle a **lengthy** layover.
我來介紹一些如何度過漫長轉機的方法。

📌 **考點提醒**

lengthy 常作為 long 的同義詞替換，在聽力第三、四部分和閱讀第七部分中需具備習慣性的同義替換意識。

license
[`laɪsns]
n. 執照；許可證

例 I paid a hefty fine for driving without a driver's **license**.
我上次無照駕駛付了一大筆罰鍰。

limit
[`lɪmɪt]
n. 限制；限度

例 You were going about 20 miles above the speed **limit**.
你剛剛超速了大約二十英里。

liquid
[`lɪkwɪd]
n. 液體

例 Most **liquids** are not allowed through airport security checkpoints.
大部分的液體都無法通過機場安檢。

logistics
[lo`dʒɪstɪks]
n. 物流；後勤

例 The firm has invested heavily in maximizing **logistics** capabilities.
這間公司已在強化其物流能力上投資甚鉅。

lorry
[`lɔrɪ]
n. 貨車；卡車

例 The beverages are transported by refrigerated **lorries**.
這些飲料是由帶冰箱的貨車運送的。

loss
[lɔs]
n. 損失；遺失

例 In no event shall our company be held liable for any **loss** and damage caused to any personal belongings left unattended on these premises.
本公司不會就在本場域中無人看管的個人財物之遺失和毀壞承擔任何責任。

mandatory
[`mændə‚torɪ]
adj. 強制的；義務的

例 This plan includes basic **mandatory** insurance.
這份保單包含了基本的強制保險。

maximum
[`mæksəməm]
adj. 最大的；最高的

例 The **maximum** travel allowance is 23 kilograms for international travel.
國際航班的最大行李額度為二十三公斤。

means
[minz]
n. 手段；方法

例 Cars continue to be the dominant **means** of transport in the US.
車子依然是在美國最主要的交通方式。

☆ 考點提醒

means 作為「手段」的意思時恆以 s 結尾，單複數同型。如：The means is valid. 及 The means are valid.。

measurement
[`mɛʒəˌmənt]
n. 測量；尺寸

例 It is important to take precise **measurements** of your luggage.
精準地測量你的行李箱是很重要的。

☆ 考點提醒

take measurements 意思是「測量尺寸」；take measures 意思是「採取措施」，通常為了解決某個問題；而 take the measure of sb. 則是指「評估分析某人」，為了與其競爭或抗衡。

metropolitan
[ˌmɛtrə`pɑlətn]
adj. 大都市的

例 The **Metropolitan** Transportation Authority continues to keep fares steady and recover ridership throughout the region.
都會交通局持續穩定交通票價並且提拉全區搭車人次。

mileage
[`maɪlɪdʒ]
n. 總英里數

例 Your car hire includes unlimited **mileage**, allowing you the freedom to explore without worrying about exceeding any distance limits.
你的租車的里程是無限的，讓你可以自由探索，無需擔心超出任何距離限制。

minimum
[`mɪnəməm]
adj. 最低的；最少的

例 21 is the **minimum** age for renting a car throughout the US.
全美國租車的最低年齡限制是二十一歲。

mobility
[moˋbɪlətɪ]
n. 機動性

例 The idea of shared **mobility** dates back to the 1940s in Switzerland.
共享交通的概念可追溯至一九四零年代的瑞士。

model
[`mɑdl]
n. 型號；樣式

例 They cannot guarantee they will get you the exact **model** you want.
他們無法保證能給你你想要的車型。

modification
[͵mɑdəfəˋkeʃən]
n. 修改；變更

例 **Modification** requests can only be made up to two hours before vehicle pick-up.
變更要求只能在取車前兩小時提出。

motorboat
[`motɚ͵bot]
n. 汽艇

例 Take a **motorboat** trip on the River Thames to experience the city from a unique perspective.
乘坐摩托艇遊覽泰晤士河，從獨特的角度來體驗這座城市。

motorist
[`motərɪst]
n. 駕駛人

例 The three **motorists** were fined for speeding last week.
這三位駕駛上週因超速被罰款。

multiple
[`mʌltəpl]
adj. 複合的；多的

例 You can select **multiple** stops along the route, giving you the flexibility to customize your journey.
你可以在這個路線中選擇多個停靠點，從而靈活地客製化你的旅程。

navigate
[`nævə͵get]
v. 航行於；移動

例 The app helps you **navigate** your way through the city.
這個應用程式能幫助你在這個城市中順利出行。

negligence
[`nɛglɪdʒəns]
n. 疏忽；粗心

例 The driver was accused of **negligence** for failing to remind passengers to wear seatbelts.
這位駕駛被指控未能提醒乘客繫好安全帶。

nonstop
[nɑn`stɑp]
adj. 不停的；直達的

例 This is a **nonstop** train from Taipei to Taichung.
這是一班從台北到台中的直達車。

✎ **考點提醒**

nonstop 也可作為副詞置於動詞後，如：He has been working nonstop since twelve.「他從十二點到現在就一直不停地工作。」

notify
[`notə͵faɪ]
v. 通知；告知

例 We were not **notified** of the change prior to our departure.
我們出發前並沒有收到這項變更的通知。

✎ **考點提醒**

notify 和 inform 同義，而 notify 又比 inform 稍微更正式。

off-peak
[`ɔf`pik]
adj. 離峰的

例 Fares are much lower when you travel during the **off-peak** hours.
在離峰時段出行時的票價低非常多。

onboard
[ɑn`bord]
adj. 在交通工具上的

例 We offer a wide range of **onboard** entertainment options.
我們提供各式各樣的機上娛樂選擇。

operator
[`ɑpə͵retɚ]
n. 作業員；操作員

例 As a goods vehicle **operator**, he manages the efficient transport and delivery of goods.
身為一名貨車操作員，他負責管理貨物的高效運輸和交付。

option
[`ɑpʃən]
n. 選擇；選項

例 We had no **option** but to buy the tickets on the spot.
我們別無選擇，只能當場買了票。

✍ 考點提醒
option 的形容詞形式為 optional，意思是「非必需的」，如：optional course「選修課程」。

pass
[pæs]
n. 入場券；通行證

例 This One-Day **Pass** allows unlimited rides on all city buses.
這張一日券可以讓你無限次搭乘城市公車。

✍ 考點提醒
pass 常與 ticket 同義替換。pass 通常效期更長，而 ticket 通常只針對一趟旅程或一場活動。

passenger
[`pæsndʒɚ]
n. 乘客

例 The hotel sends buses to pick up **passengers** at the designated stops.
酒店會派巴士到指定站點接送乘客。

pavement
[`pevmənt]
n. 人行道

例 Parking on the **pavements** is illegal, as it obstructs pedestrian pathways and poses a safety hazard.
在人行道上停車是違法的，因為它阻礙了人行道並構成安全隱患。

pedestrian
[pə`dɛstrɪən]
n. 行人

例 More and more people agree that creating **pedestrian** zones can reduce air pollution and increase quality of life.
越來越多人同意創建步行區能夠減少污染並提高生活品質。

permit
[pɚ`mɪt]
v. 允許

例 Starting from November 1st, e-scooters will be **permitted** to enter cycle tracks.
從十一月一日起，電動機車將被允許進入自行車道。

platform
[`plæt͵fɔrm]
n. 平台；月台

例 This **platform** is for westbound trains only, so please use the designated area for eastbound travel.
本月台只供西向列車經停，東行請使用指定區域。

preceding
[pri`sidɪŋ]
adj. 在前面的

例 The arrival delay of the **preceding** train affected the subsequent trains.
前方列車的到站延誤影響到了往後的班次。

pristine
[`prɪstin]
adj. 原始的；嶄新的

例 The vehicle is in **pristine** condition, so you can expect a smooth and enjoyable ride with all the comforts it has to offer.
這部車非常新，因此你可以期待一段平穩、愉快的乘坐，以及它所提供的所有舒適感。

procedure
[prə`sidʒɚ]
n. 程序；手續

例 Airport **procedures** can be daunting for first-time flyers.
對於初次搭飛機的人來說，機場的各種手續可能是很恐怖的。

proceed
[prə`sid]
v. 繼續進行

例 I am stuck here and cannot **proceed** to the next step of the application.
我被困在這一步，沒辦法進到申請的下個步驟。

process
[`prɑsɛs]
n. 過程；進程

例 An explanation of this **process** was sent to you along with the invoice.
這個處理過程的解釋內容已連同發票寄送給您。

prohibit
[prə`hɪbɪt]
v. 禁止

例 Smoking is strictly **prohibited** on the train.
列車上嚴禁吸菸。

✦ **考點提醒**

常見的 prohibit 同義詞有：ban 和 forbid，這三個詞基本同義。

proof
[pruf]
n. 證明;證據

例 This receipt can be used as **proof** of your purchase.
這張收據可作為你購買的證明。

punctual
[`pʌŋktʃʊəl]
adj. 準時的

例 Metrobus aims to provide the most **punctual** service possible.
大都會公車努力提供您最準時的服務。

puncture
[`pʌŋktʃɚ]
n. 刺穿;穿孔

例 You can call roadside assistance if you get a **puncture** or a flat tire.
如果你的輪胎穿孔或爆胎,你可以打道路救援。

queue
[kju]
n. 排隊

例 You can't leave a **queue** and join back later in the same place.
你不可以離開隊伍後又在同一個地方插進來。

☆ **考點提醒**

queue 為英式用法,而 line 為美式用法,意思沒有區別。

rate
[ret]
v. 評比;評分

例 We are inviting you to **rate** your experience with us.
我們現在邀請您對您的體驗進行評分。

rear
[rɪr]
adj. 後部的

例 The **rear** door is seriously damaged, posing a significant safety risk.
後門損壞嚴重,並有相當大的安全風險。

recurring
[rɪ`kɝɪŋ]
adj. 復發的

例 You can use the service as many times as you need as long as it is not for a **recurring** problem.
只要不是針對復發問題,你可以無限次數使用這個服務。

refrain
[rɪ`fren]
v. 戒除；克制

例 Please **refrain** from talking loudly on the phone.
請勿大聲講手機。

regulation
[ˌrɛgjə`leʃən]
n. 規章；規定

例 The new **regulation** stipulates that heavy objects that could be hazardous or cause inconvenience to other passengers should not be brought on the train.
這條新規定指出可能造成其他乘客危險或不便的笨重物體不允許帶上列車。

remaining
[`stɪpjəˌlet]
adj. 剩餘的

例 There are not enough **remaining** seats available at the moment.
目前剩餘的位子不夠。

remote
[rɪ`mot]
adj. 遙遠的；偏僻的

例 When driving in **remote** areas, you'd better bring a road atlas.
在偏遠地區開車時，你最好帶張道路地圖。

rental
[`rɛntl]
n. 租賃；出租

例 The **rental** deposit will be returned within five working days.
租賃押金將會在五個工作日內返還。

request
[rɪ`kwɛst]
n. 要求

例 You can make a **request** for luggage support by tapping in the app.
您可以點進應用程式提出行李支援服務。

✿ **考點提醒**

request 是基於「需求」，而 require 是基於「義務」或「規定」。

restriction
[rɪ`strɪkʃən]
n. 限制；約束

例 All COVID-19 travel **restrictions** have been lifted, allowing for more flexibility and ease in travel planning.
所有新冠疫情的旅遊限制都解除了，使旅行計劃更加靈活和輕鬆。

> ✦ **考點提醒**
>
> restriction 是針對「行為」或「活動」，而 limit 多是針對「數額」。

route
[rut]
n. 路線；航線

例 With this prepaid card, you can hop on and off along the bus **routes**.
有了這張預付卡，你便可以在這些巴士路線中沿途上下車。

signal
[`sɪgnl]
n. 信號

例 The Wi-Fi **signal** is weak on the train, so you may experience slower internet speeds during the journey.
火車上的無線網路信號很差，因此您在旅途中可能會遇到網速較慢的情況。

scan
[skæn]
v. 掃描

例 You can **scan** the PDF from your phone at the barriers.
你可以在閘口處從手機上掃描這份 PDF 檔。

screening
[`skrinɪŋ]
n. 審查

例 Your bags will be subject to security **screening** procedures.
你的包包將需進行安檢流程。

shortly
[`ʃɔrtlɪ]
adv. 不久；立刻

例 We will be moving **shortly**, so please ensure you are seated and have any personal belongings secured for the journey.
我們很快就會發車了，因此請確保您已就座並保管好旅途中的任何個人物品。

shuttle
[`ʃʌtl]
n. 接駁;短程運輸線

例 They provide **shuttle** bus service to and from the airport.
他們提供來回機場的接駁巴士服務。

spare
[spɛr]
v. 分讓;騰出

例 If you have time to **spare**, you can do some shopping at the stores around your gate.
如果你有多餘的時間,你可以到你登機門附近的商店買買東西。

staff
[stæf]
n. 全體工作人員

例 The **staff** were very friendly and helpful, providing excellent service that enhanced the overall experience.
工作人員非常友好和樂於助人,提供優質的服務,提高了整體的體驗。

☆ 考點提醒

staff 為集合名詞,是指「全體」的工作人員。The staff is …或 The staff are …在文法上都正確。而若要指「個別」的工作人員,我們可以說:a staff member 或 a member of staff。

standby
[`stænd͵baɪ]
adj. 等退票的

例 I'm flying **standby** on the next available flight.
我正在等下一趟可乘坐的航班。

status
[`stetəs]
n. 狀態;地位

例 I will keep you updated on the latest **status** of your flight.
我會隨時通知你你的航班的最新狀態。

stopover
[`stɑp͵ovɚ]
n. 中途停留

例 We visited Singapore on a brief **stopover** for two nights.
我們在新加坡短暫地停留了兩晚。

stressful
[`strɛsfəl]
adj. 令人壓力大的

例 Going on a business trip can be **stressful** due to tight schedules and the need to navigate unfamiliar places.
出差可能會給人很大的壓力，由於日程安排緊張，而且需要前往陌生的地方。

> ✎ 考點提醒
>
> stressful 用來形容「事情」，而 stressed 用來形容「人」。如：Work can be stressful.「工作給人很大的壓力。」、I feel stressed.「我壓力很大。」

supply
[sə`plaɪ]
n. 供應；供給

例 The **supply** of air cargo fell sharply due to the coronavirus pandemic.
由於新冠疫情，航空貨運的供給大跌。

technical
[`tɛknɪkl]
adj. 技術性的

例 Let's set aside a time to work out the **technical** problems together.
我們找個時間一起解決一下這些技術問題吧！

terminal
[`tɜ·mənl]
n. 航廈

例 Our shuttle buses take you right to the **terminal** door.
我們的接駁車直接將您帶到航廈門口。

terminate
[`tɜ·mə‚net]
v. 終結

例 This train will **terminate** at the next stop, so please ensure you gather all your belongings before disembarking.
本列車將在下一站到達終點站，請確保在下車前收拾好所有物品。

tier
[tɪr]
n. 階層

例 The airline offers a higher-**tier** service with added perks for a more comfortable journey.
這家航空公司提供更高等級的服務和額外的福利，讓您的旅程更加舒適。

time-consuming
[`taɪmkən͵sjumɪŋ]
adj. 費時的

例 The process itself is complicated and **time-consuming**.
這個流程本身很複雜且費時。

timetable
[`taɪm͵tebl]
n. 時刻表

例 Please download the PDF for route-specific **timetables**.
請下載這份 PDF 以便您查找個別路線的時刻表。

track
[træk]
v. 追蹤

例 You can **track** your payments and refunds by dialing this number.
你可以撥打這支電話追蹤你的付款和退費紀錄。

✧ 考點提醒

track 當名詞時為「軌道」、「行蹤」的意思。片語 keep track of 意思是「追蹤」，與 track 的動詞同義；而 lose track of 則是「丟失紀錄」的意思。

transfer
[træns`fɝ]
v. 轉乘

例 The minimum time necessary to **transfer** flights could be an hour or more.
最短的必要轉機時間大約是一個小時或更久。

✧ 考點提醒

在航空運輸中，transfer 是指乘客換乘到不同的飛機，而 transit 則是指乘客於某中轉機場停留，並繼續搭乘原班機出發。另外，transfer 還有「轉車」、「調職」、「轉學」、「轉帳」、「轉變」的意思。

transit
[`trænsɪt]
n. 中轉；運輸；公共運輸

例 My parcel was lost in **transit**, and I'm in touch with the shipping company for assistance.
我的包裹在運輸途中遺失了，我正在與運輸公司聯繫尋求幫助。

transport
[`træns͵pɔrt]
n. 運輸；運輸系統；交通工具

例 The Congestion Charge is designed to encourage motorists to use other modes of **transport**.
擁堵費是為了鼓勵駕車者使用其他交通工具。

✎ 考點提醒
transport 也可以當動詞表示「運輸」，如：The goods are transported by air.「這些商品經空運運輸的。」

transportation
[͵trænspɚ`teʃən]
n. 運輸；運輸業

例 Taipei's public **transportation** system is efficient and affordable.
台北的公共交通系統非常有效率而且很平價。

✎ 考點提醒
transportation 是指「運輸業」，或「人或貨物的運輸」；transport 是指「人的運輸」；transit 是指「公共運輸」，通常侷限於一特定區域。在「公共運輸」的意思框架下，public transportation、public transport、public transit 三者是同義的。

turbulence
[`tɝbjələns]
n. 亂流

例 Ladies and gentlemen, we are experiencing some **turbulence**.
女士們先生們，我們正經歷些許亂流。

turnstile
[`tɝn͵staɪl]
n. 十字轉門

例 The authorities insisted on keeping the **turnstiles**.
管理層堅持要保留這些十字轉門。

unexpected
[͵ʌnɪk`spɛktɪd]
adj. 意外的；預期不到的

例 You'd better still set aside an amount for **unexpected** expenses.
你最好還是預留一筆錢負擔意外產生的花費。

unlimited
[ʌn`lɪmɪtɪd]
adj. 無限的

例 This pass includes **unlimited** bus rides within the valid month.
這張票允許旅客在有效月份內無限次數搭乘巴士。

urgent
[`ɝdʒənt]
adj. 緊急的

例 If you have an **urgent** inquiry, please get in touch with Mr. Long at 311555340.
如果你有緊急疑問，請撥打 311555340 聯絡龍先生。

vacant
[`vekənt]
adj. 空著的

例 The green light indicates that the lavatory is **vacant**.
綠燈表示廁所無人使用。

✿ **考點提醒**

> vacant 是指「無人使用的」，而 empty 則是指「空空如也」，因此我們不能說 The toilet is empty.「這個廁所空空如也。」而 vacant 的反義詞為 occupied「有人使用中的」。

value
[`vælju]
v. 重視

例 We greatly **value** your feedback, as it helps us enhance our services and better meet your needs in the future.
我們非常重視您的回饋，因為它有助於我們增強服務並更好地滿足您未來的需求。

vehicle
[`viɪkl]
n. 車輛；交通工具

例 Any **vehicles** that move within the zone during the charging hours will be subject to a daily charge of $25.
任何在收費時段內於本區域移動的車輛將會被酌收每天二十五美元的費用。

verify
[`vɛrə͵faɪ]
v. 證實；查清

例 Enter the code to **verify** this is your number.
輸入這串密碼，證實這是您的電話號碼。

walkable
[`wɔkəbl]
adj. 適合步行的

例 London is a **walkable** city, so the best way to explore is certainly on foot.
倫敦是個適宜步行的城市，所以探索這座城市最合適的方式就是行走了。

wary
[`wɛrɪ]
adj. 謹慎的；小心的

例 If you are traveling this holiday, be **wary** of ghost trains.
如果你這個假期要出遊，務必小心你的列車臨時被取消。

wharf
[hwɔrf]
n. 碼頭

例 The bustling **wharf** was filled with cargo ships unloading goods.
熙熙攘攘的碼頭停滿了正在卸貨的貨船。

wheel
[hwil]
n. 方向盤；輪子

例 If you do drink alcohol, don't get behind the **wheel**.
如果你有喝酒就不要開車。

windshield
[`wɪndˌʃild]
n. 擋風玻璃

例 A rock cracked my **windshield** when I was driving down the freeway.
我在高速公路上開車時，一顆石頭砸碎了我的擋風玻璃。

yield
[jild]
v. 讓；產出

例 While on the crowded bus, I **yielded** my seat to the pregnant woman.
在擁擠的公車上，我把座位讓給了那位孕婦。

zone
[zon]
n. 地區；地帶

例 The fares for a single journey on the Tube will be the same if you travel within **Zone** 1.
如果你只在第一區內移動，所有地鐵單程票的票價都是一樣的。

C 3
CHAPTER

購物

Chapter 3 音檔雲端連結

因各家手機系統不同，若無法直接掃描，
仍可以至以下電腦雲端連結下載收聽。
（http://tinyurl.com/29hym2u2）

accessory
[æk`sɛsərɪ]
n. 配件

例 This store specializes in quirky overshirts and **accessories**.
這間店主要賣一些風格奇異的外套和配件。

account
[ə`kaʊnt]
n. 帳戶

例 Somehow, I am having trouble logging in to my **account**.
不知道為什麼我沒辦法登入我的帳戶。

accurate
[`ækjərɪt]
adj. 準確的

例 The location of the shop on the map needs to be more **accurate**.
地圖上商店的位置需要更準確。

advertise
[`ædvɚˌtaɪz]
v. 為……廣告；宣傳

例 The sound quality of the earbuds is just as **advertised**.
這對耳機的音質跟廣告說的一樣。

affiliate
[ə`fɪlɪˌet]
n. 附屬機構；分會

例 Any statements made herein do not reflect those of this institute or any of its **affiliates**.
任何於此發表的言論不代表本機構或相關分會之立場。

aisle
[aɪl]
n. 走道

例 Children's books are in the next **aisle**, so you'll find all the cool kid stuff right there!
童書在旁邊的這個走道，你可以在那裡找到所有很酷的兒童讀物！

appealing
[ə`pilɪŋ]
adj. 吸引人的

例 I don't find the decorations **appealing**, as they lack aesthetic elements.
我覺得這些裝飾沒有吸引力，因為它們缺乏美學元素。

⚡ **考點提醒**

appealing 常與 attractive 同義替換。

appearance
[ə`pɪrəns]
n. 外觀；出現

例 The **appearance** of a product influences customers' first impression of it.
一個產品的外觀會影響顧客對它的第一印象。

appliance
[ə`plaɪəns]
n. 設備；器具

例 These small kitchen **appliances** are apartment-user-friendly.
這些小型廚房設備對於住公寓的人非常方便。

anonymous
[ə`nɑnəməs]
adj. 匿名的

例 Your feedback is **anonymous** and for research purposes only.
您的回饋是匿名的，並僅會被用於實驗目的。

antique
[æn`tik]
adj. 古董的

例 This **antique** vase is worth several thousand dollars.
這個古董花瓶價值好幾千美元。

archive
[`ɑrkaɪv]
n. 檔案紀錄

例 You can keep the chat history in the **archives**, ensuring a record of our conversation for future reference.
你可以將聊天記錄保存在檔案中，確保我們的對話記錄下來以供將來參考。

article
[`ɑrtɪkl]
n. 一件；物品

例 This shirt is my favorite **article** of clothing.
這件襯衫是我最喜歡的一件衣服。

assemble
[ə`sɛmbl]
v. 組裝；集合

例 The bookshelves are light and easy to **assemble**.
這書架很輕，組裝起來又容易。

average
[ˈævərɪdʒ]
adj. 平均的；一般的

例 The quality of their products is higher than the **average** of the market.
他們產品的品質比市場的平均值高。

✎ 考點提醒
average 作動詞時為「平均達到……」的意思，如：Many teachers average 24 classes a week.「很多老師一週平均上二十四節課。」

auction
[ˈɔkʃən]
n. 拍賣

例 I plan to put my motorcycle up for **auction**.
我計畫把我的摩托車拍賣掉。

✎ 考點提醒
auction 也可作動詞，如：They will auction the portrait next month.「他們下個月要把這幅人物畫拍賣掉。」

automatically
[ˌɔtəˈmætɪklɪ]
adv. 自動地

例 Your membership will **automatically** renew on the same billing cycle.
您的會員將會在每年相同的繳費週期日自動更新。

bargain
[ˈbɑrgɪn]
n. 划算的買賣；廉價商品

例 The car is a **bargain** at such a low price.
這部車用這個價格買到真的很划算。

✎ 考點提醒
bargain 作動詞時為「討價還價」的意思，如：I tried to bargain with the vendor.「我試著跟攤商還價。」

best-selling
[ˈbɛstˈsɛlɪŋ]
adj. 熱賣的；賣得最好的

例 This is one of our **best-selling** grills.
這是我們賣得最好的烤肉架之一。

bid
[bɪd]
v. 出價；投標

例 Before you start **bidding**, make sure that you familiarize yourself with the rules.
在你出價前，一定要把規則先熟悉一遍。

boost
[bust]
v. 促進；提高

例 Using performance reports can help **boost** your brand reputation.
使用績效報告能夠提升你的產品信譽。

☆ 考點提醒

boost 常與 increase 同義替換，如：boost sales 相同於 increase sales「提高銷售額」。

boutique
[bu`tik]
n. 時裝店；精品店

例 She bought the dresses from the **boutique** recommended by her friend.
她在她朋友推薦的這間時裝店買了這些洋裝。

boycott
[`bɔɪ‚kɑt]
v. 抵制；杯葛

例 They threatened to **boycott** the country's products.
他們威脅要抵制這個國家的產品。

branding
[`brændɪŋ]
n. 品牌打造

例 Using social media can be beneficial for **branding**.
使用社群媒體對品牌打造是有益的。

brick-and-mortar
[`brɪk‚ænd`mɔrtɚ]
adj. 實體的

例 They still have **brick-and-mortar** stores, though they make most of their sales online.
雖然他們大多數的業績都來自線上，他們還是有實體店面。

☆ 考點提醒

「實體店」還有一個說法是 physical store，在聽力 part 3、4 和閱讀 part 7 當中需注意同義替換。

browse
[braʊz]
v. 瀏覽；隨意看

例 We were **browsing** around the shops to see if there was anything suitable for the event.
我們在那些店裡隨意看看有沒有適合這次活動的衣服。

calculation
[ˌkælkjəˋleʃən]
n. 計算；盤算

例 A rough **calculation** shows that we have exceeded our budget.
經過粗略的計算，我們已經超預算了。

checkout
[ˋtʃɛkˌaʊt]
n. 結帳檯；結帳

例 Allow us to remember your customer card number to streamline the **checkout** process.
允許我們記住你的顧客卡號以便讓結帳更順利。

closet
[ˋklɑzɪt]
n. 衣櫃

例 Her **closet** is jam-packed with clothing from the same brand.
她的衣櫃塞滿了同個品牌的衣服。

collection
[kəˋlɛkʃən]
n. 收藏品；一組

例 Discounted **collection** is subject to change without notice.
折價組合的價格變動不另行通知。

commodity
[kəˋmɑdətɪ]
n. 商品

例 Sugar was an important **commodity** for Taiwan.
糖對以前的台灣來説是一個重要的商品。

⚡ **考點提醒**

commodity 通常是指原物料，如：rice、sugar、water 等；merchandise 是指「在商店裡販售的商品」；goods 則是泛指「任何可買賣的商品」，其中 goods 恆為複數型。

comparison
[kəmˋpærəsn]
n. 比較

例 By referring to the product **comparison** page, you can identify which areas of your product need improvement.
透過參考產品比較頁面，你可以得知你的產品的哪些層面需要改善。

compatibility
[kəmˌpætəˋbɪlətɪ]
n. 相容性；適配性

例 Please check **compatibility** before purchasing.
購買前請查明相容性。

compile
[kəm`paɪl]
v. 匯編；收集

例 We have **compiled** a list of all the salons with the most five-star reviews.
我們匯總了所有擁有最多五星評論的沙龍。

compromise
[`kɑmprə͵maɪz]
v. 連累；損害；妥協

例 We will not **compromise** on our safety standards by selling you defective products.
我們不會在安全標準上妥協，把有缺陷的產品賣給你。

consumer
[kən`sjumɚ]
n. 消費者

例 **Consumer** confidence reached a historic high in France.
在法國，消費者信心指數達到新高。

coupon
[`kupɑn]
n. 優惠券；贈券

例 You can get a money-off **coupon** after your first purchase.
首次購買後，你可以獲得一張折價券。

courier
[`kʊrɪɚ]
n. 快遞；快遞員

例 The **courier** delivered the package within the specified timeframe.
快遞員在規定的時間內將包裹送達。

critical
[`krɪtɪkl]
adj. 關鍵的；批判的

例 Customers look at our service with a **critical** eye.
顧客是以批判的眼光審視我們的服務的。

crowd
[kraʊd]
n. 人群；大眾

例 I don't want to wait in long lines and fight the **crowds**.
我不想要排長隊人擠人。

customer
[ˈkʌstəmə]
n. 顧客

例 The coffee giant has reduced operating hours nationwide due to the devastating loss of **customers**.
由於顧客的巨量流失，這間咖啡巨頭已縮短了全國店面的營業時長。

> ✦ 考點提醒
>
> customer 是指「做出購買行為的人」，而 consumer 則是指「一個產品或服務的終端用戶」，如：任何購買茶葉的人即為 customer，而買茶葉來泡茶、喝茶的人是 consumer。

defective
[dɪˈfɛktɪv]
adj. 有瑕疵的

例 Customers will get refunds for phones with **defective** batteries.
顧客將會得到這些電池有瑕疵的手機的退款。

> ✦ 考點提醒
>
> defective 常與 faulty、imperfect 或 damaged 等詞同義替換。

delivery
[dɪˈlɪvərɪ]
n. 投遞；遞送

例 **Delivery** will be completed within three to five days.
派送將會在三到五天內完成。

device
[dɪˈvaɪs]
n. 設備；裝置

例 The **device** can be bought for only $600 at the electronics show.
這款設備在電子展上只賣六百美元。

digital
[ˈdɪdʒɪtl]
adj. 數位的

例 A **digital** payment transaction can only happen when your device is connected to the internet.
數位支付交易只能在你的裝置連上網路時進行。

discount
[ˈdɪskaʊnt]
n. 折扣

例 Grab the deal while it is still on **discount**.
趁它還在打折的時候趕快買吧！

discrepancy
[dɪ`skrɛpənsɪ]
n. 差異；不一致

例 There is a **discrepancy** between what we see in the picture and what we get.
我們在圖片上看到的和我們得到的不太一樣。

dispatch
[dɪ`spætʃ]
n. 發送

例 These parcels are ready for **dispatch**, and once shipped, you'll receive a confirmation and tracking details for your convenience.
這些包裹已準備好發貨，發貨後，您將收到確認信息和跟蹤詳細信息，以方便您使用。

diverse
[daɪ`vɝs]
adj. 多元的

例 It is essential to maintain a **diverse** range of products.
維持產品的多元性是很重要的。

diversity
[daɪ`vɝsətɪ]
n. 多元化；多樣性

例 We aim to create **diversity** instead of unity.
我們的目標是打造多元性而不是單一性。

downtown
[ˌdaʊn`taʊn]
adj. 市區的

例 The **downtown** stores are all closed due to the strike.
市區的店因為這次的罷工都關了。

✗ 考點提醒

downtown 也可作為副詞，如：I live downtown.「我住在市區。」或 I live in downtown Seattle.「我住在西雅圖市區。」但不能說 I live in downtown.。

draw
[drɔ]
n. 抽籤

例 The prize **draw** is open to the public, so feel free to throw your name in the hat and try your luck!
這次的抽獎是開放給大眾的，所以請隨意將您的名字放入帽子中並試試您的運氣！

e-commerce
[i`kɑmɚs]
n. 電子商務

例 A lot of smaller brands are adopting **e-commerce** to stay competitive.
很多較小的品牌都相繼採取了電子商務以維持競爭力。

effective
[ɪ`fɛktɪv]
adj. 有效的；生效的

例 This microphone has a longer **effective** working distance.
這款麥克風有更長的有效工作距離。

entrant
[`ɛntrənt]
n. 參加者；進入者

例 **Entrants** must be aged 18 or over and reside in Malaysia.
參加者必須年滿十八歲並且居住在馬來西亞。

everyday
[`ɛvrɪ`de]
adj. 日常的；每日的

例 All I need is some **everyday** pants that are comfortable and versatile for various occasions.
我所需要的只是一些舒適且適合各種場合的日常褲子。

✍ 考點提醒

everyday 連為一詞時為形容詞，如：everyday life「日常生活」、everyday use「日常使用」，而 every day 則為時間副詞。

exceed
[ɪk`sid]
v. 超過；超出

例 Its performance **exceeded** my expectations, as it demonstrated exceptional efficiency and capabilities beyond what I initially anticipated.
它的性能超出了我的預期，因為它展示了超越我最初預期的優秀效率和性能。

encrypt
[ɛn`krɪpt]
v. 編碼；加密

例 This step ensures all the information is **encrypted** as it is transferred to the server.
這個步驟確保所有的資訊在被傳輸到伺服器的過程中都是加密的。

engage
[ɪnˋgedʒ]
v. 從事；吸引；佔用

例 A good ad is one that is designed to capture and **engage** consumers.
一個好的廣告是能夠吸引並抓牢消費者的。

✎ 考點提醒

engage 為「從事」的意思時需搭配介系詞 in，如：engage in politics「從政」。

estimate
[ˋɛstəˌmet]
n. 估計；估價

例 A revised **estimate** will be sent to you shortly.
我們將會盡快寄給您一份修改過的估價單。

exclusively
[ɪkˋsklusɪvlɪ]
adv. 專有地；僅僅

例 This discount is available **exclusively** to our premium members.
這個優惠只限我們的高級會員才能享有。

expand
[ɪkˋspænd]
v. 擴張；增長

例 I plan to **expand** my wardrobe by shopping for new outfits.
我計劃購買一些新衣服來擴大我的衣櫃。

filter
[ˋfɪltɚ]
v. 過濾

例 You can **filter** your search by trending to see what people are clicking on.
你可以以「最新流行」來過濾你的搜索，看看最近人們在瀏覽什麼。

fit
[fɪt]
n. 適合的東西；合身的東西

例 This shirt is a perfect **fit**, providing a comfortable and flattering style that suits me well.
這件襯衫超級合身，舒適又順眼，非常適合我。

frequent
[`frikwənt]
adj. 頻繁的

例 Their best selling point is their customizable themes and **frequent** updates.

他們最佳的賣點是可客製化的主題和經常性的更新。

📌 **考點提醒**

> frequent 作動詞時為「頻繁造訪」的意思，如：This is the noodle bar frequented by artists.「這是那間很多藝術家造訪的麵館。」

frivolous
[`frɪvələs]
adj. 無聊的；無謂的

例 Don't spend money on those **frivolous** things; focus on essentials or items with long-term value instead.

不要在那些無聊的東西上花錢；相反地，更多地關注必需品或具有長期價值的物品。

functionality
[ˌfʌnkʃə`nælɪtɪ]
n. 功能

例 The **functionality** of the hardware has been enhanced.

這個硬體的功能性已經提升了。

further
[`fɝðə]
adj. 更進一步的；更深層的

例 **Further** information on our return policy can be found in the section below.

更多關於我們退貨政策的資訊都在下方的欄位。

generation
[ˌdʒɛnə`reʃən]
n. 世代；代

例 They have begun developing a second-**generation** headset, which could be launched soon.

他們已經開始研發第二代的耳機，並且很快就會上市了。

goods
[gʊdz]
n. 商品

例 You can now save an extra 15% on household **goods** and kitchenware.
你現在可以在家用電器和廚房用具上享有額外的八五折優惠。

> ✎ **考點提醒**
>
> goods 可以指所有的「商品」或「動產」，並恆為複數型。

grocery
[ˈgrosərɪ]
n. 雜貨

例 I usually buy snacks and **groceries** online since it offers convenience and a wide variety of choices.
我通常在網路上買零食和雜貨，因為它提供了便利和多樣化的選擇。

hardware
[ˈhɑrdˌwɛr]
n. 硬體；裝備；五金器具

例 The receiver is widely compatible with all type-C devices, so you don't have to buy extra **hardware**.
這款接收器能與所有的 C 型接口裝置相容，所以你不用再另外買其他硬體設備。

headset
[ˈhɛdˌsɛt]
n. 耳機

例 A wired **headset** can still offer better sound quality than a wireless one.
有線耳機的音質還是比無線的好。

import
[ˈɪmport]
v. 進口；輸入

例 Many countries **import** cars from Japan as they are known for their high-quality craftsmanship, advanced technology, and fuel efficiency.
許多國家從日本進口汽車，因為日本以其高品質的工藝、先進的技術和燃油效率而聞名。

inevitable
[ɪn`ɛvətəbḷ]
adj. 不可避免的

例 A bit of shoving is **inevitable** when you go shopping on Black Friday.
當你在黑色星期五去購物時，些許的推擠是不可避免的。

☆ **考點提醒**

inevitable 常與 unavoidable 同義替換，inevitable 更強調事情是注定會發生而不可避免的，而 unavoidable 則是形容較為平常的事件。

independently
[ˌɪndɪ`pɛndəntlɪ]
adv. 獨立地

例 This store is **independently** owned, emphasizing its unique character and distinct offerings within the community.
這家商店是獨立擁有的，強調其在社區內獨有的特色和產品。

instant
[`ɪnstənt]
adj. 立即的；即刻的

例 Our members get **instant** access to thousands of books, magazines, and podcasts in one subscription.
我們的會員僅在一個訂閱帳號中便能即刻享有數千樣書籍、雜誌和播客。

instead
[ɪn`stɛd]
adv. 反而；取而代之的是

例 I didn't have cash on me, so I paid by card **instead**.
我沒帶現金，所以我用刷卡的。

☆ **考點提醒**

instead of 可以看成一個介系詞，意思是「而不是……」，如：I went to the mall instead of the store. 「我去了商場，而不是那間店。」同一個意思用 instead 表達則是：I did not go to the store. I went to the mall instead.

instinct
[`ɪnstɪŋkt]
n. 直覺；本能

例 I know by **instinct** that this would look good on you.
我直覺認為這件你穿會很好看。

instrument

[`ɪnstrəmənt]

n. 樂器；儀器

例 In this tour, you will get an idea of how our custom-made **instruments** are built.

在這趟導覽中，你會知道我們客製化的樂器是怎麼製造出來的。

inventory

[`ɪnvənˌtorɪ]

n. 存貨清單

例 Most stores take **inventory** twice a month to maintain accurate stock levels and streamline their supply chain management.

大多數的店家一個月盤點兩次存貨，以保持準確的庫存水準並簡化供應鏈管理。

jeopardize

[`dʒɛpədˌaɪz]

v. 危及

例 Your irresponsibility would **jeopardize** your career, as it would reflect poorly on your work ethic and professional reputation.

你的不負責將會危及你的職涯，因為它會影響你的職業道德和職業聲譽。

jewelry

[`dʒuəlrɪ]

n. 珠寶

例 Their **jewelry** are made of high-quality alloy materials.

他們的珠寶是由高品質的合金製成的。

> ✿ 考點提醒
>
> jewelry 是指「珠寶」，可能是項鍊、手環或耳環；而 jewel 則是指「寶石」。可以說 jewelry 上包含了 jewel。jewelry 不可數，jewel 可數。

judiciously

[dʒu`dɪʃəslɪ]

adv. 明智地；審慎地

例 Young people should learn to spend their money **judiciously**.

年輕人應該要學會審慎花錢。

label

[`lebl]

n. 商標；標籤

例 They manufacture goods under their own **label**.

他們品牌的商品都是自己生產的。

legitimate
[lɪ`dʒɪtəmɪt]
adj. 正當的；合法的

例 You can still return an item without a **legitimate** reason.
即使沒有正當理由，你還是可以退貨。

📌 **考點提醒**
> legitimate 在口語上可縮稱為 legit。

liability
[ˌlaɪə`bɪlətɪ]
n. 責任；負債；傾向

例 The company denied **liability** for the damage, asserting that the incident was beyond their control and not their responsibility.
這間公司否認這次損害的責任，聲稱該事件超出了他們的控制範圍，而不是他們的責任。

list
[lɪst]
n. 清單；名冊

例 This is not a comprehensive **list** of their forthcoming products.
這還不是他們即將推出的產品的完整清單。

malfunction
[mæl`fʌŋkʃən]
n. 故障

例 The delay was caused by a **malfunction** in the system.
這次的延誤是由系統故障所引起的。

manage
[`mænɪdʒ]
v. 管理

例 You will probably want to set up a filter to **manage** your emails.
你可以設置一下篩選器來管理你的電子郵件。

📌 **考點提醒**
> manage to Vr. 意思是「設法……」，如：I managed to talk him out of it.「我設法勸退他了。」

manufacture
[ˌmænjə`fæktʃɚ]
v. 製造；加工

例 It's hard to find a product **manufactured** in the States in our stores.
在我們店裡很難找到在美國製造的產品。

massive
[ˋmæsɪv]
adj. 大量的；大規模的

例 We are making **massive** efforts to improve our customer service.
我們正投入大量的心力來改善我們的顧客服務。

membership
[ˋmɛmbɚˌʃɪp]
n. 會員資格

例 Your annual **membership** will expire in a week, so be sure to renew it to continue enjoying the benefits and access to our services.
您的年費會員資格將在一週後到期，請務必續訂，以繼續享受我們的福利和服務。

merchandise
[ˋmɝtʃənˌdaɪz]
n. 商品

例 Thousands of dollars worth of **merchandise** was stolen.
價值幾千美元的商品被偷了。

minimize
[ˋmɪnəˌmaɪz]
v. 最小化

例 Our dedicated team has been working towards **minimizing** friction for our customers.
我們的專業團隊一直以來都致力於將我們顧客遇到的阻力降到最低。

notable
[ˋnotəbl]
adj. 顯著的；著名的

例 The award will be given out to celebrate the **notable** achievements of our team members.
這個獎是要表彰我們團隊成員所達成的非常顯著的功績。

occasion
[əˋkeʒən]
n. 場合；重大活動

例 I am looking for some special **occasion** dresses.
我在找一些重要場合穿的洋裝。

✍ **考點提醒**

「在……場合」搭配的介系詞為 on，如：on this special occasion「在這個特殊的場合上」。

order
[`ɔrdɚ]
n. 訂單

例 Please provide me with your **order** details so that I can assist you more efficiently.
請向我提供您的訂單詳細信息，以便我更有效地為您提供協助。

outrageous
[aʊt`redʒəs]
adj. 太誇張的；令人吃驚的

例 It is definitely not worth the **outrageous** price.
它絕對不值這個誇張的價格。

penny
[`pɛnɪ]
n. 一分錢；一小筆錢

例 It is a service that is worth every **penny**.
這個服務值得你的每一分錢。

persuade
[pɚ`swed]
v. 說服

例 He **persuaded** me to buy the bag; he was pretty convincing about how great it was.
他說服我買了這個包，他述說它的優點時非常有說服力。

pressure
[`prɛʃɚ]
n. 壓力

例 We want you to have a zero-**pressure** shopping experience.
我們想要讓你有一次零壓力的購物體驗。

product
[`prɑdəkt]
n. 產品；產物

例 All our **products** are designed and manufactured in Italy.
我們所有的產品都是於義大利設計並生產的。

profitable
[`prɑfɪtəbl̩]
adj. 盈利的

例 Having a YouTube channel with a lot of views can be **profitable**.
有一個有很多觀看次數的 YouTube 頻道是可以很賺錢的。

promotion
[prə`moʃən]
n. 提升；促銷；升遷

例 Please note that only our members are eligible for this **promotion**.
請知悉只有我們的會員才有資格參加這次的促銷活動。

promptly
[`prɑmptlɪ]
adv. 立即地；迅速地

例 Call us at the number, and we will assist you **promptly**.
打這支電話給我們，我們會立即協助您。

purchase
[`pɝtʃəs]
v. 購買

例 You can **purchase** the guitar online or at our store.
你可以在網路上或我們的店購買這把吉他。

qualify
[`kwɑlə͵faɪ]
v. 使合格；有資格

例 Users with pre-existing subscriptions do not **qualify** for this offer.
目前已訂閱的舊用戶不具備參加本次優惠的資格。

quality
[`kwɑlətɪ]
n. 品質；特性

例 The **quality** of their products is considered questionable.
他們產品的品質受人質疑。

✍ 考點提醒

quality 也常作為形容詞，意思是「高品質的」，如：It's imortant to provide quality service.
「提供高品質的服務是很重要的。」

quantity
[`kwɑntətɪ]
n. 量

例 Buying large **quantities** of one item at once for a reduced price per item is preferable.
一次以較低的單位價格購買大量的同種商品是比較好的。

query
[`kwɪrɪ]
n. 詢問

例 If you have further **queries**, you can contact Mr. Li.
如果你有更進一步的問題，你可以聯絡李先生。

quote
[kwot]
n. 報價

例 We will send you a **quote** for the repairs tomorrow.
我們明天會把這次修繕工程的報價寄給您。

random
[`rændəm]
adj. 任意的；隨機的

例 The winner is selected on a **random** basis.
得獎者是隨機選出的。

rectify
[`rɛktə͵faɪ]
v. 矯正

例 Please be assured we have **rectified** the issue and apologize for any confusion or inconvenience caused.
請放心，我們已經糾正了這個問題，並對由此造成的任何混亂或不便表示歉意。

regardless
[rɪ`gɑrdlɪs]
adj. 不關心的

例 We ensure that you get the best shopping experience **regardless** of your location.
我們一定能保證無論你在哪裡都能得到最棒的購物體驗。

✦ 考點提醒

regardless of 意思是「無論……」，相似的片語還有 irrespective of。

release
[rɪ`lis]
v. 發行；發布

例 They unexpectedly **released** their new product ahead of their opponent.
沒想到的是他們比對手先行發佈了他們的產品。

relevant
[`rɛləvənt]
adj. 相關的；切題的

例 Please find attached the **relevant** documents regarding your concerns about your delivery.
請參考於附件中關於您對送貨相關疑慮的文件。

replacement
[rɪ`plesmənt]
n. 替代物

例 You can find high-performance **replacement** parts for laptops here.
你可以在這裡找到高效能的筆電替換零件。

report
[rɪ`port]
v. 回報

例 Please **report** these issues to our technical support engineer.
請向我們的技術支援工程師回報這些問題。

retailer
[rɪ`telɚ]
n. 零售店

例 Several computer **retailers** have gone out of business.
好幾間電腦零售店都倒閉了。

return
[rɪ`tɜn]
v. 退回；返還

例 We are still awaiting an email confirming when to **return** the defective batches.
我們還在等一封電子郵件確認何時能把這批瑕疵貨品退還。

revenue
[`rɛvə͵nju]
n. 收益；收入

例 Ad **revenues** vary wildly, depending primarily on the time of the year.
廣告的收益變化非常大，主要是根據一年中的時段來決定。

sales
[selz]
n. 銷售額

例 **Sales** rose by 15% over the summer holiday period.
暑假期間銷售額增加了百分之十五。

✦ 考點提醒

sale 是指「單筆銷售」，而 sales 是指「銷售額」。for sale「售賣的」和 on sale「特價」都是用單數型。

sample
[`sæmpl]
n. 樣品；試用品

例 Every customer can get a free **sample** pack, allowing them to experience our products before making a purchase decision.
每位顧客都可以獲得一份免費的樣品包，讓他們在做出購買決定之前體驗我們的產品。

satisfy
[`sætɪsˌfaɪ]
v. 使滿意

例 We must **satisfy** the needs of most customers, ensuring our products and services meet their expectations and preferences.
我們必須滿足大多數客戶的需求，確保我們的產品和服務滿足他們的期望和偏好。

scent
[sɛnt]
n. 香味；氣味

例 The **scent** of the perfume filled the air, leaving a lingering and captivating fragrance in its wake.
這款香水的香味彌漫在空氣中，留下一股持久而迷人的香氣。

section
[`sɛkʃən]
n. 部分；區域

例 You can find the invoice for this purchase in the billing **section**.
您可以在計費欄位找到這次交易的發票。

selection
[sə`lɛkʃən]
n. 選擇；選集

例 Save up to 50% on this **selection** of items.
在這組精選商品中省下高達百分之五十的價格。

shelf
[ʃɛlf]
n. 貨價；書架

例 His new books are flying off our **shelves**.
他的新書在我們這裡賣得超級好。

📌 **考點提醒**

其他包含 shelf 的常用片語：off the shelf「有現貨」，如：All items can be bought off the shelf.「所有商品都有現貨。」on-shelf availability「現貨可得性」，如：On-shelf availability is important for retailers.「現貨可得性對於零售業者來說很重要。」

similar
[`sɪmələ]
adj. 相似的

例 I will compare it with **similar** items before making a decision.
做決定前我會再比較一下相似的產品。

site
[saɪt]
n. 網站；地點

例 By adding English, you can get 20% more traffic to your **site**.
加了英文之後，你的網站能夠獲得百分之二十的流量增長。

ship
[ʃɪp]
v. 裝運

例 It would be best if you had a sturdier box for **shipping**.
你需要一個更堅固的箱子來裝運。

showcase
[`ʃoˌkes]
v. 陳列；展示

例 Your website design **showcases** what sets you apart from the rest.
你的網站設計就顯示了你和其他人的區別。

software
[`sɔftˌwɛr]
n. 軟體

例 We run automated file scans for malicious **software** on a daily basis.
我們每天都會進行自動文件掃描，查殺惡意軟體。

solid
[`salɪd]
adj. 堅固的；牢靠的

例 Google Translate is a **solid** choice to use as an online translation tool.
谷歌翻譯是一款非常牢靠的線上翻譯工具。

specific
[spɪ`sɪfɪk]
adj. 明確的；特定的

例 It is hard to pin this piece to any **specific** period.
你很難將這件的款式歸屬到任何一個特定的年代。

✗ **考點提醒**

specific 是指「明確定義的」，如：Please give me a specific date.「請給我一個明確的日期。」；而 particular 是相對於隨便任何一個，是「特定的一個」，如：I always remember that particular date when I first met you.「我永遠記得我第一次遇到你的那一天。」

splurge
[splɝdʒ]
v. 揮霍；肆意花錢

例 How much have you **splurged** on your shoes?
你在你的鞋子上花了多少錢？

staffing
[`stæfɪŋ]
n. 人員配備

例 Businesses are impacted by a **staffing** crisis in the industry.
很多公司都受到了產業勞動力危機的衝擊。

stationery
[`steʃənˌɛrɪ]
n. 文具

例 Stationery World is the biggest **stationery** supplier in Singapore.
文具世界是新加坡最大的文具供應商。

stock
[stɑk]
n. 庫存；存貨

例 Some stores inventory their **stock** once a week.
有些店家一週清點一次存貨。

📌 **考點提醒**

stock 相關片語：in stock「有庫存」、out of stock「無庫存」，如：This model is out of stock for the moment.「這個款式現在沒有庫存了。」另外，stock 也可以作為動詞，意思是「進貨」，如：This store stocks a wide range of rubber toys.「這間店有各式各樣的橡膠玩具。」

storekeeper
[`storˌkipɚ]
n. 店主

例 To collect your parcel, go to the collection point and show this code to the **storekeeper**.
若您要領取您的包裹，請到此領取點並將取貨碼出示給店主。

submit
[səb`mɪt]
v. 呈交

例 We noticed you **submitted** a request for a refund this morning.
我們注意到您今早提出了一個退款申請。

subscribe
[səb`skraɪb]
v. 訂閱；訂購

例 I **subscribe** to the New York Times for daily news and insightful journalism.
我訂閱《紐約時報》以獲取每日新聞和富有洞察力的新聞報道。

📌 **考點提醒**

subscribe 一定會跟著介系詞 to。

subsequent

[`sʌbsɪˌkwɛnt]

adj. 後來的；接續的

例 The new address will be listed on all **subsequent** invoices issued to you.
這個新地址將載於往後寄給您的發票當中。

subtract

[səb`trækt]

v. 減去；去掉

例 According to the record, seven items were **subtracted** from the list.
根據報告，有七項商品被從清單上去除了。

sufficient

[sə`fɪʃənt]

adj. 充分的；足夠的

例 You should complete the application by July 25th to allow us **sufficient** time to process your order.
你需要在七月二十五日前完成申請，讓我們有足夠的時間來處理你的訂單。

📌 **考點提醒**

sufficient 的反義詞為 deficient「缺乏的」。

surroundings

[sə`raʊndɪŋz]

n. 週遭事物；環境

例 Please be aware of your **surroundings** and take note of exits.
請注意你的周圍環境並留意出口位置。

sweep

[swip]

v. 橫掃

例 A new wave of retro styles is **sweeping** the European fashion industry.
新的一波復古風正席捲歐洲時尚界。

tedious

[`tidɪəs]

adj. 冗長的；乏味的

例 Grocery shopping can be **tedious** sometimes, especially when navigating crowded aisles and dealing with long checkout lines.
買日用品有時是很乏味的，尤其是在擁擠的過道和排長隊結帳時。

term

[tɝm]

n. 條款

例 It is agreed under section 3 of our **Terms** and Conditions that the buyer will pay the cost for each correspondence we manage.
在我們的條款與細則政策的第三部分中標明了買家需支付我們經辦的任何信函之費用。

threshold
[`θrɛʃhold]
n. 門檻；稅之起徵點

例 You are being billed because you have reached your $500 payment **threshold**.
您會收到這份帳單的原因是您已達到您的五百元起付門檻。

top-notch
[`tɑp`nɑtʃ]
adj. 頂尖的；一流的

例 We offer our **top-notch** translation, editing, and proofreading services to clients throughout the UK.
我們向全英國的客戶提供我們頂尖的翻譯、編輯和校對服務。

top-up
[`tɑpʌp]
v. 加值；充值

例 You can **top-up** your card at a discount in the store.
你可以在店裡以優惠價加值。

trend
[trɛnd]
n. 趨勢；潮流

例 We help you stay updated with the latest fashion **trends**.
我們幫助你跟上最新的時尚潮流。

trial
[`traɪəl]
n. 試用；試驗

例 You've got a free 30-day **trial** of YouTube Premium.
你可以免費試用 YouTube Premium 30 天。

upcoming
[`ʌp͵kʌmɪŋ]
adj. 即將到來的

例 If you're interested in joining the program, keep an eye out for **upcoming** emails this week.
如果你有興趣加入這個計畫，這週留意一下後面的電子郵件。

vacuum
[`vækjʊəm]
n. 真空吸塵器

例 The cordless **vacuum** cleaner comes with a self-standing design.
這款無線真空吸塵器附有一個自行站立設計。

vague
[veg]
adj. 模糊的；不明確的

例 Your question is a little **vague**. Can you be more specific?
你的問題有點模糊，你可以說得再具體一點嗎？

vary
[`vɛrɪ]
v. 變化；使多樣化

例 Consumer behavior **varies** from person to person.
消費行為每個人都有所不同。

vendor
[`vɛndɚ]
n. 供應商；小販

例 The **vendor** is held responsible for the faulty goods.
這個供應商應為這些瑕疵商品負責。

virtually
[`vɝtʃʊəlɪ]
adv. 實際上

例 With the step-by-step platform, there is **virtually** no planning at all.
有了這個平台幫你逐步搭建，你根本就不用作任何實質的計畫。

visible
[`vɪzəbl]
adj. 可見的；曝光率高的

例 Follow these tips to make your business more **visible** to your clients.
遵循這些訣竅，提升你的公司在客戶群中的可見度。

voucher
[`vaʊtʃɚ]
n. 券

例 Your Amazon **vouchers** expire in 72 hours, so be sure to use them before the deadline to enjoy your discounts or make a purchase.
您的亞馬遜購物券即將在七十二小時後過期，請務必在截止日期之前使用它們以享受折扣或進行購買。

warranty
[ˋwɔrəntɪ]
n. 保修單；保固

例 Your product is still under **warranty**, so any issues or defects will be addressed by the manufacturer at no additional cost during this period.
您的產品仍在保固期內，因此在此期間任何問題或缺陷都將由製造商解決，並無需額外的費用。

wholesale
[ˋholˌsel]
adv. 批發地

例 Our business only sells **wholesale** online, so to place **wholesale** orders, please visit our website or contact our sales team.
我們的業務僅有線上批發，因此若要下批發訂單，請訪問我們的網站或聯絡我們的銷售團隊。

window-shop
[ˋwindoˌʃɑp]
v. 逛街

例 Do you want to do some **window shopping** together?
你想要一起去逛街嗎？

worth
[wɝθ]
adj. 值得的

例 This is a product **worth** raving about.
這是一個值得狂推的產品。

✍ 考點提醒

worth 後面固定搭配名詞或動名詞 (V-ing)，如：
It is worth your time.「它值得你的時間。」或
It is worth buying.「它值得買。」

CHAPTER 4

外食

Chapter 4 音檔雲端連結

因各家手機系統不同，若無法直接掃描，
仍可以至以下電腦雲端連結下載收聽。
（http://tinyurl.com/bdzekkzu）

accompaniment
[əˋkʌmpənɪmənt]
n. 配菜；佐餐

例 Pick the **accompaniments** that go with your steak.
選擇搭配你的牛排的佐餐。

accordingly
[əˋkɔrdɪŋlɪ]
adv. 相應地

例 Please let us know your preferences a week before your reservation so we can prepare **accordingly**.
請在訂位一週前告訴我們你的偏好，讓我們能相應地準備。

allergen
[ˋæləˌdʒɛn]
n. 過敏原

例 We cannot guarantee our dishes are 100% **allergen**-free.
我們無法保證我們的餐點是百分之百無過敏原的。

allergy
[ˋæləˌdʒɪ]
n. 過敏

例 It's important to inform a restaurant if you have any food **allergies**.
告知餐廳你的食物過敏禁忌是很重要的。

anniversary
[ˌænəˋvɝˌsərɪ]
n. 週年紀念

例 They are having their 15th-**anniversary** feast in the French restaurant.
他們即將在這間法國餐廳舉辦十五週年紀念大餐。

appeal
[əˋpil]
v. 吸引到

例 Their relaxed intimate atmosphere **appeals** to young diners.
他們那放鬆而親近的氣氛吸引了年輕的用餐客群。

✎ 考點提醒
appeal 當「吸引」、「迎合」的意思時，一定會搭配介系詞 to。

appetizer
[ˋæpəˌtaɪzə]
n. 開胃菜

例 The **appetizer** is so light and refreshing.
這道開胃菜又清淡又爽口。

appreciate
[əˈpriʃɪˌet]
v. 體認；鑑賞

例 It doesn't take long to **appreciate** why this place is on the list of the city's top restaurants.
沒過多久你就能體會到為什麼這家餐廳能上榜全市最佳餐廳的名單。

aroma
[əˈromə]
n. 香味；香氣

例 The **aroma** of liquor permeates the air.
酒香蔓延在空氣中。

authentic
[ɔˈθɛntɪk]
adj. 真實的；正宗的

例 I can't really find a place that offers the **authentic** flavor of Japanese food.
我找不太到有正宗日料口味的地方。

avant-garde
[ɑvɑŋˈgɑrd]
adj. 前衛的

例 This restaurant blends traditional French cuisine with modernist decor in an **avant-garde** fashion.
這間餐廳前衛地融合了傳統法式餐點和現代主義風的裝潢。

bestow
[bɪˈsto]
v. 給予；贈與

例 Ms. Su was recently **bestowed** with the renowned James Beard Award.
蘇女士最近獲頒了著名的詹姆斯比爾德獎。

blend
[blɛnd]
v. 融合

例 The ingredients are perfectly **blended** to create its unique texture.
這些原料被完美地融合在一起，創造出它獨特的口感。

✿ 考點提醒
blend 常與 mix 同義替換，但 blend 通常有更緊密融合的意思。

boast
[bost]
v. 以有……而自豪

例 The city **boasts** a delectable array of gastronomic offerings.
這座城市擁有各式各樣美味的食物。

casual
[`kæʒʊəl]
adj. 隨性的;非正式的

例 We are just looking for a **casual** dining place.
我們在找一個一般的休閒餐廳。

cater
[`ketɚ]
v. 迎合;提供飲食

例 This restaurant tries to **cater** to the sophisticated diners.
這間餐廳嘗試迎合那些精緻的饕客。

classic
[`klæsɪk]
adj. 經典的

例 It's the **classic** combination of slow-braised beef and marinated tofu.
它是慢燉牛肉和滷豆腐的經典結合。

> ☆ **考點提醒**
>
> classic 是指「經典的」,而 classical 則是「古典的」。

cocktail
[`kɑk͵tel]
n. 雞尾酒

例 **Cocktails** will be served at the end of the meal.
雞尾酒會在餐後上。

collaboration
[kə͵læbə`reʃən]
n. 合作

例 Papaya's Home is a classic Thai restaurant in **collaboration** with renowned chef Benz.
木瓜之家是一間經典的泰式餐廳,並與知名主廚 Benz 合作。

> ☆ **考點提醒**
>
> collaboration 意思是「合作」,雙方皆積極付出;而 cooperation 除了「合作」之外,還有「配合」的意思,如:Thank you for your cooperation.「感謝您的配合。」

contemporary
[kən`tɛmpə͵rɛrɪ]
adj. 當代的

例 It is a **contemporary** dish that is lighter and more veggie-forward.
這是一道現代料理,更加清淡、更加蔬食導向。

course
[kors]
n. 一道菜

例 What does a typical five-**course** meal include?
一般的五菜套餐都有什麼?

courtesy
[`kɝtəsɪ]
n. 禮貌；好意

例 Two glasses of red wine were served **courtesy** of the restaurant.
他們上了兩杯餐廳招待的紅酒。

craft
[kræft]
v. 精巧地製作

例 Mr. Akita skillfully **crafted** sushi before my eyes.
秋田先生在我眼前熟練地做壽司。

cuisine
[kwɪ`zin]
n. 菜餚；料理

例 Cheese, seafood, and wine are central to Spanish **cuisine**.
起司、海鮮和酒是西班牙料理的核心。

culinary
[`kjulɪˌnɛrɪ]
adj. 烹飪的

例 Elevate your **culinary** skills by learning from our experienced chefs.
和我們經驗豐富的廚師學習提升你的廚藝。

definitive
[dɪ`fɪnətɪv]
adj. 最可靠的

例 We devised a **definitive** list of the best restaurants you must try.
我們整理出了一份最可靠的最佳餐廳名單，你一定得去試試。

delicate
[`dɛləkət]
adj. 精緻的；清淡的

例 The genoise layers are light and **delicate**.
這些海綿蛋糕非常清淡且精緻。

delight
[dɪ`laɪt]
n. 樂事；欣喜

例 Barcelona is famous for its culinary **delights** hidden in the local markets.
巴賽隆納有名的是隱藏在當地市場裡的美食。

deserve
[dɪ`zɝv]
v. 應得

例 Last year, the restaurant was finally awarded the Michelin star it **deserved**.
去年，這間餐廳終於得到了它應得的那顆米其林星星。

dietary
[ˋdaɪəˌtɛrɪ]
adj. 飲食的

例 We can adapt our menu to your **dietary** requirements.
我們可以根據你的飲食要求調整我們的菜單。

distinction
[dɪˋstɪŋkʃən]
n. 卓越；優秀

例 Savor our handcrafted wines of **distinction**.
品嚐一下我們的高級手工酒品。

eatery
[ˋitərɪ]
n. 小餐館

例 There are a wide range of **eateries** on this street.
這條街上有各式各樣的小餐館。

elegance
[ˋɛləgəns]
n. 優雅

例 This place exudes an air of understated **elegance**.
這個地方散發著一股低調的優雅氣息。

embody
[ɪmˋbɑdɪ]
v. 體現

例 This dish **embodies** the essence of the Chinese philosophy of finding balance.
這道菜體現了這條中國哲理中庸之道的本質。

essence
[ˋɛsns]
n. 本質；精髓

例 This restaurant is his first venture outside Vietnam, bringing the **essence** of refined Vietnamese cuisine to Taiwan.
這間餐廳是他在越南以外的第一家店，它把精緻越南料理的精髓帶到了台灣。

establishment
[ɪsˋtæblɪʃmənt]
n. 機構；公司

例 The Michelin-starred **establishment** has been a foodie favorite for years.
這間米其林星級餐廳好幾年來都是老饕的最愛。

executive
[ɪg`zɛkjʊtɪv]
adj. 執行的；行政的

例 The kitchen is led by **executive** chef Wang.
廚房是由王主廚掌管的。

exquisite
[`ɛkskwɪzɪt]
adj. 精緻的

例 This menu includes an **exquisite** truffle selection.
這份菜單包含了精緻的松露精選。

extensive
[ɪk`stɛnsɪv]
adj. 廣泛的；大範圍的

例 There is an **extensive** salad bar and plenty of other dessert options to choose from.
他們有一個選擇多樣的沙拉吧和其他甜點可供選擇。

extremely
[ɪk`strimlɪ]
adv. 極度；極其

例 Our Sunday Brunch is **extremely** popular with local diners.
我們的週日早午餐非常受當地客人的歡迎。

exude
[ɪg`zjud]
v. 散發

例 This place **exudes** an authentic charm, which is what most people come back for.
這個地方散發一種真實的魅力，這也是多數客人回頭來用餐的原因。

fare
[fɛr]
n. 飲食；食物

例 Get ready to relish the comforting taste of superb Cantonese **fare**.
準備好品嚐一流廣式料理的美味吧！

feature
[fitʃɚ]
v. 以……為特色

例 It's an American restaurant whose logo **features** a giant burger.
它是一間招牌是一個大漢堡的美式餐廳。

☆ 考點提醒

feature 的用法是 sth. + feature +特色。如：
This ad features my favorite actress. 「這個廣告裡有我最喜歡的女演員。」使用時要注意主詞、受詞的關係。

feedback
[ˈfidˌbæk]
n. 回饋

例 If you prefer, you can reply to this email with any **feedback** you may have.
如果您方便，您可以回覆這封電郵告訴我們您的回饋。

ferment
[fɝˈmɛnt]
v. 發酵

例 We would allow the juice to **ferment** for several weeks.
我們會讓果汁發酵幾個禮拜。

fine
[faɪn]
adj. 極好的；精良的

例 PANO is a **fine** dining restaurant serving contemporary French dishes.
PANO 是一間主打精緻餐飲的餐廳，提供當代法式料理。

finesse
[fəˈnɛs]
n. 巧妙的技術

例 All the flavors are nicely blended with **finesse**.
所有風味被巧妙地融合在一起。

flavor
[ˈflevɚ]
n. 味道；風味

例 Thai **flavors** and produce are blended with Japanese techniques to create a taste sensation that will have you hooked from the first bite.
泰式風味和食材與日式技藝融合出一道味覺的震撼，讓你吃一口就愛上。

fuse
[fjuz]
v. 融合

例 The restaurant **fuses** traditional Chinese cooking with Japanese ingredients.
這間餐館融合了傳統中華料理方法和日本食材。

gastronomy
[gæsˈtrɑnəmɪ]
n. 烹飪

例 The Mediterranean **gastronomy** and our cheese are harmoniously combined.
地中海料理技法和我們的起司和諧地融合到一塊兒。

gourmet
[`gʊrme]
adj. 美味的

例 Paris has a lot to offer, from **gourmet** cuisine and historical sites to magnificent architecture.
巴黎有很多吸引人的點，從美味的佳餚、歷史古蹟到壯觀的建築。

grill
[grɪl]
v. 燒烤；炙烤

例 They are best known for their **grilled** squid, a signature dish that showcases their culinary expertise in preparing perfectly cooked and flavorful seafood.
他們最出名的是烤魷魚，它是一道招牌菜，展示了他們如何完美烹調海鮮的專業知識。

hail
[hel]
v. 擁戴；承認

例 It is **hailed** as one of Hong Kong's best tea houses.
它被選為香港最棒的茶館之一。

hallmark
[`hɔl͵mɑrk]
n. 標記；特點

例 This crispy, shredded tofu is a **hallmark** of Huaiyang cuisine.
這道脆皮豆腐絲是淮揚料理的特色菜。

hassle
[`hæsl]
n. 麻煩

例 The food's exceptional taste is worth the **hassle** of waiting in the long line.
這裡食物獨特的味道是值得排長隊去吃的。

helm
[hɛlm]
v. 掌舵；掌管

例 MoreYeh, **helmed** by chef Lin, is a Thai-Chinese restaurant in downtown Hangzhou.
牧野，由林廚掌管，是一間在杭州市區的中泰料理餐廳。

high-end
[`haɪ`ɛnd]
adj. 高檔的

例 They serve up **high-end** dishes in such a humble setting.
他們在如此簡陋的場地供應著高檔料理。

highlight
[ˈhaɪˌlaɪt]
n. 最精彩的部分

例 **Highlights** include the sweet and sour pork, the shredded beef with tofu, and the salt and pepper pork chops.
熱門菜包含了糖醋排骨、豆腐牛肉絲和椒鹽排骨。

hostess
[ˈhostɪs]
n. 女主人；女老闆

例 The host and **hostess** circulated among the guests, ensuring everyone felt welcome and attended to during the event.
老闆和老闆娘在客人間穿梭，確保每個人在活動期間都感到受歡迎並受到關注。

humble
[ˈhʌmbl]
adj. 簡陋的；貧下的

例 His **humble** agrarian roots can be seen in his cooking.
他那農村樸實的草根性格可見於他的廚藝中。

impeccable
[ɪmˈpɛkəbl]
adj. 無懈可擊的

例 Everything is **impeccable**, from the food and the setup to their service.
一切都很完美，從食物、擺設到他們的服務。

indecisive
[ˌɪndɪˈsaɪsɪv]
adj. 猶豫不決的

例 It's the perfect option for **indecisive** diners.
它對於猶豫不決的客人來說是個太好的選擇。

indulge
[ɪnˈdʌldʒ]
v. 放縱；沈迷

例 Occasionally, I would **indulge** in a glass of wine at night.
偶爾我會在夜裡盡情的喝一杯。

ingredient
[ɪnˈɡridɪənt]
n. 原料

例 It is vital to use high-quality **ingredients** in food production.
在食品製作中使用高品質的原料是很重要的。

innovative
[`ɪnoˌvetɪv]
adj. 創新的

例 We are proud of our **innovative** and reimagined Taiwanese dishes.
我們相當自豪於我們創新且重新詮釋過的台式料理。

interior
[ɪn`tɪrɪə]
adj. 內部的；內側的

例 The wooden-clad **interior** is full of nostalgia.
這木質的內裝溢滿了懷舊之情。

intolerance
[ɪn`tɑlərəns]
n. 不耐受；不寬容

例 This menu is made for people with gluten **intolerance**.
這份菜單是為麩質不耐症的人設計的。

joint
[dʒɔɪnt]
n. 平價小酒館

例 It's one of the best kebab **joints** in Bristol, known for its flavorful and succulent offerings.
它是布里斯托最棒的烤肉店之一，以其美味多汁的餐點聞名。

madam
[`mædəm]
n. 女士

例 Are you ready to order, **madam**?
女士，您準備好點餐了嗎？

maintain
[men`ten]
v. 維持；保持

例 Amazingly, they are able to **maintain** consistency in their service and quality throughout the years.
他們這麼多年來一直能夠維持服務和品質的一致性實屬不容易。

⚡ 考點提醒

maintain 是指「將某事維持於某狀態」，而 remain 則是「停留在原本的狀態」。maintain 比 remain 更有一種積極並持續付出的意味。

mixed
[mɪkst]
adj. 混合的;摻雜的

例 Reviews are **mixed** regarding their breakfast, with some praising the variety and flavor, while others express disappointment in the limited choices.
他們早餐的評價好壞摻半,有些人稱讚早餐的種類和風味,而另一些人則對有限的品項選擇表示失望。

modest
[`mɑdɪst]
adj. 有節制的;謙遜的

例 Chef Andrew prepared us a **modest** portion of caviar.
安德魯主廚給我們準備了一小份的魚子醬。

normal
[`nɔrml]
n. 常態;正常情況

例 The service will be back to **normal** tomorrow.
服務明天就會恢復正常。

✗ 考點提醒

be back to normal「恢復常態」還可以用 return to normalcy 表示。

nostalgia
[nɑs`tældʒɪə]
n. 懷舊之情

例 This dish triggers a sense of **nostalgia**, bringing on lots of memories.
這道菜觸動了一股懷舊之情,喚起了好多回憶。

noteworthy
[`not͵wɝðɪ]
adj. 值得注意的

例 The Spanish omelet is another **noteworthy** item on the menu.
這道西班牙蛋餅也是這份菜單上值得注意的一道菜。

ordinary
[`ɔrdn͵ɛrɪ]
adj. 普通的;平凡的

例 He magically turned an **ordinary** dish into a culinary masterpiece.
他神乎其技地將平凡無奇的一道菜搖身變成一道料理傑作。

organic
[ɔr`gænɪk]
adj. 有機的

例 **Organic** food is usually more expensive than conventional food.
有機食物通常比傳統食物更昂貴。

overall
[`ovɚˏɔl]
adv. 總體上

例 **Overall**, the restaurant certainly lives up to its reputation.
總體上，這間餐館肯定不枉虛名。

pairing
[`pɛrɪŋ]
n. 搭配的東西

例 I'm certainly no expert in selecting wine **pairings**.
我肯定不擅長挑選餐酒搭配。

palatable
[`pælətəbl]
adj. 美味的

例 We need to add a little spice to make the dish more **palatable**.
為了要讓這道菜更美味，我們需要加一點香料。

paradise
[`pærəˏdaɪs]
n. 天堂般的地方

例 The meat-lovers **paradise** never disappoints you.
這個肉食者的天堂永遠不會讓你失望。

partnership
[`pɑrtnɚˏʃɪp]
n. 合夥關係

例 It's his new restaurant in **partnership** with Panda Group.
這是他與熊貓集團合夥的一間新餐館。

patron
[`petrən]
n. 老顧客；贊助者

例 Sharon is a regular **patron** at the restaurant, often enjoying its offerings and warm atmosphere.
雪倫是這間餐廳的常客，經常享受這裡的美食和溫馨的氛圍。

porridge
[`pɔrɪdʒ]
n. 粥

例 Their seafood rice **porridge** is the ultimate comfort food.
他們的海鮮粥簡直是終極暖胃食物。

poultry
[`poltrɪ]
n. 家禽

例 It's a good idea to have some fried chicken made with freshly prepared **poultry**.
來點用新鮮現做的雞肉製成的炸雞是個不錯的選擇。

prefer
[prɪ`fɝ]
v. 更喜歡；寧可

例 I **prefer** to dine out at restaurants that offer a diverse menu with vegetarian options.
我更喜歡在提供多樣化菜單且有素食選擇的餐廳用餐。

✿ 考點提醒

prefer + A + to/over + B：She prefers Singapore to/over Hong Kong.「比起香港，她更喜歡新加坡。」

prefer + V-ing + to + V-ing：I prefer dining out to cooking at home.「比起在家煮，我更想要出去吃。」

prefer + to Vr. + rather than + Vr.：I prefer to dine out rather than cook at home.「比起在家煮，我更想要出去吃。」

premium
[`primɪəm]
adj. 高價的；高級的

例 Indulge in the ultimate meat experience with our **premium** beef collection.
盡情來一次肉的饗宴，體驗一下我們的高級精選牛肉。

produce
[`pradjus]
n. 農產品

例 This step makes sure that our **produce** sourcing conforms to regulations.
這個步驟確保了我們的農產品採購是符合規範的。

receptacle
[rɪ`sɛptəkl]
n. 容器

例 The shape of a **receptacle** can affect the drinkability of a beverage.
一個容器的形狀會影響一款飲料的吸引力。

refill
[`rifɪl]
n. 續杯

例 You can get free **refills** for your drink, offering added value to your purchase.
你可以免費續杯飲料,為你的購買提供附加價值。

refine
[rɪ`faɪn]
v. 提煉;精煉

例 Kaiseki is the most **refined** form of Japanese cuisine.
懷石料理是日式料理中最精緻的形式。

relocate
[ri`loket]
v. 搬遷

例 The restaurant that I visited a lot has **relocated** to Regent Street.
那間我常去的餐廳已經搬到攝政街上了。

renowned
[rɪ`naʊnd]
adj. 有名的

例 It is an Italian restaurant owned by **renowned** chef Jamie Oliver.
它是知名廚師傑米奧利佛開的一間義大利餐廳。

repertoire
[`rɛpɚˌtwɑr]
n. 全部技能;全部菜品庫

例 He continued to develop the restaurant's **repertoire** by blending in elements of Japanese cuisine.
透過融合日式料理的元素,他持續增添餐廳的菜品。

revamp
[ri`væmp]
v. 翻新;改造

例 With a **revamped** look and an upgraded menu, this restaurant is back and continues to serve soul food that nourishes the spirit of the locals.
帶著全新的面貌和升級的菜單,這間餐廳回歸了,並且持續以它的靈魂料理滋養當地人的靈魂。

rustic
[`rʌstɪk]
adj. 質樸的;農村的

例 This **rustic** establishment serves hearty, homemade dishes.
這家鄉村風格的餐廳供應自製的家常菜餚。

scrumptious
[`skrʌmpʃəs]
adj. 美味的

例 Here, you can sample the region's **scrumptious** cuisine.
在這裡你可以品嚐這個區域的美食。

seamlessly
[`simlıslı]
adv. 無縫地

例 The flavors of the mushroom and spinach were **seamlessly** blended.
香菇和菠菜的風味無縫地融合到一起。

seat
[sit]
v. 容納；使就座

例 The dining area is so spacious and can **seat** up to twenty people.
這個用餐區域非常寬敞，可以坐得下二十個人。

secure
[sı`kjʊr]
v. 得到手；使安全

例 This spot is so popular, so make sure you book at least weeks in advance to **secure** a seat.
這個地方生意超好，所以一定要至少提前幾週預定才能訂到座位。

setting
[`sɛtıŋ]
n. 環境；擺設

例 Just a basic table **setting** would be suitable for the casual event.
這種日常活動只需要基本的餐桌擺設就行了。

shellfish
[`ʃɛl͵fıʃ]
n. 甲殼類動物；貝類

例 Those who are not **shellfish** fans would also love this dish.
不喜歡吃貝類的人也會愛這道菜。

signature
[`sıgnətʃɚ]
n. 標誌；簽名

例 I strongly suggest ordering their **signature** tuna tartare.
我強烈建議點他們招牌的鮪魚塔塔。

sleek
[slik]
adj. 時髦的；豪華的

例 What draws me to the restaurant is its **sleek**, modern interior design.
這家餐廳吸引我的是其時尚、現代的室內設計。

sommelier
[samə`lje]
n. 侍酒師

例 The knowledgeable **sommelier** kindly helped us pick from the exhaustive wine list.
那位非常內行的侍酒師熱心地幫我們從那份詳細的酒單上挑選飲料。

sophisticated
[sə`fɪstɪˌketɪd]
adj. 精緻的；老練的

例 We prepare sophisticated food for **sophisticated** diners.
我們為精緻的客人準備精緻的餐點。

source
[sors]
v. 獲得；採購

例 We want all of our ingredients to be locally **sourced**.
我們想要我們所有的食材都是取自於本地的。

specialty
[`spɛʃəltɪ]
n. 名產；特色菜

例 He used some of Taiwan's **specialties** to make this main dish.
他運用了一些台灣特產來烹製這道主菜。

spotlight
[`spatˌlaɪt]
v. 使突出

例 Their menu **spotlights** locally grown produce, as seen in their dishes.
他們的菜單特別強調當地種植的蔬菜，如同在他們的料理中所見。

staple
[`stepḷ]
n. 主食

例 Keep an eye out for these street food **staples** when you are in Bangkok.
當你在曼谷時，留意一下這些小吃主食。

starter
[`startɚ]
n. 開胃菜

例 The cold cuts can be served as a **starter**.
這道冷盤可以當作開胃菜。

stew
[stju]
n. 燉煮的食物

例 I was amazed by the Korean spicy fish **stew's** incredible flavors.
我被這道韓式辣味魚煲的美味驚艷到了。

substitute
[`sʌbstə͵tjut]
v. 代替

例 In the recipe, rice is **substituted** with broccoli.
在食譜中，白飯是用花椰菜代替的。

succulent
[`sʌkjələnt]
adj. 多汁的

例 Their signature dish is the **succulent** Wagyu steak.
他們的招牌菜是這道爆漿和牛排。

suggest
[sə`dʒɛst]
v. 建議

例 I **suggest** you order their steamed black truffle prawn dumplings.
我建議你點他們的黑松露明蝦蒸餃。

✎ **考點提醒**

suggest + V-ing，如：I suggest ordering the burger.「我建議點這個漢堡。」

suggest + sb. + Vr.，如：I suggest you order the burger.「我建議你點這個漢堡。」

superb
[sʊ`pɝb]
adj. 一流的；上乘的

例 His dessert plating techniques are **superb**.
他的甜點擺盤技術是一流的。

supper
[`sʌpɚ]
n. 晚餐

例 Would you like to come over for **supper**?
你想過來吃晚餐嗎？

✎ **考點提醒**

supper 比起 dinner 更加簡單而非正式。
dinner 往往更隆重、更豐盛。

technique
[tɛk`nik]
n. 技術；技法

例 The traditional Chinese cuisine is created with modern cooking **techniques**.
這道傳統中華料理是由現代烹飪技術製成的。

tender
[`tɛndɚ]
adj. 嫩的

例 I didn't expect the chicken to be this juicy and **tender**.
我沒想到這雞肉那麼鮮嫩多汁。

texture
[`tɛkstʃɚ]
n. 質地；口感

例 I noticed that they put so much effort into creating this crunchy **texture**.
我發現他們花了很多精力創造出這種酥脆的口感。

throughout
[θru`aʊt]
prep. 遍及；貫穿

例 This menu is available **throughout** December.
這份菜單整個十二月都會有。

timeless
[`taɪmlɪs]
adj. 永恆的；傳世的

例 The elegance of French cuisine has a **timeless** appeal to all diners.
法式料理的優雅對所有的饕客來說存在一種永恆的魅力。

transition
[træn`zɪʃən]
n. 轉變；過渡

例 A handful of Starbucks locations have already begun the **transition**.
有一些星巴克的店面已經開始了這項轉變。

unassuming
[ˌʌnə`sjumɪŋ]
adj. 低調的；不張揚的

例 This bistro is tucked away in an **unassuming**-looking space.
這間小酒館隱藏在一個低調不喧嘩的空間。

unconventional
[ˌʌnkən`vɛnʃənl]
adj. 非傳統的

例 This dish is a creative and **unconventional** delight.
這道菜十分有創意，又不落窠臼。

vegan
[`vɛgən]
adj. 純素主義的

例 Would you recommend a **vegan** diet for children?
你推薦小孩子吃純素餐嗎？

✗ 考點提醒

vegan 為「純素主義」，除了不吃肉，也會避免任何動物製品，如：蛋、奶、蜂蜜等。

vegetarian
[ˌvɛdʒə`tɛrɪən]
adj. 素食主義的

例 How many **vegetarian** options do you have?
你們有多少素食的選項？

venue
[`vɛnju]
n. 活動地點

例 This **venue** is popular for its romantic vibe and intimate ambiance.
這個場地因其浪漫且親密的氛圍廣受歡迎。

> 考點提醒
>
> venue 是指「舉辦某活動的地點」，而 location 是泛指任何地點。

vibe
[vaɪb]
n. 氛圍；氣氛

例 You can feel the infectiously laid-back **vibe** within moments of stepping inside.
踏進來不到幾秒鐘，你就能感受到這裡彌漫著的鬆弛氛圍。

wait
[wet]
v. 服侍

例 We need more people to **wait** on our guests to ensure efficient and attentive service during busy periods.
我們需要更多人來接待我們的客人，以確保在繁忙時段提供高效、周到的服務。

> 考點提醒
>
> wait 作為「等待」的意思時，搭配 for；作為「服侍」的意思時，搭配 on。

well-balanced
[`wɛl`bælənst]
adj. 均衡的；平均的

例 We offer you some **well-balanced** meal ideas, providing nutritious and delicious options for a healthier lifestyle.
我們為您提供一些均衡餐點的想法和營養美味的選擇，打造更健康的生活方式。

C 5
CHAPTER
娛樂

Chapter 5 音檔雲端連結

因各家手機系統不同，若無法直接掃描，
仍可以至以下電腦雲端連結下載收聽。
（http://tinyurl.com/32xkz825）

acclaim
[ə`klem]
n. 稱讚；喝采

例 Her second album brought her critical **acclaim** and financial success.
她的第二張專輯讓她得到了專業佳評和商業上的成功。

adjacent
[ə`dʒesənt]
adj. 相鄰的

例 A new shopping mall is to be built immediately **adjacent** to the theater.
一間新商場即將建在這間劇院旁邊。

✧ 考點提醒

adjacent 基本和 adjoining 同義，但 adjoining 表示兩者互相連接，而 adjacent 則無，如：an adjoining room「連通房」。

aforementioned
[ə`for`mɛnʃənd]
adj. 上述的

例 The **aforementioned** price you will pay comprises the following items.
您將支付的上述費用包含了以下這幾個細項。

air
[ɛr]
v. 播出

例 The first episode of the series was **aired** on September 21st.
這部影集的第一集是在九月二十一日播出的。

allocate
[`ælə͵ket]
v. 分配；分派

例 Your seat is **allocated** before you arrive and cannot be altered.
你的座位在你到達之前會被分配好並且無法更動。

amend
[ə`mɛnd]
v. 修改；變更

例 If it does not work, we can **amend** or withdraw the proposal.
如果行不通，我們可以更改或撤回這個提案。

amusing
[ə`mjuzɪŋ]
adj. 好笑的；有趣的

例 I found the bullet comments quite **amusing**.
我覺得這些彈幕好好笑。

annual
[`ænjʊəl]
adj. 年度的

例 The Westlake Music Festival is an **annual** multi-day event.
西湖音樂節是一個一年一度的為期多日的活動。

antithetical
[ˌæntɪˈθɛtɪkl]
adj. 對立的

例 Being a hit song and being musically complex are almost **antithetical** to one another.
成為一首熱門歌曲和擁有複雜的音樂性幾乎是對立的兩件事。

appraisal
[əˈprezl]
n. 評價；估價

例 The degree of agreement in the **appraisal** of the play is strikingly low.
人們對這齣劇的評價的認同度出奇地低。

artistic
[ɑrˈtɪstɪk]
adj. 藝術性的

例 The character's disappearance is considered an **artistic** choice.
這個角色的消失被認為是一個藝術性的選擇。

assimilate
[əˈsɪmlˌet]
v. 使同化

例 All of a sudden, I became **assimilated** into five hundred excellent guitar players.
突然，我融入到了一個有五百個非常優秀的吉他手的環境。

audition
[ɔˈdɪʃən]
n. 試鏡

例 She went to the **audition** but didn't get the part.
她去試鏡了，但沒有得到那個角色。

✧ **考點提醒**

audition 也能做動詞，如：I plan to audition for the band.「我計畫去面試加入這個樂團。」

award
[əˈwɔrd]
n. 獎

例 Jack is the first three-time winner of the Golden Melody **Awards**.
傑克是第一位擁有三座金曲獎的人。

binge
[bɪndʒ]
v. 狂歡;無節制地做

例 I tend to **binge**-watch several episodes of the show when it airs.
這個節目播出時,我常常狂追好幾集。

blockbuster
[`blɑk͵bʌstɚ]
n. 賣座大片

例 He had directed several low-budget films before his latest one became a **blockbuster**.
在他最新的電影成為賣座強片之前,他已經導過好幾部低成本的片子了。

boundary
[`baʊndrɪ]
n. 邊界;界線

例 Their hybrid styles push the **boundaries** of traditional indie rock.
他們混搭的風格突破了傳統獨立搖滾的界線。

breakthrough
[`brek͵θru]
n. 突破

例 This album was a significant **breakthrough** in her music career.
這張專輯是她音樂生涯中的一次重大突破。

campaign
[kæm`pen]
n. 運動;遊戲的故事線

例 The **campaign** is short and lacks detail.
這個故事線很短,又缺乏細節。

capture
[`kæptʃɚ]
v. 捕捉;獲得

例 His movies **capture** the beauty of Paris with a cinematic brilliance that eloquently portrays the city's charm.
他的電影捕捉了巴黎的美,以絕妙的電影手法栩栩如生地描繪了這座城市的魅力。

cast
[kæst]
n. 演員陣容;卡司

例 The film has a strong **cast** of young actors and actresses.
這部電影的卡司強大,有許多年輕的男女演員。

✧ **考點提醒**

cast 是個集合名詞,a cast of actors 表示「一個演員陣容」,而 a cast member 才能指「單個演員」。

category
[ˈkætəˌgorɪ]
n. 種類

例 The games fall into three main **categories**: strategy, simulation, and adventure.
這些遊戲主要分成三大類：策略、模擬和冒險。

celebrity
[sɪˈlɛbrətɪ]
n. 名人

例 The internet **celebrity** apologized for having made racist remarks on his channel.
這位網紅為他先前在自己的頻道上發表的種族歧視言論道歉。

cinematography
[ˌsɪnəməˈtɑgrəfɪ]
n. 電影藝術

例 I love the film not for its cast but for its **cinematography**.
我喜歡這部電影不是因為它的演員陣容，而是因為它的電影手法。

channel
[ˈtʃænl̩]
n. 頻道

例 You have over two hundred different crime **channels** available for free.
你有超過兩百個免費且不同的犯罪片頻道。

character
[ˈkærɪktɚ]
n. 角色；人物

例 The movie is full of moments that make you anxious and concerned about certain **characters**.
這部電影充滿了許多讓你糾結、擔心某些角色的時刻。

choreograph
[ˈkɔrɪəˌgræf]
v. 編舞

例 The dance routine was beautifully **choreographed**.
這段舞蹈編得很美。

clichéd
[kliˈʃed]
adj. 老套的

例 This may sound **clichéd**, but it is a fact.
它可能聽起來很老套，但它卻是個事實。

climax
[`klaɪmæks]
n. 高潮

例 The story reaches its **climax** when August reconciles with his sister.
這個故事在奧古斯都和他姊姊和解時到達高潮。

comedian
[kə`midɪən]
n. 喜劇演員；諧星

例 The **comedian** will be hosting the ceremony tonight.
這位喜劇演員今晚將主持這場典禮。

comfy
[`kʌmfɪ]
adj. 舒服的

例 The cozy sofa is a **comfy** spot for TV watching.
這張舒適的沙發是看電視的舒服位置。

community
[kə`mjunətɪ]
n. 社區；社會；社群

例 Song Map is a **community** dedicated to helping people learn more songs.
Song Map 是一個致力於幫助大家學習更多歌曲的社群。

compatible
[kəm`pætəbl]
adj. 相容的

例 It is one of the most universally **compatible** streaming services.
它是相容性最廣的串流服務之一。

complex
[`kɑmplɛks]
adj. 複雜的

例 The plot of the play is quite **complex**, weaving together a tapestry of interconnected narratives and rich character developments.
這齣劇的情節相當複雜，相互關聯的敘事和豐富的人物發展交織在一起。

comply
[kəm`plaɪ]
v. 遵從

例 Contestants must **comply** with the following obligations.
參賽者必須遵從以下義務。

✿ 考點提醒

comply with 和 conform to 有重疊的意思，但在個別語境中，comply with 表示「遵守規定」，而 conform to 表示「遵從大眾秩序」，如：conform to the social norms「遵守社會規範」。

composer
[kəm`pozə]
n. 作曲人

例 Singers usually get more fame and appreciation than **composers** and lyricists.
比起作曲人和作詞人，歌手通常能得到更多名聲和賞識。

console
[`kɑnsol]
n. 控制面板

例 You will need a dedicated **console** to play those games.
你需要一個專門的遊戲機才能玩那些遊戲。

contend
[kən`tɛnd]
v. 爭奪；堅決主張

例 Six male singers are **contending** for the prize in the intense competition.
六位男歌手在激烈的競爭中角逐獎項。

context
[`kɑntɛkst]
n. 背景；語境

例 The plot makes sense in its historical **context**.
這個劇情在當時的歷史背景下是合理的。

convey
[kən`ve]
v. 傳達；傳送

例 I don't quite get what the author is trying to **convey**.
我不太明白這個作者想要傳達的是什麼。

conviction
[kən`vɪkʃən]
n. 信念

例 A good director should direct with **conviction** and bring out the truth within the story.
一位好的導演應該堅定信念，並且把故事中真實的元素呈現出來。

costume
[`kɑstjum]
n. 戲服；服裝

例 This store has some funny and wacky Halloween **costumes**.
這間店有一些滑稽、古怪的萬聖節服裝。

counterpart
[`kaʊntə͵pɑrt]
n. 對應的人（物）

例 This show is more successful than its Dutch **counterpart**.
這檔節目比它荷蘭的那個版本更成功。

critic
[ˋkrɪtɪk]
n. 評論家

例 The film **critic** is known for her harsh and mean reviews.
這位影評人以她尖酸刻薄的評論聞名。

criticism
[ˋkrɪtəˌsɪzəm]
n. 批評；評論

例 He stuck to his principles in the face of harsh **criticism**.
他在面對嚴苛的批評時依然堅持自己的原則。

cultivate
[ˋkʌltəˌvet]
v. 培養；培育

例 It is important to **cultivate** your little child's aesthetic sensibility from an early age.
從小就開始培養你的小孩的審美感知是很重要的。

✎ **考點提醒**

cultivate 和 nurture 基本同義。cultivate 可用人或客觀事物的特質做受詞，如：cultivate an environment of trust「培養一個充滿信任的環境」；而 nurture 更偏重於個人特質，如：nurture my soul「滋養我的靈魂」。

dedicated
[ˋdɛdəˌketɪd]
adj. 專用的；專注的

例 For information regarding songwriters' stories, please proceed to the **dedicated** forum for stories behind famous songs.
想知道寫歌者的故事的相關資訊，請前往這個專門探討知名歌曲背後的故事的討論版。

deliberate
[dɪˋlɪbərɪt]
adj. 審慎的；故意的

例 This artist specializes in incorporating **deliberate** imperfections into his works.
這位畫家擅長將蓄意為之的不完美融入到他的作品中。

describe
[dɪˋskraɪb]
v. 描述；形容

例 Can you **describe** in detail how the story ends?
你可以詳細描述一下這個故事的結局嗎？

designation
[ˌdɛzɪgˋneʃən]
n. 指派;指名

例 Check the **designation** on the disc to see if your device can read it.
查看碟片上的名稱,確認它是否能被你的設備讀取。

dimension
[dɪˋmɛnʃən]
n. 維度;方面

例 We will address the other **dimensions** of the issue in our next meeting.
我們將在下次開會時處理這個問題的其他面向。

disseminate
[dɪˋsɛməˌnet]
v. 散播

例 You are not authorized to **disseminate** this message if you are not the intended recipient.
如果您不是我們要聯繫的收件人,您則沒有權利散播這則訊息。

disturb
[dɪsˋtɝb]
v. 擾亂;妨礙

例 The five guys were charged with **disturbing** the peace.
這五名男子被指控擾亂安寧。

eclectic
[ɛˋklɛktɪk]
adj. 折衷的;兼容各方的

例 It is interesting to see an **eclectic** mix of genres in an extended play.
在一張迷你專輯裡看到各種各樣的音樂類型實屬有趣。

emblematic
[ˌɛmblɪˋmætɪk]
adj. 象徵的

例 His lyrics are **emblematic** of the spirit of the modern age.
他的歌詞反映了這個世代的精神。

enormous
[ɪˋnɔrməs]
adj. 巨大的

例 I became acquainted with John at an **enormous** event where Iron Man 3 premiered.
我在鋼鐵人 3 首映的盛典上認識了約翰。

entertainment
[ˌɛntɚˋtenmənt]
n. 娛樂

例 There is a whole world of **entertainment** waiting to be explored.
有各種各樣的娛樂活動等著被發掘。

entitle
[ɪnˋtaɪtl]
v. 給……資格

例 The promotion code **entitles** you to a £15 discount on the purchase of one ticket to the Aquarium in Boston.
這個促銷碼讓你在購買波士頓海生館的門票時享有一次十五鎊的折扣。

episode
[ˋɛpəˏsod]
n. 集；事件

例 When I watch series online, I tend to skip the **episodes** I don't like.
當我在網路上看影集時，我一般會跳過我不喜歡的集數。

equivalent
[ɪˋkwɪvələnt]
n. 同等的事物

例 Known as Taiwan's **equivalent** of the Grammy Awards, the Golden Melody Awards has been held since 1990.
作為台灣版的葛萊美獎，金曲獎自從一九九零年起舉辦至今。

> ✓ **考點提醒**
>
> equivalent 也可作為形容詞，如：One dollar is equivalent to about seven yuan.「一美元相當於七元人民幣。」

era
[ˋɪrə]
n. 時代

例 In the modern **era**, people find most entertainment online.
現在這個時代，人們能在網路上獲得大多數的娛樂。

expedite
[ˋɛkspɪˏdaɪt]
v. 加速；促進

例 I will ask them to check things up and **expedite** the process for you.
我會要求他們去查一下，然後幫你加速一下進度。

forum
[ˋforəm]
n. 討論版

例 Please do not talk about sensitive topics, even in online **forums**.
請勿討論敏感話題，即使在線上討論版也是。

function
[ˈfʌŋkʃən]
n. 大型活動

例 The university will be holding an entertainment **function** on Sunday night.
這所大學將在週日晚上舉辦一場娛樂活動。

genre
[ˈʒɑnrə]
n. 藝術類型；流派

例 This template is sure to be a crowd-pleaser for a variety of **genres**.
這個模板一定會因為它多樣的風格受到大眾的喜愛。

gesture
[ˈdʒɛstʃɚ]
n. 手勢；姿態

例 The singer made a confusing **gesture** to her audience.
這位歌手向她的觀眾做了個令人不解的手勢。

☆ 考點提醒

gesture 也有「表示」的意思，如：a gesture of friendship「一個友好的表示」。

glitch
[glɪtʃ]
n. 失靈；小故障

例 I want a device that can run the game without any **glitches**.
我想要一台可以跑這個遊戲而不會卡頓的裝置。

gossip
[ˈgɑsəp]
v. 八卦

例 **Gossiping** about people behind their backs is a toxic behavior.
在背後八卦他人是個惡劣的行為。

graphics
[ˈgræfɪks]
n. 圖像；圖樣

例 You can change the **graphics** settings to enjoy a better gaming experience.
你可以修改圖形設置，享受更棒的遊戲體驗。

guardian
[ˈgɑrdɪən]
n. 監護人

例 Children under 18 must always be accompanied by a parent or **guardian**.
十八歲以下的小孩必須得由父母或監護人陪同。

handy
[ˈhændɪ]
adj. 便利的

例 You'd better keep your identity card **handy**, just in case.
你最好把身分證帶在身邊以防萬一。

headline
[ˈhɛd͵laɪn]
n. 頭條；標題

例 The American-born celebrity's divorce hit the **headlines** a year ago.
這位美國出生的明星的離婚事件一年前成為了頭條新聞。

hiatus
[haɪˈetəs]
n. 空隙

例 After their tour ends next year, the pop-rock band will go on an indefinite **hiatus**.
這個流行搖滾樂團在明年的巡迴結束後將會無限期解散。

hydrated
[ˈhaɪdretɪd]
adj. 水分充足的

例 Stay **hydrated** while you are doing outdoor activities.
從事戶外活動時要保持水分充足。

illicit
[ɪˈlɪsɪt]
adj. 違法的；不正當的

例 Cheating is considered **illicit** in almost every culture.
欺騙幾乎在每個文化中都被認為是不道德的。

☆ 考點提醒

illicit 是指「不當的」或「不被社會接受的」，但不一定是違法的；而 illegal 則一定是指「違法的」。

immerse
[ɪˈmɝs]
v. 使沉浸

例 Nothing beats that feeling of **immersing** yourself in stunning travel videos.
沒有事情比沉浸在絕美的旅遊影片中更令人享受了。

indefinite
[ɪnˈdɛfənɪt]
adj. 無限期的；不確定的

例 The cinema is closed for an **indefinite** period.
這家電影院無限期關店。

installment
[ɪn`stɔlmənt]
n. 分期付款

例 This software is designed to help businesses manage **installment** payments.

這個軟體是用來幫助企業管理分期付款的。

interactive
[ˌɪntɚ`æktɪv]
adj. 互動的；相互作用的

例 You will be able to talk with the trainer and take part in **interactive** activities.

你將能夠與訓練員交流並參加互動式活動。

intermission
[ˌɪntɚ`mɪʃən]
n. 中場休息

例 The band will perform their biggest hits after a brief **intermission**.

這個樂團在短暫的中場休息後將會表演他們最紅的歌曲。

intimate
[`ɪntəmɪt]
adj. 親密的；怡人的

例 If you are looking for an **intimate** atmosphere, this cinema is perfect.

如果你追求舒適的氛圍，這個電影院非常合適。

intrigue
[ɪn`trig]
v. 使感興趣；使好奇

例 The Pixar Play Parade **intrigues** most children with its vibrant floats, beloved characters, and lively music.

皮克斯歡樂遊行以其充滿活力的花車、可愛的角色和活潑的音樂吸引了大多數孩子。

leisure
[`liʒɚ]
adj. 閒暇的；休閒的

例 We're pleased to open the new community **leisure** center in the heart of Victoria Park.

我們很開心能在維多利亞公園中央開幕這座全新的社區休閒中心。

lesser
[`lɛsɚ]
adj. 較少的；次要的

例 The fireworks were also disappointing but to a **lesser** extent.

煙火也很令人失望，但失望程度沒那麼高。

lighting
[ˋlaɪtɪŋ]
n. 照明；燈光

例 Different **lighting** setups create different moods and effects.
不同的打燈配置能夠創造出不同的情緒和效果。

lounge
[laʊndʒ]
n. 會客廳；候機室

例 From the spacious sky **lounge**, you can enjoy the spectacular views of the city.
從這座寬敞的空中會客廳，你能將這個城市的壯觀景色盡收眼底。

mainstream
[ˋmenˌstrim]
n. 主流

例 Whether an Asian singer can be accepted into the Western **mainstream** may have to do with language.
一個亞洲歌手是否能在西方主流市場被接受可能是和語言有關的。

masterpiece
[ˋmæstɚˌpis]
n. 傑作

例 Kyoto is a city of true **masterpieces** of religious architecture.
京都是一座充滿宗教建築的完美傑作的城市。

mimic
[ˋmɪmɪk]
v. 模仿；與……相像

例 The comedian is good at **mimicing** famous people in Hollywood.
這位喜劇演員擅長模仿好萊塢名人。

📌 **考點提醒**

mimic 是指「極度近似的模仿」，通常用於取悅他人；而 imitate 則是指「模仿一套模板」，並可加入自己的變化。

monologue
[ˋmɑnlˌɔg]
n. 獨白秀

例 Kris, the host of the ceremony, will deliver an opening **monologue**.
克里斯，也就是這次的典禮主持人，將會表演開場獨白秀。

motivation
[ˌmotəˈveʃən]
n. 動機；激勵

例 I'm trying to find out the **motivation** of the cuts and scenes.
我在試著找出這些剪接和場景的動機。

musical
[ˈmjuzɪkl]
n. 音樂劇；歌舞劇

例 Redhouse Theater will stage its original **musical** on November 10th.
紅樓劇院將會於十一月十號展演它的原創音樂劇。

neglect
[nɪgˈlɛkt]
v. 疏忽；忽視

例 I was so focused on the film's structure that I **neglected** how I felt about it.
我當時太專注於研析這部電影的架構而忽略了我對它的主觀感受。

> ✄ **考點提醒**
>
> neglect 可能是故意或不小心的疏忽，通常帶有某種「責任」的意味，也就是「應做到而未做到」；而 ignore 則是基於某種原因「刻意忽視」。

nomination
[ˌnɑməˈneʃən]
n. 提名；提名的項目

例 The song, his only **nomination** last year, won Song of the Year at the 2023 Grammy Awards.
這首歌，也是他去年唯一的提名作品，贏得了 2023 年葛萊美獎的年度歌曲獎。

nominee
[ˌnɑməˈni]
n. 被提名者

例 Taylor Swift and John Mayer are among the top **nominees** for the 66th Grammy Awards.
泰勒斯威夫特和約翰梅爾都在第 66 屆葛萊美獎的被提名者之中。

novice
[ˈnɑvɪs]
n. 初學者；新手

例 We have programs for both expert and **novice** users.
針對專業和新手用戶的課程我們都有。

obligated
[ˈɑblɪgetɪd]
adj. 有義務的

例 Don't feel **obligated** to attend the event if it conflicts with your schedule or preferences.
如果活動與您的日程安排或偏好相衝突，您不必參加。

obscene
[əbˈsin]
adj. 淫穢的

例 They beeped out the **obscene** words in the movies.
他們把電影中的淫穢字眼嗶掉了。

orchestrate
[ˈɔrkɪsˌtret]
v. 編排

例 When you **orchestrate** for strings, it is important that you bring out stunning and powerful orchestral effects.
當你編寫弦樂時，一定要把那種強烈、震撼的管弦樂效果做出來。

packaging
[ˈpækɪdʒɪŋ]
n. 包裝

例 Creative **packaging** can enhance customer experience.
有創意的包裝能夠提高顧客體驗。

personality
[ˌpɝsnˈælətɪ]
n. 名人

例 A lot of Hollywood **personalities** were present at the function.
許多好萊塢名人都出席了那場活動。

phenomenal
[fəˈnɑmənl̩]
adj. 非凡的；傑出的

例 Jimi is a **phenomenal** guitar player, captivating audiences with his extraordinary skill and innovative style.
吉米是位傑出的吉他演奏家，以其非凡的技巧和創新的風格吸引了觀眾。

plot
[plɑt]
n. 情節

例 Take out those unnecessary details and keep your **plot** simple.
把那些無謂的細節拿掉，把情節寫得簡單點。

plunge
[plʌndʒ]
v. 使陷入；陷入

例 He was **plunged** into despair at the death of his child.
他孩子的死使他陷入絕望。

portfolio
[port`folɪˌo]
n. 作品集；文件夾

例 We came across your **portfolio** on the website and were impressed by your photos.
我們在這個網站上看到了妳的作品集，並且非常喜歡妳的照片。

potential
[pə`tɛnʃəl]
adj. 潛在的；有潛力的

例 Our technical team works tirelessly to protect you from **potential** losses.
我們的技術團隊不辭辛勞地幫助您防範任何可能的損失。

premises
[`prɛmɪsɪz]
n. 房屋連同基地

例 Smoking is strictly forbidden on the **premises**.
在這個區域內嚴禁吸菸。

presence
[`prɛzns]
n. 出席；在場

例 Her **presence** is indicative of the fact that she cares about the event.
她的出席就代表了她在乎這個活動。

☆ 考點提醒
presence 的反義詞為 absence「不在場」。

pressing
[`prɛsɪŋ]
adj. 迫切的

例 Do you have any other **pressing** priorities at the moment?
你現在有其他迫切要完成的事嗎？

prior
[`praɪɚ]
adj. 先前的

例 Never use the facilities on the premises without **prior** written consent.
若無事前的書面同意，請勿使用園區裡的設施。

production
[prə`dʌkʃən]
n. 製作；生產

例 The animated map used for the **production** of this video was created with this app.
製作這支影片所用的動畫地圖是用這個應用程式創建的。

> ✦ **考點提醒**
>
> production 是指「生產的過程」，而 product 則是指「產品」。

profanity
[prə`fænətɪ]
n. 不雅言語

例 I believe **profanity** was used in this video, which cannot be tolerated.
我想這支影片中包含了不雅言語，這是無法容忍的。

program
[`progræm]
n. 節目；電腦程式

例 These educational TV **programs** are suitable for preschoolers.
這些教育類的電視節目適合學齡前兒童。

prop
[prɑp]
n. 道具；支持物

例 They should arrange the **props** in a way that allows for movement to and from the stage.
他們應該把道具擺放得讓演員上下舞台的移動是暢通的。

protagonist
[pro`tægənɪst]
n. 主角

例 Readers always want a **protagonist** they can relate to.
讀者總是會想要有一個他們可以產生共鳴的主角。

quote
[kwot]
v. 引述；引用

例 Please do not **quote** me on this since I might be pretty biased.
請不要跟別人說這是我說的，因為我有可能是偏頗的。

royalty
[`rɔɪəltɪ]
n. 版稅

例 The new writer only gets a 6% **royalty** on each book copy.
這位新進作家只能得到他每本書的百分之六的版稅。

recognition
[ˌrɛkəɡ`nɪʃən]
n. 認可；認出

例 I do think the screenwriter of the film deserves **recognition**.
我真的覺得這部電影的編劇值得肯定。

> 📌 **考點提醒**
> recognition 也可作為「識別」的意思，如：
> facial recognition「面部識別」。

recreation
[ˌrɛkrɪ`eʃən]
n. 娛樂；消遣

例 I have a whole day at my disposal for **recreation**.
我有一整天的時間做一些消遣活動。

> 📌 **考點提醒**
> recreation 是指任何「放鬆的消遣」，範圍較大；
> 而 entertainment 則是指「娛樂性活動」，如：
> 看電影、參加音樂劇等。

reflex
[`riflɛks]
n. 反應能力

例 If you want to test your **reflexes**, try this latest strategy game.
如果你想要測試你的反應能力，試試這款最新的策略遊戲。

refreshment
[rɪ`frɛʃmənt]
n. 小點心；茶點

例 There will then be space for alums and students to network, and **refreshments** will be available.
到時將會有讓校友和學生之間交流的空間，也會有茶點提供。

regard
[rɪ`ɡɑrd]
n. 事項；方面

例 The film has surpassed my expectations in this **regard**.
這部電影在這方面已經超出了我的預期。

rehearse
[rɪ`hɝs]
v. 排練；彩排

例 The band **rehearsed** in the stadium for five hours before the concert began.
這個樂團在演唱會開始前在這個場館彩排了五個小時。

removed
[rɪ`muvd]
adj. 遠離的

例 The movie he directed is totally **removed** from where he is from.
他執導的電影和他的背景有極大的不同。

render
[`rɛndɚ]
v. 演奏；藝術上的處理

例 The song was **rendered** in the magical voice of Sarah.
這首歌由莎拉魔幻般的嗓音詮釋。

replicate
[`rɛplɪˌket]
v. 複製

例 The game designer is very good at **replicating** real-life locations.
這個遊戲設計師在複製真實世界的場景上做得很好。

represent
[ˌrɛprɪ`zɛnt]
v. 代表

例 Whatever you do, you have to **represent** yourself truthfully.
無論你做什麼，你必須很真實地代表你自己。

revel
[`rɛvl]
v. 狂歡；陶醉

例 Hiking is an ideal way to **revel** in autumnal ambience.
健行是一個很能讓你沉醉在秋天氛圍中的活動。

revere
[rɪ`vɪr]
v. 尊敬

例 The **revered** artist has inspired millions with his creativity.
這位備受尊敬的藝術家用他的創意啟發了數百萬人。

riveting
[`rɪvɪtɪŋ]
adj. 引人入勝的；吸引人的

例 The story is **riveting** and easy to read.
這則故事很吸引人，也很好讀。

satellite
[`sætl͵aɪt]
n. 人造衛星；衛星

例 This room is air-conditioned and comes with a flat-screen **satellite** TV.
這個房間設有空調，還配有一台平面衛星電視。

script
[skrɪpt]
n. 劇本；腳本

例 There are a number of logical inconsistencies in the **script**.
這個劇本有許多邏輯不通的地方。

sedentary
[`sɛdn͵tɛrɪ]
adj. 坐著的；久坐的

例 Tables and chairs will be needed as there will be all sorts of **sedentary** activities.
到時會有各種坐著的活動，所以會需要桌子和椅子。

sensation
[sɛn`seʃən]
n. 轟動；轟動的人事物

例 He became a YouTube **sensation** with his controversial content.
他憑藉他頗具爭議的內容成為了一名 YouTube 紅人。

session
[`sɛʃən]
n. 活動的時間

例 There will be brainstorming **sessions** where you can exchange and organize ideas into actionable next steps.
屆時會有腦力激盪的時間，讓你們能夠交換想法，並將它們組織成可執行的計畫。

shoot
[ʃut]
v. 拍攝

例 There is a lot of creative and logical work that needs to be done before a film is **shot**.
在一部影片拍攝前，有許多創意和邏輯相關的工作需要完成。

spectator

[spɛk`tetɚ]

n. 比賽的觀眾

例 Being part of the game doesn't just mean being a **spectator**.

參與這場比賽不代表只是當個觀眾而已。

✧ **考點提醒**

spectator 是指「看表演或比賽的觀眾」，複數可加 s；而 audience 可以指表演節目的「觀眾」或「聽眾」，為集合名詞，一般不加 s。audiences 是指「多群觀眾」。

spectrum

[`spɛktrəm]

n. 範圍；光譜

例 You get people who are really against this genre on the other end of the **spectrum**.

在光譜的另外一端，你也會遇到非常討厭這種類型的人。

spoil

[spɔɪl]

v. 毀掉

例 You just **spoiled** the movie. I don't want to watch it.

你劇透這部電影了。我現在不想看了。

stamina

[`stæmənə]

n. 精力

例 This workout routine will improve your **stamina** and give your body the perfect shape.

這個健身計畫將可以改善你的精力，讓你維持一個完美的身型。

statute

[`stætʃʊt]

n. 法令；法規

例 The **statute** is to regulate the sale of alcoholic drinks.

這道法規是用來規範含酒精飲品的販售。

steep

[stip]

adj. 貴的；陡峭的

例 The price of the ticket is a bit **steep**, but the event promises an exceptional experience that may justify the cost.

這個票價有點貴，但你一定可以在這場活動中得到超棒的體驗，讓你值回票價。

strategy
[`strætədʒɪ]
n. 策略；計謀

例 These are pretty complicated **strategies** with unproven effectiveness.
這些策略相當複雜，而且有效性尚未被證實。

streaming
[`strimɪŋ]
n. 串流

例 As a member, you are eligible for the following **streaming** benefits.
身為會員，您有資格獲得以下的串流福利。

subscription
[səb`skrɪpʃən]
n. 訂閱

例 The family plan offers you up to six accounts under one **subscription**.
這個家庭方案能讓你一個會員同時擁有六個帳號。

suit
[sut]
v. 適合

例 We need to make a choice that **suits** our needs and our budget.
我們需要做出一個符合我們需求和預算的選擇。

swap
[swɑp]
v. 交換

例 I hope we can find some time to share a meal and **swap** stories.
我希望我們可以找個時間一起吃個飯，分享彼此的故事。

tactical
[`tæktɪkl]
adj. 策略的；戰術的

例 The single-player mode will put your **tactical** skills to the test.
單人模式可以考驗一下你的戰術技能。

tempting
[`tɛmptɪŋ]
adj. 吸引人的；誘人的

例 There are really **tempting** offers on Taobao on Double 11.
雙 11 淘寶上有很多超級吸引人的特價品。

theme
[θim]
n. 主題；題目

例 The central **theme** of the story is love.
這個故事的主題是「愛」。

torrent
[`tɔrənt]
n. 洪流；迸發

例 This line provoked a **torrent** of sensations in me.
這句台詞在我心中激起了一股激流。

transcript
[`træn͵skrɪpt]
n. 成績單；文字紀錄

例 Art is not supposed to be reflected in **transcripts**.
藝術不應該有成績單。

transform
[træns`fɔrm]
v. 改造；改變

例 Music can ignite change and **transform** people's mindsets.
音樂可以引發改變並重塑人們的思維。

unnecessary
[ʌn`nɛsə͵sɛrɪ]
adj. 不必要的

例 Providing more documents than required can slow your application process and add **unnecessary** complexity.
提供更多非必須的文件可能會拖慢你的申請流程並添加不必要的麻煩。

unprecedented
[ʌn`prɛsə͵dɛntɪd]
adj. 史無前例的

例 Our site is experiencing an **unprecedented** number of customer requests.
我們網站目前收到的顧客需求空前得多。

unveil
[ʌn`vel]
v. 揭露

例 The tech company **unveiled** its latest product lineup ahead of the holiday season.
這家科技公司在假期季到來前揭露了他們最新的產品線。

☆ **考點提醒**

unveil 常與 reveal、uncover 同義替換。

unwind
[ʌn`waɪnd]
v. 放輕鬆

例 A glass of beer helped me **unwind** after a hectic day at work.
在一天忙完之後，一杯啤酒幫助我放輕鬆。

urge
[ɝdʒ]
n. 衝動

例 You can afford to be spontaneous whenever the **urge** strikes.
每當心癢時，你可以來一場隨性的旅行，也不會傷害到你的荷包。

variety
[vəˋraɪətɪ]
n. 變化；種類

例 The author covers a **variety** of subjects in her books, including health, spirituality, love, and friendship.
這位作者在她的書中談及了各種主題，包含：健康、精神生活、愛情和友情。

virtual
[ˋvɝtʃʊəl]
adj. 虛擬的；實際上的

例 With the device, you can start exploring a **virtual** world in the comfort of your own home.
有了這個設備，你就可以開始在家探索虛擬世界。

☆ 考點提醒

virtual 兼具兩個相反的意思：「虛擬的」和「實際上的」，需根據語境判斷文意。

C6

CHAPTER

辦公室

Chapter 5 音檔雲端連結

因各家手機系統不同，若無法直接掃描，
仍可以至以下電腦雲端連結下載收聽。
（http://tinyurl.com/yn97xjxa）

absence
[`æbsns]
n. 缺席;缺少

例 Somebody called in your **absence**, and they left a message for you.
您不在時有人打電話給您,並給您留言了。

abusive
[ə`bjusɪv]
adj. 粗魯的;辱罵的

例 He is **abusive** and disrespectful towards his employees.
他對他的員工很粗魯無禮。

accomplish
[ə`kɑmplɪʃ]
v. 達成;實現

例 We can **accomplish** significant achievements when we work together.
一旦我們合作,我們能夠達成許多重大的成就。

address
[ə`drɛs]
v. 處理;對付

例 We should identify the issues, discuss them, and **address** them.
我們應該發現問題、討論問題並解決問題。

adhesive
[əd`hisɪv]
adj. 黏著的

例 The sticky tape is highly **adhesive** and easy to remove.
這卷膠帶黏性非常強,且容易撕掉。

adjourn
[ə`dʒɝn]
v. 使中止;中止

例 The meeting **adjourned** at 12:30, concluding discussions on the agenda items.
中午十二點三十分,會議休會,結束議程項目的討論。

⚡ **考點提醒**

adjourn 可作及物或不及物動詞。我們可以說:
The meeting adjourned. 或 The meeting was adjourned.

administer
[əd`mɪnəstɚ]
v. 執行;管理

例 I am not in a position to **administer** the policy.
我沒有權限執行這個政策。

advantage
[əd`væntɪdʒ]
n. 優勢；好處

例 The **advantage** of this approach is that it is applicable to everyone.
這個辦法的好處是它適用於所有人。

ambiguous
[æm`bɪgjʊəs]
adj. 模稜兩可的

例 It is vital to avoid **ambiguous** expressions in communication.
在溝通中避免模稜兩可的表達是很重要的。

approach
[ə`protʃ]
n. 方法

例 This **approach** would create unnecessary stress and hassle.
這個方法會製造不必要的壓力和困擾。

✍ 考點提醒

approach 搭配的介系詞為 to，後面必須接名詞或動名詞，如：the approach to addressing the issue「解決這個問題的方法」。

appropriate
[ə`proprɪˌet]
adj. 恰當的；適當的

例 Remember to keep your language **appropriate** and respectful.
記得使用恰當、尊重的語言。

arbitrary
[`ɑrbəˌtrɛrɪ]
adj. 武斷的；任意的

例 Some people consider the rules **arbitrary** and unfair, believing they lack justification and equal application.
有些人認為這些規定是武斷且不公平的，認為它們缺乏正當性和平等適用性。

attempt
[ə`tɛmpt]
n. 企圖；嘗試

例 I do not think an additional **attempt** at getting his attention will make a difference.
我不認為再次嘗試引起他的注意會有什麼幫助。

attendee
[ə`tɛndi]
n. 出席者

例 The conference room was filled with **attendees** from various companies.
會議室裡擠滿了來自各公司的與會者。

behavior
[bɪˋhevjɚ]
n. 行為

例 Such **behavior** is intolerable and might result in termination.
這樣的行為是不可容忍的，並有可能導致員工被開除。

binder
[ˋbaɪndɚ]
n. 活頁夾

例 **Binders** come in handy and work for every organizing style.
活頁夾很方便，而且適用於各種整理風格。

brag
[bræg]
v. 吹噓

例 He keeps **bragging** about being invited to the conference.
他一直吹牛他受邀參加那場會議的事。

brochure
[broˋʃʊr]
n. 手冊

例 We have sent you a **brochure** detailing the characteristics of the computer.
我們已經將一本手冊寄送給您，當中詳述了這台電腦的特性。

burdensome
[ˋbɝdnsəm]
adj. 負擔重的

例 Is it emotionally **burdensome** to be a responsible person?
當一個有責任感的人情緒負擔會不會很重？

calendar
[ˋkæləndɚ]
n. 日程表；行事曆

例 I was still undecided about going, so I just left it on my **calendar**.
我當時還沒決定要不要去，所以我就把這件事擱置在行事曆上。

✿ 考點提醒
calendar 是指「日曆」、「月曆」或「年曆」；而 schedule 是指「活動計畫」或「工作事項計畫」。

capable
[`kepəbl]
adj. 有能力的

例 They don't believe I'm **capable** of handling the problem.
他們不相信我有能力處理這個問題。

📌 **考點提醒**

> capable 常與 able 同義替換。capable 通常是指「對於未來某事的掌控能力」,並有「做得好」的意思;而 able 則通常是指「處理當下事物的能力」,表示「能否做到」。具體用法分別為:be capable of N/V-ing 和 be able to Vr.。

centralize
[`sɛntrəl͵aɪz]
v. 集中

例 There is a **centralized** air conditioning system in the office.
辦公室裡有中央空調系統。

clearance
[`klɪrəns]
n. 清除;清倉拍賣

例 We're writing to inform you that our **clearance** sale ends tomorrow.
我們寫這封信是為了告知您我們的清倉拍賣明天就結束了。

code
[kod]
n. 規範

例 The HR team will give you all the company's dress **code** details.
人資團隊將會告知您這間公司的服儀規定的所有細節。

colleague
[kɑ`lig]
n. 同事

例 You should never treat your **colleagues** as your friends.
永遠不要和你的同事做朋友。

communal
[`kɑmjʊnl]
adj. 共有的

例 Please maintain the cleanliness of the **communal** space.
請維持好公共空間的整潔。

concise
[kənˈsaɪs]
adj. 簡明扼要的

例 People tend to find **concise** writing more convincing.
人往往會覺得簡要的文章更有說服力。

conducive
[kənˈdjusɪv]
adj. 有助益的

例 The noise is hardly **conducive** to having a private conversation.
這樣的噪音根本無助於私人交談。

conduct
[kənˈdʌkt]
n. 行為；舉動

例 You can find in the handbook a list of prohibited **conduct** in the office.
你可以在手冊中找到一份辦公室禁止之行為的清單。

confidential
[ˌkɑnfəˈdɛnʃəl]
adj. 機密的

例 Refrain from discussing **confidential** matters outside the office.
千萬不要在辦公室以外的地方談論機密話題。

conflict
[kənˈflɪkt]
n. 衝突

例 People typically stop talking to each other to avoid **conflict**.
人們一般停止跟對方對話以避免衝突。

consequence
[ˈkɑnsəˌkwɛns]
n. 後果

例 There will be **consequences** when someone breaks the rules.
有人違反規定時,將需承擔後果。

consistent
[kənˈsɪstənt]
adj. 一致的

例 What he says is not **consistent** with what he does.
他的言行不一致。

✦ 考點提醒
consistent 的反義詞為 inconsistent「不一致的」。

contact
[ˋkɑntækt]
v. 聯絡；接觸

例 If you need help or assistance at any time, please do not hesitate to **contact** us.
任何時候如果你需要幫忙或協助，請不要猶豫和我們聯絡。

content
[kənˋtɛnt]
adj. 滿意的

例 Few people can really be **content** and happy at work.
幾乎沒有人可以真正在工作時感到滿意和快樂。

corporate
[ˋkɔrpərɪt]
adj. 公司的；共同的

例 He is having a hard time getting accustomed to his **corporate** life.
他適應工作適應地很困難。

credit
[ˋkrɛdɪt]
n. 功勞

例 It is frustrating when someone else takes **credit** for our work.
別人把我們的功勞搶走時真的會感到很無力。

cubicle
[ˋkjubɪkl̩]
n. 隔間

例 In the office, each employee has their own **cubicle**.
在辦公室裡，每位員工都有自己的小隔間。

definition
[ˌdɛfəˋnɪʃən]
n. 定義；規定

例 I'm not sure what your **definition** of being hard-working is.
我不確定你對「努力」的定義是什麼。

determine
[dɪˋtɝmɪn]
v. 決定

例 How you do what you do **determines** your success.
你做事的方法決定了你成功與否。

✿ 考點提醒

determined 為形容詞，意思是「下定決心的」、「堅定的」，如：a determined person「一個堅定的人」。

discipline
[`dɪsəplɪn]
n. 紀律;懲戒

例 A man of **discipline** renews his mind daily.
一個有紀律的人每天都會更新自己的思維。

✗ 考點提醒

disciplined 為形容詞,意思是「有紀律的」,如:
a disciplined man「一個有紀律的人」。

discharge
[dɪs`tʃɑrdʒ]
v. 解僱;使離開

例 He claimed that he had been wrongfully **discharged**.
他聲稱他被非法解僱了。

disclaimer
[dɪs`klemə]
n. 免責聲明

例 You may want to include a **disclaimer** stating that this story is fictitious.
你應該加入一則免責聲明,表明這個故事是虛構的。

disclosure
[dɪs`kloʒə]
n. 揭露;公開

例 Any **disclosure**, copying, or distribution of this communication without the sender's consent is strictly prohibited.
未經發送人同意,這段對話嚴禁公開、複製或傳播。

discrimination
[dɪ͵skrɪmə`neʃən]
n. 歧視;差別待遇

例 **Discrimination** against women is not allowed in our company.
我們公司不允許歧視女性。

dismissal
[dɪs`mɪsl̩]
n. 開除;解僱

例 I believe what she did was a fair reason for her **dismissal**.
我相信她的所作所為是造成她被開除的合理的原因。

disobey
[ˌdɪsə`be]
v. 違反；不服從

例 **Disobeying** company policies can lead to disciplinary measures.
違反公司政策可能會導致紀律處分。

dispenser
[dɪ`spɛnsə]
n. 自動發放機

例 The soap **dispenser** in the restroom needs to be replaced.
洗手間裡的給皂機需要更換了。

disproportion-ately
[ˌdɪsprə`pɔrʃənɪtlɪ]
adv. 不成比例地

例 This policy will **disproportionately** impact employees who come from abroad.
這項政策將會不符合比例原則地影響來自國外的員工。

disregard
[ˌdɪsrɪ`gɑrd]
v. 無視；不理會

例 He chose to **disregard** my explanation, opting to maintain his own perspective.
他選擇無視我的解釋，堅持自己的觀點。

distract
[dɪ`strækt]
v. 使分心

例 The smell of the food can **distract** people working around you.
這個食物的味道可能會讓你旁邊正在工作的人分心。

distribute
[dɪ`strɪbjʊt]
v. 分配；散佈

例 **Distributing** someone else's creative content without their permission is not allowed.
未經允許散佈他人的創意內容是不被容許的。

duty
[`djutɪ]
n. 職責；責任

例 He was accused of having neglected his **duty**.
他被指控怠忽職守。

employee
[ˌɛmplɔɪˋi]
n. 員工；僱員

例 My **employees** have begun working from home as of the beginning of this month.
我的員工自從這個月月初就開始在家遠距上班了。

📌 **考點提醒**

employee 是「員工」，而 employer 是「雇主」。其中，ee 結尾表示「被……」的對象，而 er 結尾表示「做……」的人。

employment
[ɪmˋplɔɪmənt]
n. 僱傭；就業

例 I left the school just because my **employment** contract expired.
我離開學校，只是因為我的僱傭合約到期了。

enforce
[ɪnˋfors]
v. 執行；強制

例 The policy should be fairly and proportionately **enforced**.
這項政策應該要被公平且符合比例原則地執行。

execute
[ˋɛksɪˌkjut]
v. 執行；實施

例 If correctly **executed**, the rules can create a better work environment.
如果這些規定可以正確地執行，他們能夠創造一個更好的工作環境。

existence
[ɪgˋzɪstəns]
n. 存在

例 To our surprise, most employees are not aware of the **existence** of the rule.
令我們驚訝的是，大部分的員工都不知道這條規則的存在。

expedient
[ɪkˋspidɪənt]
adj. 權宜的；不得已的

例 It might be **expedient** to find a replacement for the director who resigned.
要找到這位辭職的主任的替代人選，這也許是權宜之計。

fellow
[ˈfɛlo]
adj. 同伴的

例 I want to thank you for your support on behalf of my **fellow** colleagues.
我想要代表我的同事們向你們說：感謝你們的支持。

ferociously
[fəˈroʃəslɪ]
adv. 兇猛地

例 It is undeniable that we live in a **ferociously** competitive world.
不可否認地，我們生活在一個極度競爭的世界。

file
[faɪl]
v. 將……歸檔

例 My whole morning was spent **filing** away the documents.
我整個早上都在歸檔文件。

firm
[fɝm]
n. 公司；事務所

例 The analyst believes these countries are uninvestible for American **firms**.
這位分析師認為這些國家不適合美國公司投資。

form
[fɔrm]
n. 表格

例 To sign up, fill out the **form** on our site and wait for a few hours.
要報名，請填妥我們網站上的表格，並稍等幾個小時。

fragrance
[ˈfregrəns]
n. 芬芳；香味

例 The **fragrance** of the perfume filled the room.
這款香水的香味充滿了整個房間。

frustrate
[ˈfrʌsˌtret]
v. 使挫敗

例 The repeated failures did not **frustrate** her passion; instead, they fueled her determination to succeed.
一次又一次的失敗並沒有澆熄她的熱情；相反地，它們激發了她成功的決心。

govern
[ˋgʌvən]
v. 統治；管理

例 The size of the company makes it difficult to **govern**.
這間公司的規模讓管理變得十分困難。

guideline
[ˋgaɪdˌlaɪn]
n. 方針

例 What I just said is intended only as a **guideline**.
我剛剛說的只是作為一個方針而已。

harassment
[ˋhærəsmənt]
n. 騷擾

例 Sexual **harassment** in the workplace is illegal across the country.
職場性騷擾放到全國都是違法的。

hardship
[ˋhɑrdʃɪp]
n. 艱難；艱苦

例 Overly restrictive work rules can create unnecessary **hardship** for employees.
限制過多的工作條規會給員工帶來不必要的難處。

harmony
[ˋhɑrmənɪ]
n. 融洽；和諧

例 You should think about how to achieve work-life **harmony**.
你應該思考如何達到工作和生活的和諧狀態。

implement
[ˋɪmpləmənt]
v. 執行；實施

例 By **implementing** specific strategies, I have greatly improved my ability to concentrate.
在執行了特定的策略後，我已大幅地改善了我的專注能力。

impose
[ɪmˋpoz]
v. 將……加諸於

例 Stop **imposing** your personal beliefs on your employees.
不要再把你的個人想法加諸到你的員工身上了。

impractical
[ɪmˋpræktɪkl̩]
adj. 不現實的

例 It is **impractical** to expect employees to take responsibility for their safety measures.
期待員工為他們自己的安全措施負責是不切實際的。

inconsiderate
[ˌɪnkənˋsɪdərɪt]
adj. 不為他人著想的

例 It is **inconsiderate** of you to use perfume in the office.
你在辦公室裡使用香水是很沒公德心的。

infringement
[ɪnˋfrɪndʒmənt]
n. 侵害

例 He felt the demand was an **infringement** on his personal freedom.
他覺得這個要求是對他個人自由的侵害。

initially
[ɪˋnɪʃəlɪ]
adv. 起初

例 **Initially**, most people approved of my proposal, but opinions began to shift as more details were discussed.
起初，大多數人都同意我的建議，但隨著更多細節的討論，意見開始轉變。

insist
[ɪnˋsɪst]
v. 堅持主張

例 He **insisted** that his personal information not be accessible to the public.
他堅持他的個資不要被公布。

✬ **考點提醒**

insist + (that) + S + Vr. : He insisted that Tom go to the seminar. 「他堅持湯姆去參加研討會。」

institute
[ˋɪnstətjut]
n. 機構

例 He secured a position at a research **institute** in Moscow, marking a significant milestone in his career.
他在莫斯科一家研究所獲得了職位，這標誌著他職業生涯中的一個重要里程碑。

insubordination
[`ɪnsəˌbɔrdn`eʃən]
n. 不服從

例 Max was disciplined for **insubordination**.
麥克斯因不服從規定被懲戒了。

intimidating
[ɪn`tɪməˌdetɪŋ]
adj. 嚇人的

例 How did you deal with the **intimidating** workload?
你是怎麼應付如此嚇人的工作量的？

intelligence
[ɪn`tɛlədʒəns]
n. 智慧

例 Behaving insensitively is a sign of low emotional **intelligence**.
白目的行為是一種低情商的表現。

intend
[ɪn`tɛnd]
v. 打算

例 It is important that we have your full name if you **intend** to sign up for the meeting.
如果您要報名本場會議，您必須提供您的全名。

intention
[ɪn`tɛnʃən]
n. 意圖；目的

例 It was not my **intention** to be rude to you; I sincerely apologize if my words or actions conveyed otherwise.
我無意對你無禮，如果我的言語或行為傳達了相反的意思，我誠懇道歉。

interrupt
[ˌɪntə`rʌpt]
v. 打斷；妨礙

例 The music **interrupted** my train of thought.
這音樂打斷我的思緒了。

jargon
[`dʒɑrgən]
n. 專業術語；行話

例 **Jargon** can make your essay less readable, hindering effective communication with a broader audience.
專業術語可能會讓你的文章更不好讀，阻礙與更廣泛的受眾的有效溝通。

justification
[ˌdʒʌstəfəˈkeʃən]
n. 正當理由；辯護

例 I see no possible **justification** for you not getting promoted.
我看不到任何你不被升遷的理由。

layoff
[ˈleˌɔf]
n. 裁員

例 This morning, they made the announcement of the massive **layoff**.
今天早上，他們宣布了這次的大規模裁員。

> ☆ **考點提醒**
>
> layoff 是指「因公司經營而發生的裁員」，而 termination 則是指「因員工表現而導致的開除」。

mentality
[mɛnˈtælətɪ]
n. 心態

例 I found it hard to get out of the comparison **mentality**.
我覺得要跳脫這種比較心態很困難。

merit
[ˈmɛrɪt]
v. 值得；應得

例 The project proposal he wrote **merits** careful consideration.
他寫的這份項目建議書值得審慎思考。

misdeed
[mɪsˈdid]
n. 不當行為

例 He will have to answer for his **misdeeds**.
他將會為他的不當行為付出代價。

miserable
[ˈmɪzərəbl]
adj. 悲慘的；痛苦的

例 You created two **miserable** weeks for everyone on the team.
你給團隊裡的每個人帶來了悲慘的兩個禮拜。

misfortune
[mɪsˈfɔrtʃən]
n. 不幸

例 He likes to gloat over other people's **misfortune**, reveling in their setbacks rather than showing empathy.
他喜歡幸災樂禍地看待別人的不幸，陶醉於他們的挫敗而不是展現出同理心。

moonlight
[ˋmunˏlaɪt]
v. 做兼職

例 He **moonlights** as an English teacher to make ends meet.
他為了維持生計去兼職當英文老師。

morale
[məˋræl]
n. 士氣

例 Complaining brings down the **morale** of the group.
抱怨會讓團隊的士氣下跌。

necessitate
[nɪˋsɛsəˏtet]
v. 需要

例 Getting the work done on time will **necessitate** changing our plan.
要準時完成這項任務就必須改變我們的計劃。

negative
[ˋnɛɡətɪv]
adj. 負面的；否定的

例 Did I come across as a **negative** person when we were discussing the challenges?
當我們討論這些挑戰時，我被認為是一個消極的人嗎？

nonetheless
[ˏnʌnðəˋlɛs]
adv. 但是

例 Though this is a minor issue, we should tackle it **nonetheless**.
雖然這是個小問題，我們還是應該解決它。

✎ 考點提醒
nonetheless 常與 nevertheless、however 同義替換。

observe
[əbˋzɝv]
v. 遵守

例 The rules must be strictly **observed** to maintain order, safety, and fairness within the community.
必須嚴格遵守規則，以維護社區秩序、安全和公平。

✎ 考點提醒
observe 另外有「觀察」的意思，我們需根據語境來判斷其確切意思。

orderly
[`ɔrdɚlɪ]
adj. 有條理的;整齊的

例 The desks and chairs are arranged in an **orderly** fashion.
這些桌椅被擺放地十分整齊。

outweigh
[aʊt`we]
v. 比……更重要

例 The benefits of this deal far **outweigh** its risks.
這次交易的好處遠遠大於它的風險。

peek
[pik]
v. 偷窺

例 He **peeked** through the glass window to see who was out there.
他透過玻璃窗窺看誰在外頭。

perceive
[pɚ`siv]
v. 理解;感知

例 It is possible that different people would **perceive** the rules differently.
可能不同的人對這些規定的理解會有所不同。

persuasive
[pɚ`swesɪv]
adj. 有說服力的

例 **Persuasive** language can make your media more convincing.
說服性語言可以讓你的媒體更有信服力。

political
[pə`lɪtɪkl]
adj. 政治的

例 They hold different **political** ideologies that sometimes make for heated arguments.
他們的政治意識型態不同,這有時候會造成熱烈的爭辯。

position
[pə`zɪʃən]
n. 職位;職務

例 The company is hiring for various **positions** in the UK.
這間公司正在英國招聘各種職缺。

positive
[ˈpɑzətɪv]
adj. 正向的;積極的

例 It is vital to maintain a **positive** and professional work environment.
維持一個積極的、專業的工作環境是很重要的。

prioritize
[praɪˈɔrəˌtaɪz]
v. 排列優先順序

例 We need to **prioritize** our tasks in relation to their importance to us.
我們必須根據我們任務的重要性來安排它們的優先順序。

professionalism
[prəˈfɛʃənlˌɪzəm]
n. 專業精神;專業水準

例 People exhibit **professionalism** in their words and actions.
人們的專業能力會在他們的話語和行為當中展現出來

progressive
[prəˈgrɛsɪv]
adj. 進步的

例 We are looking for a **progressive** thinker to lead the marketing team.
我們正在尋找一個思想先進的人來帶領這支行銷團隊。

property
[ˈprɑpətɪ]
n. 財產;所有物

例 Shareholders are not the owners of the company **property**.
股東並不是這些公司財產的所有人。

pungent
[ˈpʌndʒənt]
adj. 刺鼻的

例 It is not considerate of you to bring **pungent** food into the office.
你把味道重的食物帶進辦公室是很欠考慮的行為。

punishment
[ˈpʌnɪʃmənt]
n. 懲罰

例 **Punishments** that humiliate like that can affect a person for the rest of his life.
像那樣羞辱人的懲罰可能會影響一個人一輩子。

regarding
[rɪ`gɑrdɪŋ]
prep. 關於

例 You have contacted a customer care team member **regarding** your previous request.
您已聯繫了我們顧客服務團隊的代表，處理您日前提出的需求。

resentment
[rɪ`zɛntmənt]
n. 憎恨

例 He was filled with **resentment** at being humiliated in front of everyone.
他因為當眾被羞辱而心懷怨恨。

revolve
[rɪ`vɑlv]
v. 圍繞

例 The world does not **revolve** around you, and it's essential to recognize and appreciate the perspectives and needs of others.
世界不是圍著你轉的，認識並欣賞他人的觀點和需求非常重要。

sanitizer
[`sænə͵taɪzɚ]
n. 消毒劑

例 The hand **sanitizer** is distributed in small containers.
這些乾洗手液被分裝到小容器裡。

select
[sə`lɛkt]
v. 挑選；選擇

例 The hiring manager will **select** the candidate who best aligns with the company's values.
招募經理將選擇最契合公司價值的候選人。

self-esteem
[͵sɛlfəs`tim]
n. 自尊

例 The compliments she received from her colleagues boosted her **self-esteem**.
她同事給她的讚美提升了她的自尊心。

sensitive
[`sɛnsətɪv]
adj. 敏感的

例 In selecting candidates for a promotion, be **sensitive** to your employees' circumstances.
在決定升遷人選時，要審慎考慮你的員工的情況。

✧ **考點提醒**

sensitive 的反義詞為 insensitive「遲鈍的」。

solicitation
[sə,lɪsə`teʃən]
n. 索求；懇求

例 This letter is not meant as a **solicitation** of your business.
這封信並不是對您的業務招攬。

spam
[spæm]
n. 垃圾郵件

例 Messages from blocked addresses will automatically go to the **spam** folder.
來自被封鎖的地址的消息會自動跑到垃圾郵件夾裡。

spiteful
[`spaɪtfəl]
adj. 惡意的；惡毒的

例 Don't let the **spiteful** remarks affect your mood.
不要讓那些惡意的言論影響你的心情。

standard
[`stændəd]
n. 標準

例 They thought your performance was still not up to **standard**.
他們認為你的表現還沒達到標準。

stapler
[`steplə]
n. 釘書機

例 Electric **staplers** have not been as common here.
電動釘書機在這裡還沒那麼普遍。

storage
[`storɪdʒ]
n. 貯藏

例 We are going to move to a new office with a lot of **storage** space.
我們即將要搬到一個有很多貯藏空間的新辦公室。

strengthen
[ˋstrɛŋθən]
v. 加強；增強

例 We will keep **strengthening** our website's security to ensure robust protection against potential threats.
我們將持續加強網站的安全性，以確保針對潛在威脅提供強而有力的保護。

📌 **考點提醒**

strengthen 的反義詞為 weaken「弱化」。

strife
[straɪf]
n. 衝突；爭鬥

例 Gossiping is a huge source of **strife** in the workplace.
八卦是造成職場衝突的一大因素。

subsequently
[ˋsʌbsɪˌkwɛntlɪ]
adv. 隨後

例 Christine was **subsequently** hired after her first interview.
克莉絲汀在她的第一次面試後就隨即被錄取了。

suspend
[səˋspɛnd]
v. 使停職

例 The person who started the fight was **suspended**, facing disciplinary action for their involvement in the altercation.
挑釁打架的人已被停職，並因參與爭吵而面臨紀律處分。

tardy
[ˋtardɪ]
adj. 遲到的

例 I apologize for my **tardy** reply; unforeseen circumstances caused a delay in responding.
抱歉我回覆晚了，發生了一些意外導致了我延遲回覆。

tendency
[ˋtɛndənsɪ]
n. 傾向；趨勢

例 He has a **tendency** to lie about his mistakes.
他常常會在自己的錯誤上撒謊。

tentative
[`tɛntətɪv]
adj. 試驗的；猶豫的

例 They made a **tentative** plan to hold a preparatory meeting next week.
他們暫定下週開一場準備會議。

touchy
[`tʌtʃɪ]
adj. 易怒的；敏感的

例 Money can be a **touchy** subject for most people.
錢對於大多數人來說是個敏感的話題。

trim
[trɪm]
v. 修剪；削減

例 He promised to **trim** the overall budget without cutting essential services.
他承諾會在不縮減重點服務的前提下調降總體預算。

trustworthy
[`trʌst͵wɝðɪ]
adj. 可信的

例 A website can show customers that your business is established and **trustworthy**.
一個網站可以向顧客展示你的公司是有信譽且值得信賴的。

unapproachable
[͵ʌnə`protʃəbl]
adj. 高冷的；不易親近的

例 The new boss is not as **unapproachable** as I thought.
那位新主管不像我之前認為的那麼高冷。

✗ **考點提醒**

unapproachable 的反義詞為 approachable「易親近的」。

unduly
[ʌn`djulɪ]
adv. 過度地；過份地

例 Some consider the policies **unduly** restrictive, raising concerns about their impact.
有些人認為這些政策限制過多了，並表達了他們對其影響的擔憂。

unintended
[ˌʌnɪnˈtɛndɪd]
adj. 非計畫中的

例 You are responsible for the **unintended** consequences of your actions.
你要對你的行為所造成的意想不到的後果負責。

unless
[ʌnˈlɛs]
conj. 除非

例 Never call your customers late at night **unless** they have asked you to do so.
不要在深夜打給你的客戶，除非他們要求你這麼做。

verbally
[ˈvɝblɪ]
adv. 口頭上；言語上

例 He was accused of **verbally** abusing his colleagues.
他被指控言語霸凌他的同事。

volume
[ˈvɑljəm]
n. 音量

例 Please make sure the **volume** won't interrupt anyone else in the office.
請確保這個音量不會影響到辦公室裡的其他人。

warning
[ˈwɔrnɪŋ]
n. 警告；前兆

例 Without **warning**, she told the store manager she was quitting.
毫無前兆地，她告訴店經理她要辭職了。

whereas

[hwɛr`æz]

conj. 而

例 Vivian tends to rush things, **whereas** I usually take my time.

薇薇安一般做事很急，而我則是經常慢悠悠。

☆ 考點提醒

whereas 通常用來對比兩件事的不同點，而 but 亦如是，不過 but 的對比性更強。

workplace

[`wɜ·k͵ples]

n. 職場

例 Are you interested in applying for a position in a multicultural **workplace**?

你想申請一個在多元文化職場環境中的工作嗎？

CHAPTER 7

人事

Chapter 7 音檔雲端連結

因各家手機系統不同，若無法直接掃描，
仍可以至以下電腦雲端連結下載收聽。
（http://tinyurl.com/prby4evb）

adapt
[ə`dæpt]
v. 適應；使適應

例 We help people who have difficulty **adapting** to the hybrid work model.
我們幫助那些在適應混合工作模式上遇到困難的人。

✧ **考點提醒**

> adapt 有兩種用法：adapt oneself to ... 和 adapt to ...。如：adapt themselves to new environments「讓他們自己適應新環境」；adapt to new environments「適應新環境」。

administration
[əd͵mɪnə`streʃən]
n. 行政；管理

例 Too much of their time was spent on **administration**, diverting valuable resources from more productive and essential tasks.
他們花太多時間在行政事務上了，從而將寶貴的資源從更有成效和更重要的任務上轉移過來。

adopt
[ə`dɑpt]
v. 採取

例 They have to **adopt** a conservative strategy in their dealings with the issue.
他們在處理這個問題上必須採取一個保守的策略。

applicant
[`æpləkənt]
n. 申請人

例 Each **applicant** needs to go through the training program.
每位申請人都必須參加這場培訓課程。

appropriate
[ə`proprɪ͵et]
v. 撥出款項；挪用款項

例 The management refused to **appropriate** money for that research program.
管理層拒絕為那份研究計畫撥出款項。

✧ **考點提醒**

> appropriate 作為形容詞時為「適當的」的意思。

arise
[əˈraɪz]
v. 產生；發生

例 We should have an alternative plan in place should a similar situation **arise** again.
萬一相似的情況再次發生，我們應該要想好一個預備方案。

aspect
[ˈæspɛkt]
n. 方面

例 Being confident can positively impact various **aspects** of your life.
自信會對你的生活各方面產生正向的影響。

association
[əˌsosɪˈeʃən]
n. 協會

例 The Alumni **Association** comprises a dynamic and diverse range of alum networks.
校友協會是由一個強大且多元的校友網絡所組成的。

bachelor
[ˈbætʃələ]
n. 學士

例 The applicant had a **Bachelor** of Arts degree in linguistics.
這位申請人擁有語言學的文學學士學位。

background
[ˈbækˌgraʊnd]
n. 學經歷背景

例 His **background** at the international school is a definite asset for this job.
他在國際學校的背景對這份工作來說無疑是一筆寶貴的財富。

benefit
[ˈbɛnəfɪt]
n. 利益；好處

例 You can apply for unemployment **benefits** by calling the center.
你可以打電話給中心申請失業津貼。

candidate
[ˈkændədet]
n. 應徵者；候選人

例 We think she is the best **candidate** for the general manager.
我們認為她是這個總經理職位的最佳候選人。

✿ 考點提醒

candidate 常與 applicant 同義替換，但不同處在於 candidate 是指「經挑選後合格的應徵者」，而 applicant 則單純是「應徵者」。

capacity
[kəˈpæsətɪ]
n. 能力；生產力

例 You didn't utilize your experience to its full **capacity**.
你沒有把你的經驗利用到極致。

☆ **考點提醒**

capacity 除了能力之外，還可以指「容量」，如：
the capacity of a school bus「一輛校車的運載量」；也可以指「產能」，如：the capacity of a machine「一台機器的產能」。

capital
[ˈkæpətḷ]
n. 資本

例 We should try to get the best out of our human **capital**.
我們應該要嘗試最大化地運用我們的人力資本。

characteristic
[ˌkærəktəˈrɪstɪk]
n. 特徵

例 Emotional stability is one **characteristic** of highly intelligent people.
穩定的情緒是極度聰明的人的一項特徵。

coin
[kɔɪn]
v. 創造新詞

例 The term was **coined** by a Polish psychologist.
這個詞是一位波蘭的心理學家創的。

collective
[kəˈlɛktɪv]
adj. 共同的；集體的

例 Your response will build the **collective** voice of graduates today.
您的回覆將會幫助形成今天的畢業生的共同心聲。

command
[kəˈmænd]
n. 掌握能力

例 He has an excellent **command** of the English language.
他的英文水平非常高。

commensurate
[kəˈmɛnʃərɪt]
adj. 相稱的

例 Salary will be **commensurate** with experience and education level.
薪資將與經驗和教育程度相稱。

compensation
[ˌkɑmpənˈseʃən]
n. 補償；薪水

例 They lodged a **compensation** claim against the agency.
他們向這家仲介要求賠償。

competency
[ˈkɑmpətənsɪ]
n. 能力

例 The intern demonstrates exceptional technical **competency**.
這位實習生展現出絕佳的技術能力。

compliance
[kəmˈplaɪəns]
n. 順從；合規

例 The search was in **compliance** with health and safety guidelines.
這次的搜查是符合健康安全準則的。

component
[kəmˈponənt]
n. 成分；部件

例 An HR department is an essential **component** of any business.
人資部是一間公司當中非常重要的構成要素。

comprise
[kəmˈpraɪz]
v. 包含；由……組成

例 The team **comprises** staff from all around the world.
這個團隊是由來自世界各地的人所組成的。

consist
[kənˈsɪst]
v. 由……組成

例 This course **consists** of four three-hour sessions.
這個課程包含了四個三小時的課程。

✗ **考點提醒**

consist 一定搭配介系詞 of，而 comprise 不搭配介系詞。

constantly
[ˈkɑnstəntlɪ]
adv. 經常

例 The company is **constantly** looking for mechanical engineers.
這間公司正在不斷尋找機械工程師。

controversy
[ˈkɑntrəˌvɝsɪ]
n. 爭議

例 There was a **controversy** regarding performance evaluation.
有一個關於績效考核的爭議。

coordinate
[ko`ordnɪt]
v. 協調

例 **Coordinating** activities across different departments is a demanding task.
協調不同部門的活動是一項困難的任務。

credential
[krɪ`dɛnʃəl]
n. 資格;資質

例 There are doubts over his academic **credentials** as a future research team leader.
人們懷疑他成為未來的研究團隊領導人的資質。

☆ 考點提醒

credentials 常為複數型。

demand
[dɪ`mænd]
v. 要求;需要

例 I **demand** to speak to the manager about the conduct of personnel.
我要求與經理討論人員的行為。

demographic
[ˌdimə`græfɪk]
adj. 人口的

例 **Demographic** changes have a considerable impact on labor markets.
人口改變對勞動市場有著相當大的影響。

department
[dɪ`partmənt]
n. 部門

例 I received a letter from your HR **department**, informing me about the upcoming training sessions.
我收到了你們人資部的一封信,通知我即將舉行的訓練課程。

dispute
[dɪ`spjut]
n. 爭執

例 The ownership of the land was still in **dispute**.
這塊地的所有權當時尚有爭議。

distinguish
[dɪ`stɪŋgwɪʃ]
v. 辨別;區別

例 You should be able to **distinguish** what is worth discussing.
你要能夠辨別什麼是值得討論的。

distribution
[ˌdɪstrə`bjuʃən]
n. 分配;分佈

例 It is crucial to ensure proper workload **distribution**.
確保工作量的合理分配是很重要的。

division
[də`vɪʒən]
n. 部門

例 She has recently been appointed director of the manufacturing **division**.
她最近剛被任命為製造部門的主管。

element
[`ɛləmənt]
n. 元素;要素

例 I see being concise as one of the key **elements** of a successful presentation.
我認為簡潔扼要是一份成功的報告的關鍵元素之一。

encompass
[ɪn`kʌmpəs]
v. 包含

例 This area **encompasses** the realm of product management.
這個領域包含了產品管理的範疇。

enterprise
[`ɛntɚˌpraɪz]
n. 企業;公司

例 This award-winning social **enterprise** helps diverse founders build start-ups from scratch.
這個得過獎的社會企業幫助許多人從零開始創辦公司。

ethic
[`ɛθɪk]
n. 道德;倫理

例 He demonstrates superior skills and an excellent work **ethic**.
他展現出超群的技術和絕佳的工作態度。

evaluate
[ɪ`væljʊˌet]
v. 評估

例 Our teams work with growing companies like yours to **evaluate** which tools align best with your team.
我們的團隊與像你們這種成長中的公司合作,評估哪一種工具最適合你們的團隊。

✿ 考點提醒
evaluate 基本上可和 assess 同義替換。

evolve
[ɪˋvɑlv]
v. 發展；演化

例 Our site has **evolved** from an English learning platform to an all-round online tutoring service.
我們的網站已經從一個英語學習平台發展成一個線上綜合家教服務站。

facilitate
[fəˋsɪləˌtet]
v. 促進

例 I wonder whether it would be possible for you to improve the current system to **facilitate** efficient workflow.
不知道你能不能改良一下目前的系統，以便促進更高效的工作流程。

field
[fild]
n. 領域；範疇

例 An opportunity to speak to your students can inspire them to pursue a vocation in a previously unknown **field**.
和你的學生談談，這可能會啟發他們在一個先前未知的領域探索並找到工作。

📌 **考點提醒**

field 作為「領域」的意思時，和 area 大致同義。field 多為「專業領域」，而 area 是指「一般議題的領域」。

fulfillment
[fʊlˋfɪlmənt]
n. 履行；滿足感

例 This serves as an indicator to monitor the **fulfillment** of specified requirements.
這是一個監測指定任務是否被完成的指標。

general
[ˋdʒɛnərəl]
adj. 總體的；一般的

例 This handbook provides **general** guidelines for new hires.
這本手冊提供了新進員工的通用準則。

generate
[ˋdʒɛnəˌret]
v. 產生

例 The program **generated** a lot of new jobs in the region.
本計劃在這個地區創造了大量新的就業機會。

globalize
[`globə,laɪz]
v. 使全球化

例 This creates a culture where foreign recruits and Taiwanese employees learn from each other, which helps **globalize** the company.
這樣便能創造出一個國外和台灣員工彼此學習的文化，從而幫助公司的全球化發展。

grievance
[`grivəns]
n. 不滿

例 The employees aired their **grievances** about their working conditions.
這些員工表達了他們對工作條件的不滿。

handle
[`hændl]
v. 處理

例 The HR department **handles** issues that have to do with people.
人資部處理關於人的問題。

☆ 考點提醒

handle 的同義替換有：deal with、cope with、address 和 take care of。

hesitate
[`hɛzə,tet]
v. 猶豫

例 Please don't **hesitate** to call me if you have any questions concerning the job.
如果您對工作有任何疑問，請隨時打電話給我。

hybrid
[`haɪbrɪd]
adj. 混合的

例 **Hybrid** work has been popular with so many companies worldwide.
混合工作模式最近受到了世界各地的公司的歡迎。

impact
[ɪm`pækt]
v. 影響；衝擊

例 We want to inform you about an upcoming change to your account and how this may **impact** you.
我們想通知您，您的帳戶即將發生的變更以及這可能對您產生的影響。

☆ 考點提醒

與 impact 相近的詞有：affect、influence。其中，impact 和 affect 表示更直接的影響。

initiative
[ɪˋnɪʃətɪv]
n. 主動;新措施

例 Ryan has been involved in many program development **initiatives**.
萊恩一直以來參與了許多項目開發的倡議。

inspection
[ɪnˋspɛkʃən]
n. 檢驗;檢視

例 The inspector did a surprise **inspection** of the office unit.
這位稽查員對這間辦公室做了一次突擊檢查。

✎ 考點提醒

與 inspection 相近的詞有:examination、checkup。

inspirational
[͵ɪnspəˋreʃənḷ]
adj. 啟發人的;鼓舞人的

例 She put up all sorts of **inspirational** quotes on the office walls.
她在辦公室的牆上貼滿了各式各樣的勵志名言。

interpersonal
[͵ɪntɚˋpɜsənḷ]
adj. 人際的

例 As a manager, she still needs to improve her **interpersonal** skills.
身為一個經理,她仍然需要提升她的交際能力。

invaluable
[ɪnˋvæljəbḷ]
adj. 無價的

例 Please fill out the survey and give us your **invaluable** feedback.
請填妥這份調查問卷,給予我們您寶貴的意見。

involvement
[ɪnˋvɑlvmənt]
n. 參與;牽連

例 I'm interested in their **involvement** in the new study.
我對他們參與這次的新研究很感興趣。

janitor
[ˋdʒænɪtɚ]
n. 工友;清潔工

例 The **janitor** cleaned the office every evening, ensuring a tidy and sanitary workspace for the next day.
這位清潔工每天晚上都會打掃辦公室,確保第二天的工作空間整潔衛生。

lawsuit
[`lɔˌsut]
n. 訴訟

例 They filed a **lawsuit** against their former colleague.
他們對他們的前同事提起訴訟。

leeway
[`liˌwe]
n. 餘地；空間

例 This plan gave us plenty of **leeway** to make our own decisions.
這個方案給了我們更多空間來做我們自己的決定。

loyal
[`lɔɪəl]
adj. 忠誠的

例 They have all remained **loyal** to the company.
他們都對公司保持忠誠。

management
[`mænɪdʒmənt]
n. 管理層；資方

例 The **management** and workers have yet to reach an agreement.
勞資雙方尚未達成協議。

match
[mætʃ]
n. 相配的人事物

例 The Welsh lady seemed to be a perfect **match** for the position.
這位威爾斯女士似乎非常適合這個職位。

maximize
[`mæksəˌmaɪz]
v. 最大化

例 To help you **maximize** the value of your site, we're here to give you tips on attracting new visitors.
我們來給你一些如何吸引新訪客的建議，幫助你最大化你的網站的價值。

mediate
[`midɪˌet]
v. 調解；斡旋

例 The organization was asked to **mediate** in the construction dispute.
這個組織被要求幫忙調解這起營建紛爭。

misinformation
[ˌmɪsɪnfəˈmeʃən]
n. 假消息；誤報

例 The researchers proposed interventions to help online users distinguish **misinformation** from fact.
這些研究人員提議介入幫助網路使用者鑑別事實和假消息。

misunderstand-ing
[`mɪsʌndɚ`stændɪŋ]
n. 誤會；誤解

例 HR staff are tasked with addressing **misunderstandings** between employees and their employers.
人資部職員的任務是處理員工和雇主之間的誤會。

monitor
[`mɑnətɚ]
v. 監控；監測

例 The independent department was set up to **monitor** company spending.
這個獨立的部門專門監管公司的支出。

moreover
[mor`ovɚ]
adv. 並且；此外

例 The theory sounds far-fetched, and **moreover**, we need the budget for it.
這個理論聽起來很牽強，而且我們需要預算。

motivate
[`motə,vet]
v. 激勵；促動

例 This will help you stay focused and **motivated** to reach your goals.
這將會幫助你保持專注，並且有動力去達成你的目標。

numerous
[`njumərəs]
adj. 許多的

例 He has received **numerous** awards and has been recognized as one of the most influential entrepreneurs.
他已獲得了許多獎項，並被封為最有影響力的企業家之一。

objective
[əb`dʒɛktɪv]
n. 目標

例 We need to work in coordination to achieve better business **objectives**.
我們必須團結一致以達到更好的企業目標。

occupation
[,ɑkjə`peʃən]
n. 職業

例 Parental **occupation** would influence their children's career choices.
父母的職業會影響孩子的職涯選擇。

✐ 考點提醒

occupation 還有「休閒活動」的意思，如：Painting is her favorite occupation.「畫畫是她最喜歡的休閒活動。」

offset
[ˋɔfˌsɛt]
v. 抵銷

例 Boosting the minimum wage is not enough to **offset** the increased cost of living.
提高最低薪資不足以抵銷生活成本的漲幅。

ongoing
[ˋɑnˌgoɪŋ]
adj. 進行中的

例 This is part of our **ongoing** commitment to be transparent about how we use and keep your data safe.
這是我們持續承諾的一部分，亦即透明化我們如何使用您的資料並確保其安全性。

operation
[ˌɑpəˋreʃən]
n. 營運；操作

例 Please check our report and learn about our day-to-day **operations** to maximize efficiency and reduce resource consumption.
請查閱我們的報告，了解我們的日常運營，以最大限度地提高效率並減少資源消耗。

outreach
[aʊtˋritʃ]
n. 拓展；觸及

例 We are excited to organize a week of social action and **outreach** this Easter.
我們很興奮能在復活節期間開展為期一周的社會行動和外展活動。

outsource
[ˋaʊtsors]
v. 外包

例 The university **outsourced** all its non-academic services.
這所大學外包了所有非學術性質的服務。

overarching
[ˌovəˋartʃɪŋ]
adj. 涵蓋所有的；主要的

例 The **overarching** theme of the campaign is workplace gender equality.
這場活動的中心主題是職場性別平等。

oversee
[`ovɚ`si]
v. 監督；監管

例 Emma is responsible for **overseeing** the delivery of all postgraduate programs within the School.
艾瑪負責監督學院內所有研究所課程的實施。

☆ 考點提醒
oversee 和 supervise 基本同義，但 oversee 不適用於「人」，而 supervise 可以。

oversight
[`ovɚ,saɪt]
n. 監督

例 The committee has general **oversight** of all training courses.
這個委員會監督著所有的培訓課程。

☆ 考點提醒
oversight 還有「疏忽」的意思，如：It was an oversight.「那是一次的疏忽。」

paradigm
[`pærə,daɪm]
n. 範式

例 There was a lack of a unifying **paradigm** in the field.
當時在這個領域中沒有一個統一的範式。

partially
[`parʃəlɪ]
adv. 部分地

例 He is only **partially** correct about the origin of the theory.
關於這個理論的起源，他只對了一部份。

participate
[par`tɪsə,pet]
v. 參與

例 He rarely **participates** in the company's team-building activities.
他很少參加公司的團建活動。

payroll
[`pe,rol]
n. 薪資表

例 Can you help us upgrade the existing computerized **payroll** system?
你可以幫我們升級現有的電腦薪資系統嗎？

perk
[pɝk]
n. 津貼

例 You will retain access to your members-only **perks** until March 5th.
直到三月五號之前，您將保留會員專屬福利。

☆ 考點提醒
perk 常與 benefit 同義替換。

personnel
[ˌpɝsnˋɛl]
n. 人事;人員

例 Only authorized **personnel** have access to the keys.
只有被授權的人員能取得這些鑰匙。

🖈 **考點提醒**

personnel 常與 human resources（HR）同義替換。

philanthropic
[ˌfɪlənˋθrɑpɪk]
adj. 慈善的;博愛的

例 UF Health is by far the most significant coordinated **philanthropic** effort to support local eldercare.
佛羅里達大學健康中心是迄今支持當地老年護理的最大的協同慈善機構。

philosophical
[ˌfɪləˋsɑfɪkl]
adj. 哲學的

例 In this program, students will understand the fundamental, **philosophical** meanings of social justice in education.
在此課程中，學生將了解教育中社會正義的基本哲學意義。

practice
[ˋpræktɪs]
n. 常規;慣例

例 The main reason people abandon the **practice** is its easy-to-copy nature.
人們放棄這種做法的主要原因是它易於複製的性質。

practitioner
[prækˋtɪʃənɚ]
n. 從業者

例 Ally Jaffee founded Nutritank, a hub for medical **practitioners** interested in food for health.
艾力捷飛創立了 Nutritank，這是一個對健康食品感興趣的醫療從業者中心。

prerequisite
[ˌpriˋrɛkwəzɪt]
n. 前提;必要條件

例 A master's degree is a **prerequisite** to employment at this level.
碩士學位是該級別就業的先決條件。

productivity
[ˌprodʌkˈtɪvətɪ]
n. 生產力

例 I find this software to be a superior **productivity** tool.
我發現這個軟體是一個相當優秀的生產力工具。

proximity
[prakˈsɪmətɪ]
n. 鄰近

例 I like that the site is in close **proximity** to an airport.
我喜歡這個地點很靠近機場。

reconcile
[ˈrɛkənsaɪl]
v. 使和好；調停

例 You must **reconcile** yourself to the fact that you must take full responsibility for your decisions.
你必須接受這樣一個事實：你需要對自己的決定承擔全部責任。

recruit
[rɪˈkrut]
v. 徵募；招聘

例 The function that helps you **recruit** employees faster is now officially online.
幫助您更快招募員工的功能現已正式上線。

resolution
[ˌrɛzəˈluʃən]
n. 解決

例 His perseverance led to the **resolution** of our crisis.
他的堅持最終解決了我們的危機。

responsibility
[rɪˌspɑnsəˈbɪlətɪ]
n. 責任

例 These courses encourage teachers to take greater **responsibility** for their teaching.
這些課程鼓勵教師對教學負起更大的責任。

resume
[ˌrɛzjʊˈme]
n. 履歷；摘要

例 All these candidates have impressive **resumes**.
所有這些候選人都有令人印象深刻的履歷。

✍ 考點提醒

resume 經常與 CV（Curriculum Vitae）同義替換。

retention
[rɪ`tɛnʃən]
n. 保留

例 Learn ways to increase brand loyalty during times of inflation with a customer **retention** strategy.
了解如何透過客戶維繫策略在通膨時期提高品牌忠誠度。

retire
[rɪ`taɪr]
v. 使退休；退休

例 Andy has **retired** and has moved to Florida.
安迪已經退休並搬到佛羅里達了。

✗ **考點提醒**

> I am retired. 和 I have retired. 都可以表示「我退休了。」前者強調退休的「狀態」，而後者強調「動作」。

sector
[`sɛktɚ]
n. 行業；部門

例 By giving your time to speak to our students, you will provide invaluable insight into your chosen career and **sector**.
透過花時間與我們的學生交談，您將為您選擇的職業和行業提供寶貴的見解。

shift
[ʃɪft]
n. 輪班

例 I used to work on the night **shift** in my previous job.
我在上一份工作中曾經上過夜班。

significant
[sɪg`nɪfəkənt]
adj. 意義重大的；顯著的

例 With our service, you can expect lightning-fast results and genuinely **significant** improvements in quality.
透過我們的服務，您可以期待閃電般快速的結果和真正顯著的品質提升。

sponsor
[`spɑnsɚ]
n. 贊助者；主辦者

例 Microsoft is the official **sponsor** of the UEFA Champions League.
微軟是歐洲冠軍聯賽的官方贊助商。

stagger
[`stægɚ]
v. 使錯開

例 The **staggered** schedule provides flexibility in their work hours.
錯開的時間表為他們的工作時間提供了彈性。

stakeholder
[`stek͵holdɚ]
n. 利害關係人

例 The report would serve as an objective data point for **stakeholders**.
這份報告將作為利害關係人的客觀數據點。

stigma
[`stɪgmə]
n. 污名

例 There is still a **stigma** attached to being unemployed in some societies.
失業在某些社會中仍然是一種恥辱。

strength
[strɛŋθ]
n. 長處

例 You have the **strength** to compete against the other teams.
你們有這個實力和其他團隊競爭。

strike
[straɪk]
n. 罷工

例 The flight attendants called a **strike** in protest at the airline's plan to withdraw from a London airport.
這些空服員發起罷工，抗議該航空公司從倫敦機場撤出的計畫。

substantial
[səb`stænʃəl]
adj. 實在的；大量的

例 We will see a **substantial** increase in sales next year.
明年我們將看到銷售額大幅成長。

📌 **考點提醒**

substantial 常與 considerable 同義替換。

succession
[sək`sɛʃən]
n. 接替；繼承權

例 They need to develop a long-term **succession** plan to account for anticipated changes in leadership.
他們需要制定一個長期的繼任計劃，以應對預期的領導層變化。

supervise
[`supɚˋvaɪz]
v. 監督

例 My responsibility is to **supervise** the implementation of the new curriculum.
我的職責是監督這套新課程的實施。

termination
[ˌtɝməˋneʃən]
n. 終止

例 If you resign from your job, that counts as a voluntary **termination**.
如果你離職，那則視為自願終止。

transparency
[trænsˋpɛrənsɪ]
n. 透明

例 The updates are designed to make our policies more accessible to read, ensuring further **transparency** for our users.
這些更新旨在讓我們的政策更易於閱讀，確保我們用戶的資訊透明度。

transaction
[trænˋzækʃən]
n. 交易

例 The details of the **transaction** will be emailed to you shortly.
交易詳情將很快透過電子郵件發送給您。

typical
[`tɪpɪkl]
adj. 典型的；特有的

例 What is a **typical** day like for an employee at Apple?
蘋果員工典型的一天是怎麼樣的？

ultimate
[`ʌltəmɪt]
adj. 最後的；終極的

例 My **ultimate** goal is to gain the maximum profit.
我的最終目標是獲得最大的利潤。

unify
[`junəˌfaɪ]
v. 統一

例 The new manager hopes to **unify** the interdepartmental systems.
新任經理希望能夠統一跨部門的系統。

utilize
[`jutl̩ˌaɪz]
v. 利用

例 The plugin may significantly improve your site's loading speed if **utilized** correctly.

如果使用正確，這個外掛程式可以顯著提高你的網站的載入速度。

☆ **考點提醒**

utilize 常與 use 同義替換。

vested
[`vɛstɪd]
adj. 既定的

例 The officers should be independent of all **vested** interests.

這些官員應獨立於所有既得利益。

weakness
[`wiknɪs]
n. 弱點；缺點

例 I can't spot any **weakness** in their argument; it seems well-reasoned and thoroughly supported.

我看不出他們的論點有任何弱點；它似乎有充分的理由並得到充分的支持。

welfare
[`wɛlˌfɛr]
n. 福利；福祉

例 Employers are responsible for the **welfare** of their employees.

雇主對其員工的福利負責。

workforce
[`wɝkˌfors]
n. 勞動力

例 Nottingham's final-year medics graduated early this month so that they can join the NHS **workforce** at this critical time.

諾丁漢最後一年的醫學系學生於本月初畢業，因此他們可以在這個關鍵時刻加入 NHS 隊伍。

C8

CHAPTER

製造

Chapter 8 音檔雲端連結

因各家手機系統不同，若無法直接掃描，
仍可以至以下電腦雲端連結下載收聽。
（http://tinyurl.com/twufhape）

accredited
[ə`krɛdɪtɪd]
adj. 正式認可的

例 **Accredited** agents are indeed in short supply.
確實，經過認證的代理商供不應求。

advance
[əd`væns]
v. 提升；前進

例 With the help of the local businesses, he is slowly **advancing** his career.
在當地企業的幫助下，他的事業正在慢慢發展。

aerospace
[`ɛrə,spes]
n. 航天業

例 The **aerospace** industry worldwide was challenged by the COVID-19 travel restrictions.
全球航空業受到新冠疫情旅行限制的挑戰。

alternatively
[ɔl`tɜ·nə,tɪvlɪ]
adv. 或者

例 Please remember to upload your supporting documents. **Alternatively**, for a fee, our staff will scan your documents for you.
請記得上傳您的證明文件。或者，我們的工作人員可以付費為您掃描您的文件。

ambitious
[æm`bɪʃəs]
adj. 有志氣的；有野心的

例 We are looking for intelligent, hard-working, and **ambitious** employees.
我們正在尋找聰明、勤奮、有理想抱負的員工。

analysis
[ə`næləsɪs]
n. 分析

例 Your competitor **analysis** should start with an overview of your competitor.
你的競爭對手分析應該從對競爭對手的概述開始。

analyst
[`ænlɪst]
n. 分析師

例 As a former business **analyst**, she thinks the reports are exaggerated.
身為前商業分析師，她認為這些報導有些誇大其詞。

anticipate
[æn`tɪsə͵pet]
v. 預期；預料

例 Our much-**anticipated** seminar is happening tomorrow, and we'd love for you to participate.
我們備受期待的研討會將於明天舉行，我們希望您能參加。

apprentice
[ə`prɛntɪs]
n. 學徒

例 Hank recently joined the school as a business administration **apprentice**.
漢克最近作為工商管理學徒進了這所學校就讀。

artisan
[`ɑrtəzn]
n. 工匠

例 He is an experienced **artisan** in woodwork.
他是一位經驗豐富的木製品工匠。

aspiration
[͵æspə`reʃən]
n. 志向；渴望

例 My greatest **aspiration** is to work toward a fair work environment for all workers in Taiwan.
我最大的願望是為台灣所有工人創造一個公平的工作環境。

assistant
[ə`sɪstənt]
n. 助理

例 The in-meeting AI **assistant** helps keep your meetings on track.
會議中的人工智慧助理可協助您的會議順利進行。

associate
[ə`soʃɪt]
adj. 副的

例 Mr. Forbes is an **associate** manager of the institute.
福布斯先生是這間機構的副經理。

authenticate
[ɔ`θɛntɪ͵ket]
v. 鑑定為真

例 Banks are using fingerprints to **authenticate** transactions.
銀行正在使用指紋來驗證交易。

✗ **考點提醒**

authenticate 是「鑑定使用者身份」，而 verify 則是「驗證資訊真實性」。

automation
[ˌɔtəˈmeʃən]
n. 自動化

例 **Automation** has enabled our business to scale and create more personalized customer experiences.
自動化使我們的業務能夠擴展並創造更個人化的客戶體驗。

butcher
[ˈbʊtʃɚ]
n. 肉販;屠夫

例 The smell of the meat wafted from the window of the **butcher** stall.
肉的香味從肉攤的窗戶飄了出來。

carriage
[ˈkærɪdʒ]
n. 運費

例 That cost £160, **carriage** included.
費用為一百六十英鎊,包括運費。

chemical
[ˈkɛmɪkl]
n. 化學製品

例 He works for a major **chemical** manufacturer in Hsinchu.
他在新竹一家大型化學品製造商工作。

clinical
[ˈklɪnɪkl]
adj. 臨床的

例 The drugs will have to undergo **clinical** trials in the US.
這些藥物必須在美國進行臨床試驗。

commercially
[kəˈmɚʃəlɪ]
adv. 商業上

例 I personally don't think this project will be **commercially** viable.
我個人認為這個項目在商業上不可行。

competitor
[kəmˈpɛtətɚ]
n. 競爭者

例 It's possible that your existing clients might forget about you and turn to your **competitors**.
你現有的客戶可能會忘記你並轉向你的競爭對手。

composite
[kəmˈpɑzɪt]
adj. 合成的;複合的

例 Modern aviation has been the primary driver for **composite** materials.
現代航空業一直是複合材料的主要動力。

compound
[kɑm`paʊnd]
n. 複合體；綜合體

例 The **compound** is subdivided into six different residential areas.
這個綜合體可再被細分為六個不同的住宅區。

concentration
[ˌkɑnsɛn`treʃən]
n. 專心；集中

例 This task will require all my **concentration**.
這項任務需要我全神貫注。

configuration
[kənˌfɪgjə`reʃən]
n. 結構；配置

例 There will be no complicated setup or frustrating **configuration**.
不會有複雜的設定或令人沮喪的配置。

contractor
[`kɑntræktɚ]
n. 承包商

例 We hired a **contractor** to refurbish the interior of the house.
我們聘請了一位承包商來翻新房子的內部。

conversion
[kən`vɝʃən]
n. 轉換

例 The **conversion** from a warehouse to an apartment will take two years.
從倉庫改建為公寓需要兩年時間。

corresponding
[ˌkɔrɪ`spɑndɪŋ]
adj. 對應的；符合的

例 All privileges have **corresponding** responsibilities.
所有的特權都有相應的責任。

crane
[kren]
n. 吊車；起重機

例 A **crane** was used to lift the container into the warehouse.
他們使用起重機將貨櫃吊入倉庫。

differ
[`dɪfɚ]
v. 有所區別

例 We **differ** from one another in the use of our strategies.
我們在策略的使用上彼此不同。

diploma
[dɪ`plomə]
n. 學業文憑

例 She finally got her postgraduate **diploma** in 2018.
她終於在 2018 年拿到了研究所文憑。

discrete
[dɪ`skrit]
adj. 分離的；不連接的

例 The report offers three **discrete** entry points into our discussion.
這份報告為我們的討論提供了三個切入點。

☆ 考點提醒

discrete 容易和 discreet 混淆，discreet 為「謹慎的」的意思。

disparity
[dɪs`pærətɪ]
n. 不同；差異

例 A **disparity** between men's and women's salaries still exists.
男女薪資差距仍然存在。

dominant
[`dɑmənənt]
adj. 主導的；佔優勢的

例 Mobile phones have become a **dominant** presence in our lives.
手機已經成為我們生活中主導性的存在。

drill
[drɪl]
v. 鑽孔

例 The mechanic **drilled** a hole in each corner of the room.
機械師傅在房間的每個角落鑽了一個洞。

dynamic
[daɪ`næmɪk]
adj. 有活力的；動態的

例 We're looking for someone **dynamic** and forward-looking.
我們正在尋找充滿活力和前瞻性的人。

either
[`iðɚ]
adj. 兩者其一

例 **Either** option works for me; I'm flexible with the choice.
這兩種選擇我都可以；我的選擇很彈性的。

☆ 考點提醒

either 也可作為「也不」的意思，如：I won't go, either.「我也不會去。」

eliminate
[ɪ`lɪməˌnet]
v. 排除；消除

例 It is impossible to **eliminate** all human error.
消除所有人為錯誤是不可能的。

emergence
[ɪ`mɝdʒəns]
n. 出現；浮現

例 The last decade saw the **emergence** of artificial intelligence.

過去十年見證了人工智慧的出現。

> ✎ **考點提醒**
>
> emergence 常與 appearance 同義替換。不同的是：emergence 強調「逐漸浮現」，而 appearance 是「立即出現」。

equipment
[ɪ`kwɪpmənt]
n. 設備

例 They have purchased the **equipment** for analyzing the behavior of the virus within cells.

他們購買了用於分析細胞內病毒行為的設備。

> ✎ **考點提醒**
>
> equipment 為不可數名詞。

excise
[ɛk`saɪz]
n. 貨物稅

例 These prices include additional **excise** duties.

這些價格包括額外的消費稅。

expose
[ɪk`spoz]
v. 使暴露；使揭露

例 I am writing to acknowledge and apologize for sending an email with your email address **exposed** to everyone on the list.

我寫這封信是為了承認並道歉，因為我發送了一封將您的電子郵件地址暴露給清單中的每個人的電子郵件。

fabricate
[`fæbrɪˌket]
v. 製造；杜撰

例 There is a lack of materials used to **fabricate** this design.

目前缺乏用於製造此設計的材料。

finished
[`fɪnɪʃt]
adj. 完成的

例 We're still awaiting the **finished** products from the factory.

我們仍在等待工廠的成品。

fixture

[`fɪkstʃɚ]

n. 固定設施；固定出現的人

例 We will send you a list detailing what **fixtures** are included in the price.

我們將向您發送一份清單，詳細說明這筆價格包含哪些固定裝置。

foregoing

[fɔr`goɪŋ]

adj. 上述的

例 The **foregoing** discussion has dealt with the cause of the meltdown.

前面的討論已經探討了崩潰的原因。

formulation

[ˌfɔrmjə`leʃən]

n. 形成；構想

例 He was involved in the process of policy **formulation**.

他參與了政策制定過程。

furnace

[`fɝnɪs]

n. 熔爐

例 The temperature of the **furnace** was increased to 110°C.

爐溫升至 110℃。

garment

[`gɑrmənt]

n. 服裝

例 This collection takes inspiration from Chinese heritage **garments**.

該系列的靈感來自中國傳統服裝。

📌 **考點提醒**

garment 常與 clothes、apparel 同義替換。其中，garment 是指「一件服裝」比 clothes 用法更為正式。apparel 通常是指「衣物的總稱」，如：sports apparel「運動服裝」。

guild

[gɪld]

n. 同業公會

例 The **guild** to which he belonged disintegrated in 1928.

他所屬的行會於 1928 年解散。

handicraft

[`hændɪˌkræft]

n. 手工藝品；手工藝

例 These are delicate **handicrafts** that need to be handled with care.

這些都是精緻的手工藝品，需要小心處理。

harm
[hɑrm]
v. 傷害；損害

例 Reputational damage can seriously **harm** your business.
聲譽受損可能會嚴重損害您的業務。

> 📌 **考點提醒**
>
> harm 也可作為名詞，用法為 cause / do harm to...。

harness
[ˋhɑrnɪs]
v. 利用；駕馭

例 This program aims to **harness** cutting-edge research in interactive media to benefit society.
本計劃旨在利用互動媒體的最新研究造福社會。

hazardous
[ˋhæzɚdəs]
adj. 危險的

例 Failure to declare **hazardous** materials may result in civil and criminal penalties.
未申報危險物品可能會導致民事和刑事處罰。

incur
[ɪnˋkɝ]
v. 招致

例 The alternative plan may **incur** extra administrative costs.
替代計劃可能會產生額外的管理成本。

independence
[ˏɪndɪˋpɛndəns]
n. 獨立

例 I value my **independence** too much to settle for an office job.
我太看重自己的獨立性，無法接受辦公室工作。

indicator
[ˋɪndəˏketɚ]
n. 指標

例 Price can be one of the **indicators** of quality.
價格可以作為品質的指標之一。

industrial
[ɪnˋdʌstrɪəl]
adj. 工業的

例 **Industrial** output has dropped by 1.5% since December.
自十二月以來，工業產出下降了 1.5%。

industry
[`ɪndəstrɪ]
n. 工業;產業

例 We've got some **industry** insider tips on how to achieve career advancement.
我們提供了一些有關如何實現職業發展的業內人士建議。

infrastructure
[`ɪnfrə͵strʌktʃɚ]
n. 基礎建設;公共建設

例 These funds could help improve the general **infrastructure**.
這些資金可以幫助改善一般基礎設施。

integral
[`ɪntəgrəl]
adj. 不可或缺的

例 On-the-job training is **integral** to the success of our company.
在職訓練是我們公司成功不可或缺的一部分。

integrate
[`ɪntə͵gret]
v. 整合

例 He conducted a lesson introducing practical ways to **integrate** research-based support into papers.
他開設了一堂課,介紹將基於研究的資源整合到論文中的實用方法。

intellectual
[͵ɪntḷ`ɛktʃʊəl]
adj. 智力的

例 You will find the support you need to meet the **intellectual** challenge of studying at the next level.
你將找到應對下一級別學習的智力挑戰所需的支持。

intermediate
[͵ɪntə`midɪet]
adj. 中級的

例 The company is now at an **intermediate** stage of development.
公司目前正處於發展的中期階段。

introduction
[͵ɪntrə`dʌkʃən]
n. 引進

例 Most people support the **introduction** of this new technology.
大多數人支持這項新技術的引進。

know-how
[`no͵haʊ]
n. 技能；知識

例 I only have a little **know-how** to deal with these technical problems.
我沒有太多的知識來處理這些技術問題。

labor
[`lebɚ]
n. 勞動力

例 Their only advantage is their dirt-cheap **labor**, as they often rely on the low-cost workforce to maintain a competitive edge in the market.
他們唯一的優勢是廉價的勞動力，因為他們往往依賴低成本勞動力來維持市場競爭優勢。

leadership
[`lidɚ͵ʃɪp]
n. 領導力；領導地位

例 He was voted manager for his strong **leadership** skills.
他因其強大的領導能力而被選為經理。

likewise
[`laɪk͵waɪz]
adv. 同樣地

例 I am going to resign, and you're well-advised to do **likewise**.
我要辭職了，建議你也這麼做。

locomotive
[͵lokə`motɪv]
n. 火車頭；火車發動機

例 Aaron succeeded Daniel as **locomotive** engineer.
亞倫接替丹尼爾成為機車工程師。

logging
[`lɔgɪŋ]
n. 原木砍伐

例 The **logging** industry was the leading cause of the degradation of the ecosystem.
伐木業是生態系退化的主要原因。

machinery
[mə`ʃinərɪ]
n. 機器；機械

例 Most products are manufactured by **machinery**.
大多數產品都是由機械製造的。

📌 **考點提醒**

machinery 是指連動的「機械裝置」，為不可數名詞；而 machine 是指單個「機器」，為可數名詞。

maintenance
[`mentənəns]
n. 維修；保養

例 Unfortunately, I entrusted the site's **maintenance** to the wrong hands.
不幸的是，我將網站的維護工作委託給了錯誤的人。

manufacturing
[ˌmænjə`fæktʃərɪŋ]
n. 製造業

例 Technological advancements have led to a **manufacturing** job boom.
技術進步帶來了製造業就業的繁榮。

mapping
[`mæpɪŋ]
n. 製圖

例 What are the disadvantages of computer **mapping**?
電腦測繪有哪些缺點？

mechanic
[mə`kænɪk]
n. 機械工；修理工

例 At first, I worked as a **mechanic** and eventually started my own shop.
起初，我是一名機械師，最後開了自己的店。

mechanism
[`mɛkəˌnɪzəm]
n. 機械裝置；機制

例 We have a system of software and hardware **mechanisms** that diverts DDOS attacks.
我們有一套軟體和硬體機制來轉移 DDOS 攻擊。

median
[`midɪən]
adj. 中等的；中間的

例 The **median** household income for the local residents was $34,000 last year.
去年當地居民的家庭收入中位數為三萬四千美元。

obstacle
[`ɑbstəkl]
n. 障礙

例 Its limitless options can be an **obstacle** to launching your new website.
它無限的選項可能會成為你上架新網站的障礙。

occupancy
[`ɑkjəpənsɪ]
n. 佔有

例 The **occupancy** rates have dropped below 40% in Vegas.
拉斯維加斯的入住率已跌破 40%。

optimize
[`ɑptə͵maɪz]
v. 最佳化

例 Utilize the built-in analytics tools to **optimize** performance.
利用內建分析工具來優化效能。

organizational
[͵ɔrgənaɪ`zeʃənəl]
adj. 組織的

例 Shirley demonstrated superb managerial and **organizational** skills.
雪莉展現了高超的管理和組織能力。

part
[pɑrt]
n. 零件

例 We provide a wide range of high-quality auto **parts** for many car brands.
我們為許多品牌的汽車提供各種優質汽車零件。

patent
[`pætnt]
n. 專利

例 Did you take out a **patent** for your invention?
你為你的發明申請專利了嗎？

✎ 考點提醒

「申請專利」可以用 apply for a patent 或 take out a patent 來表示。

peripheral
[pə`rɪfərəl]
adj. 次要的；邊緣性的

例 Publicity is **peripheral** to this discussion.
宣傳對於這場討論來說是次要的。

perspective
[pɚ`spɛktɪv]
n. 觀點；看法

例 Let's keep things in **perspective** and keep your goal in mind.
讓我們正確看待事物並牢記你的目標。

pertain
[pɚ`ten]
v. 有關

例 The workshop **pertains** to quality control and customer satisfaction.
該研討會涉及品質控制和客戶滿意。

✎ 考點提醒

pertain to 和 concern 都有「和……有關」的意思。些微的不同點在於：pertain to 強調客觀的連結和相關性，而 concern 則表達「參與」、「關切」的意思。

pharmaceutical
[ˌfɑrməˈsjutɪkl̩]
adj. 藥的；製藥的

例 The legal tussle between the two **pharmaceutical** companies continues.
兩家製藥公司之間的法律糾紛仍在持續。

precision
[prɪˈsɪʒən]
n. 精準；精確

例 We can't achieve this level of **precision** without the device.
如果沒有這項設備，我們就無法達到這樣的精準度。

preventive
[prɪˈvɛntɪv]
adj. 預防的

例 Not only is it a **preventive** measure, but it is an investment as well.
這不僅是一種預防措施，也是一種投資。

primary
[ˈpraɪˌmɛrɪ]
adj. 首要的；主要的

例 Our **primary** concern is to provide the foreign workers with food and lodging.
我們首要關心的是為外籍勞工提供食物和住宿。

privilege
[ˈprɪvl̩ɪdʒ]
n. 特權；榮幸

例 Owning your home is a human right, not a **privilege**.
擁有自己的房屋是一項人權，而不是一種特權。

procurement
[proˈkjurmənt]
n. 獲得；採購

例 He is in charge of the **procurement** of building materials.
他負責建築材料的採購。

profit
[ˈprɑfɪt]
n. 利潤；收益

例 There is no **profit** in investing in real estate in this area.
投資該地區的房地產沒有利潤。

propagation
[ˌprɑpəˈgeʃən]
n. 宣傳

例 The platform is for the **propagation** of their ideology.
這個平台是為了傳播他們的意識形態。

proprietor
[prə`praɪətə]
n. 業主

例 He is now the sole **proprietor** of the business.
他現在是這家企業的獨資經營者。

☆ 考點提醒

proprietor 不只是「擁有者」，還指「經營者」；
而 owner 單純是「擁有者」。

protocol
[`protə͵kɑl]
n. 協議；協定

例 There was a significant breach of COVID **protocols**.
之前出現了嚴重違反了新冠肺炎協議的情況。

qualification
[͵kwɑləfə`keʃən]
n. 資格

例 He is a senior examiner for UK and international **qualifications**.
他是英國和國際資格的資深考官。

rotate
[`rotet]
v. 使輪流；輪換

例 We **rotate** shifts on a 28-day cycle.
我們以二十八天為一個週期進行輪班。

recession
[rɪ`sɛʃən]
n. 經濟衰退

例 The **recession** prompted consumers to cut back on their spending on recreation.
經濟衰退促使消費者削減娛樂支出。

reduction
[rɪ`dʌkʃən]
n. 減少；削減

例 The report forecasts a deficit **reduction** of 18%.
這份報告預測赤字將減少 18%。

regulate
[`rɛgjə͵let]
v. 調節；控管

例 The system can **regulate** the temperature of the laboratory.
這套系統可以調節這間實驗室的溫度。

renewable
[rɪ`njuəbl]
adj. 可更新的；可再生的

例 The high price of oil spurred the development of **renewable** energy sources.
高油價刺激了再生能源的發展。

revolution
[ˌrɛvəˈluʃən]
n. 革命；變革

例 Since the Industrial **Revolution**, millions of jobs have been created.
自工業革命以來，創造了數百萬個就業機會。

rural
[ˈrʊrəl]
adj. 鄉村的；農村的

例 The warehouse was relocated to a **rural** area just outside Beijing.
倉庫搬到了北京郊外的一個鄉村地區。

scale
[skel]
n. 規模

例 Lack of capital and equipment made it difficult for large-**scale** production.
缺乏資金和設備，難以大規模生產。

schematic
[skɪˈmætɪk]
adj. 概要的

例 The contractor gave us a **schematic** diagram of the manufacturing process.
承包商給了我們一張製造過程的示意圖。

secondary
[ˈsɛkənˌdɛrɪ]
adj. 第二級的；次要的

例 They thought workers' welfare was of **secondary** importance.
他們認為工人的福利是次要的。

seemingly
[ˈsimɪŋlɪ]
adv. 似乎；表面上

例 The conflict was **seemingly** impossible to resolve.
這場衝突似乎無法解決。

seize
[siz]
v. 抓住

例 He plotted an attempt to **seize** power.
他密謀奪取權力。

sequential
[sɪˈkwɛnʃəl]
adj. 連續的；後果的

例 The recruiting process is a series of **sequential** steps.
招募過程是一系列連續的步驟。

simultaneously
[saɪməlˈtenɪəslɪ]
adv. 同時地

例 This mechanism allows multiple machines to work **simultaneously**.
這種機制允許多台機器同時工作。

specialist
[`spɛʃəlɪst]
n. 專家

例 A product **specialist** will demo the latest features of the platform.
一位產品專家將示範本平台的最新功能。

statistical
[stə`tɪstɪkl̩]
adj. 統計的

例 The critical question is how to understand the **statistical** results from a cognitive perspective.
關鍵問題是如何從認知角度理解統計結果。

straightforward
[ˌstret`fɔrwɚd]
adj. 簡單易懂的;坦率的

例 It is difficult to give a **straightforward** answer to the question.
很難直接回答這個問題。

subsistence
[səb`sɪstəns]
n. 生存

例 Thousands of people are living below the **subsistence** level.
成千上萬的人生活在溫飽水平以下。

suitable
[`sutəbl̩]
adj. 合適的

例 The construction of another high-security laboratory **suitable** for handling the virus is underway.
另一個適合處理病毒的高安全性實驗室正在建造中。

surplus
[`sɝpləs]
adj. 過剩的

例 These manufacturers dumped their **surplus** commodities on foreign countries.
這些製造商將剩餘商品傾銷到國外。

sustainability
[səˌstenə`bɪlɪtɪ]
n. 永續性

例 Our **sustainability** report explains our effort toward lowering our factories' impact on the environment.
我們的永續發展報告解釋了我們為降低工廠對環境的影響所做的努力。

symbiosis
[ˌsɪmbaɪ`osɪs]
n. 互利關係

例 There is a **symbiosis** between these corporations.
這些公司之間存在著共生關係。

synthesis
[`sɪnθəsɪs]
n. 合成

例 The research and development department made a **synthesis** of their studies.
研發部門對他們的研究進行了融合。

tailor
[`telɚ]
v. 修改；使合適

例 Our wide choice of breakout sessions will allow you to **tailor** the program to your development needs.
我們有多種分組討論可供選擇，你可以根據自己的發展需求量身訂做課程。

tangible
[`tændʒəbl]
adj. 有形的

例 Your support is having a **tangible** impact on the community.
您的支持正在對社區產生實際的影響。

☆ 考點提醒

tangible 的反義詞為 intangible「無形的」。

technician
[tɛk`nɪʃən]
n. 技師；技術人員

例 He works as a machine maintenance **technician** at Northtech.
他在 Northtech 擔任機器維護技術員。

telegraph
[`tɛləˌgræf]
n. 電報

例 At that time, the **telegraph** greatly revolutionized long-distance communication.
當時，電報大大改變了長途通訊。

territory
[`tɛrəˌtorɪ]
n. 領土；版圖

例 The approach is uncharted **territory** for us.
這種方法對我們來說是未知的領域。

tertiary
[`tɝʃɪˌɛrɪ]
adj. 第三階段的

例 Women's participation in the **tertiary** sector was still minimal.
當時，婦女對第三產業的參與仍然非常有限。

textile
[`tɛkstaɪl]
adj. 紡織的

例 Can you believe these **textile** machines are still in use?
您能相信這些紡織機仍在使用嗎？

undertake
[,ʌndɚ`tek]
v. 著手進行；從事

例 We are **undertaking** a review that could improve our service for you in the future.
我們正在進行審視，以便將來改善我們為您提供的服務。

union
[`junjən]
n. 聯合會；聯盟

例 The **union** only represents 15% of all factory workers.
工會只代表全數工廠工人的 15%。

upholster
[ʌp`holstɚ]
v. 裝上墊子

例 All the furniture was **upholstered** in plush.
所有家具均採用毛絨軟墊。

utility
[ju`tɪlətɪ]
n. 公共事業；水電瓦斯

例 Every month, I pay $800 in rent plus **utilities**.
每個月，我支付八百美元的租金和水電費。

validate
[`vælə,det]
v. 使生效

例 Without empirical evidence, it would not be easy to **validate** your theory.
如果沒有經驗證據，就很難驗證你的理論。

variation
[,vɛrɪ`eʃən]
n. 變化

例 The material prices are subject to **variation**.
材料價格可能會有所變動。

veteran
[`vɛtərən]
adj. 資深的

例 We often asked the **veteran** workers for advice.
我們常向那些資深工人請教。

vital
[`vaɪtl]
adj. 重要的；不可少的

例 On a team like ours, it's **vital** to connect with a few people on a deeper level.
在像我們這樣的團隊中，與一些人進行更深層的聯繫是至關重要的。

✒ **考點提醒**

vital 常與 important、crucial、essential 同義替換。

ware
[wɛr]
n. 物品

例 Mr. Wu deals in a wide variety of ceramic **ware**.
吳先生經營各種陶瓷製品。

warehouse
[`wɛr͵haʊs]
n. 倉庫

例 The **warehouse** was seriously damaged in a fire.
這間倉庫在一起火災中嚴重受損。

weld
[wɛld]
v. 焊接

例 Steel handles have been **welded** onto the railings.
鋼製把手已被焊接在欄桿上。

witness
[`wɪtnɪs]
v. 目擊；見證

例 We're about to **witness** the fourth industrial revolution.
我們即將見證第四次工業革命。

woodworker
[`wʊd͵wɜkɚ]
n. 木工師傅

例 He is a highly competent **woodworker** in this town.
他是這個鎮上一位非常能幹的木工。

C 9

CHAPTER

醫療

Chapter 9 音檔雲端連結

因各家手機系統不同，若無法直接掃描，
仍可以至以下電腦雲端連結下載收聽。
（http://tinyurl.com/3rx4prur）

abdominal
[æb`dɑmənl]
adj. 腹部的

例 He experienced sharp **abdominal** pain after dinner.
晚餐後他感到腹部劇烈疼痛。

acute
[ə`kjut]
adj. 急性的

例 She was diagnosed with **acute** appendicitis.
她被診斷出患有急性闌尾炎。

aerobics
[ˏeə`robɪks]
n. 有氧運動

例 She takes regular **aerobics** classes to stay fit.
她定期參加有氧運動課程以保持健康。

☆ 考點提醒

aerobics 的形容詞為 aerobic「有氧的」。

affirmation
[ˏæfə`meʃən]
n. 肯定；證實

例 My teacher provided words of **affirmation** to boost my confidence.
我的老師用肯定的話語增強了我的信心。

ambulance
[`æmbjələns]
n. 救護車

例 The **ambulance** arrived promptly at the scene of the car crash.
救護車很快就到達了車禍現場。

anesthesia
[ˏænəs`θiʒə]
n. 麻醉

例 I was administered **anesthesia** before the surgery.
手術前我接受了麻醉。

appetite
[`æpəˏtaɪt]
n. 胃口；慾望

例 The stress and anxiety from work caused a loss of **appetite**.
工作帶來的壓力和焦慮導致食慾不振。

☆ 考點提醒

have a good appetite for ... 表示「對……有胃口／慾望」。

appointment
[ə`pɔɪntmənt]
n. 約定會面

例 She made an **appointment** with her doctor to discuss her symptoms and seek professional advice.
她預約和醫生看診，討論她的症狀並尋求專業建議。

assessment
[əˋsɛsmənt]
n. 評估

例 The doctor provided a detailed **assessment** of the patient's health condition.
這位醫生對病人的健康狀況進行了詳細的評估。

bacteria
[bækˋtɪrɪə]
n. 細菌

例 Harmful **bacteria** in contaminated water can cause diseases.
受污染的水中的有害細菌會引起疾病。

✿ **考點提醒**

bacteria 為複數型，單數型為 bacterium。

bipolar
[baɪˋpolɚ]
adj. 躁鬱的；兩極的

例 The psychiatrist diagnosed him with **bipolar** disorder after careful assessment.
精神科醫生經過仔細評估後診斷他患有躁鬱症。

calorie
[ˋkælərɪ]
n. 卡路里

例 I carefully monitored my daily **calorie** intake to maintain a healthy diet.
我仔細監測我每天的卡路里攝取量以維持健康的飲食。

cavity
[ˋkævətɪ]
n. 蛀牙

例 The dentist discovered a **cavity** during the routine dental check-up.
牙醫在例行牙科檢查時發現了一個蛀牙。

chronic
[ˋkrɑnɪk]
adj. 慢性的

例 My **chronic** chest pain requires ongoing medical attention.
我的慢性胸痛需要持續的醫療照護。

circulatory
[ˋsɝkjələˌtorɪ]
adj. 血液循環的

例 Regular exercise is beneficial to the health of the **circulatory** system.
經常運動有利於循環系統的健康。

clinic
[ˈklɪnɪk]
n. 診所

例 I usually visit the **clinic** downtown for a routine check-up.
我通常會去市中心的診所進行例行檢查。

clinician
[klɪˈnɪʃən]
n. 臨床醫生

例 The **clinician** conducted a thorough examination of the patient.
臨床醫生對患者進行了徹底的檢查。

cognitive
[ˈkɑgnətɪv]
adj. 認知的

例 Her grandmother is experiencing declines in **cognitive** function.
她的祖母的認知功能正在下降。

compassion
[kəmˈpæʃən]
n. 同情；憐憫

例 Her **compassion** for animals led her to become a vet.
她對動物的同情心促使她成為了一名獸醫。

composition
[ˌkɑmpəˈzɪʃən]
n. 構成；組成

例 The **composition** of the diet was carefully planned to include a balance of necessary nutrients.
這套飲食結構經過了精心設計，以包括必要營養素的平衡。

confidentiality
[ˌkɑnfɪˌdɛnʃɪˈælɪtɪ]
n. 機密

例 Maintaining strict **confidentiality** is a fundamental aspect of the healthcare profession.
嚴格保密是醫療行業中一個非常基本的部分。

consent
[kənˈsɛnt]
n. 同意

例 The doctor needs the patient's informed **consent** to perform the proposed treatment.
醫生需要病人的知情同意才能進行建議的治療。

consultation
[ˌkɑnsəl`teʃən]
n. 會診；諮詢

例 I scheduled a **consultation** with my shrink to discuss my emotional problems.
我和我的心理醫生約了診，討論我的情緒問題。

contagious
[kən`tedʒəs]
adj. 接觸傳染的；會傳染的

例 The virus is highly **contagious**, especially in crowded places.
該病毒具有高度傳染性，尤其是在人群密集的地方。

cope
[kop]
v. 對付；應付

例 At the time, I could barely **cope** with the stress of the situation.
當時，我幾乎無法應付這種情況的壓力。

📌 **考點提醒**

cope with 經常與 deal with 和 handle 同義替換。

cosmetic
[kɑz`mɛtɪk]
adj. 化妝的；整容的；表面的

例 He has undergone a series of **cosmetic** surgeries to look like this.
他經歷了一系列整容手術才變成這樣的。

📌 **考點提醒**

cosmetics 為「化妝品」，範圍較廣；而 makeup 是專指「用於面部的化妝品」。

counseling
[`kaʊnslɪŋ]
n. 諮商服務

例 Most schools offer **counseling** services to students dealing with academic stress.
大多數學校為面臨學業壓力的學生提供諮商服務。

curve
[kɝv]
n. 曲線；弧線

例 A mild **curve** in the data can be seen during this period.
在此期間我們可以看到數據產生些微彎曲。

depression
[dɪ`prɛʃən]
n. 憂鬱症

例 I needed to seek professional help to cope with my **depression**.
我需要尋求專業協助來對抗我的憂鬱症。

despair
[dɪ`spɛr]
n. 絕望

例 I found myself in **despair** in the face of personal challenges.
面臨個人挑戰時，我發現自己陷入了絕望。

diagnosis
[ˌdaɪəg`nosɪs]
n. 診斷

例 The patient suspected the first **diagnosis** was inaccurate.
患者懷疑第一次診斷不準確。

diagnose
[`daɪəgnoz]
v. 診斷

例 My friend was **diagnosed** with diabetes when she was only 15.
我的朋友在十五歲時就被診斷出患有糖尿病。

☆ 考點提醒

diagnose 的常見句型：be diagnosed with... 「被診斷患有……」。

diarrhea
[ˌdaɪə`riə]
n. 腹瀉

例 He experienced severe **diarrhea** after eating at the questionable food stall.
在可疑的食物攤上吃飯後，他腹瀉地很嚴重。

digestive
[də`dʒɛstɪv]
adj. 消化的

例 People have **digestive** problems, such as bloating and indigestion, when they eat too fast.
當人們吃得太快時，就會出現消化問題，例如腹脹和消化不良。

disorder
[dɪs`ɔrdə]
n. 紊亂；失調

例 My mom always says I might have a bit of a "cleanliness **disorder**."
我媽總是說我可能有一點「清潔障礙」。

emergency

[ɪˋmɝdʒənsɪ]

n. 緊急狀況

例 Should an **emergency** arise, it is crucial to remain calm and follow established protocols.

若發生緊急情況，一定要保持冷靜並遵守既定規範。

✐ 考點提醒

emergency 是指「突發或失控的緊急狀況」，而 urgency 則是指「就既定時程安排的緊急事件」。

emotional

[ɪˋmoʃənl]

adj. 情感的；易動情的

例 Thanks to my parents and friends, who provided me with **emotional** support, I was able to navigate difficulties during this challenging time.

感謝我的父母和朋友為我提供了情感上的支持，讓我能夠在這個充滿挑戰的時期克服困難。

endurance

[ɪnˋdjʊrəns]

n. 忍耐；耐力

例 After the injury, the athlete focused on **endurance** training to regain optimal performance.

受傷後，這位運動員專注於耐力訓練以恢復最佳表現。

epidemic

[ˌɛpɪˋdɛmɪk]

n. 流行病

例 When the number of reported cases surged dramatically, the public health authority decided to declare an **epidemic**.

當通報的病例數急劇增加時，公共衛生當局決定宣布疫情爆發。

examination

[ɪgˌzæməˋneʃən]

n. 檢查

例 Before starting the new job, I had to go through a medical **examination** to make sure I was fit for the physical requirements of the position.

在開始新工作之前，我必須接受體檢，以確保我適合該職位的身體要求。

fatigue
[fə`tig]
n. 疲勞

例 After a marathon of teaching, I felt a deep sense of **fatigue**.
在馬拉松式的教學後，我感到了深深的疲勞。

✗ 考點提醒

fatigue 的形容詞為 fatigued「感到疲勞的」。

fitness
[`fɪtnɪs]
n. 健康

例 To improve your **fitness**, you need regular exercise and a balanced diet.
為了改善你的健康狀況，你需要定期運動和均衡飲食。

genetics
[dʒə`nɛtɪks]
n. 遺傳學；遺傳

例 I blame my **genetics** for my inability to sing.
我不會唱歌都是我遺傳的錯。

geriatric
[ˌdʒɛrɪ`ætrɪk]
adj. 老年的

例 Despite being a little **geriatric**, she still insists on tending to the garden every morning.
儘管年紀有點大了，她仍然堅持每天早上照料花園。

gown
[gaʊn]
n. 醫師袍；手術衣

例 The doctor, clad in a white **gown**, entered the examination room.
這位醫生身穿白大褂，走進了檢查室。

gratitude
[`grætəˌtjud]
n. 感激；感謝

例 She expressed **gratitude** for the support of her friends and family.
她對朋友和家人的支持表示感謝。

✗ 考點提醒

gratitude 常與 gratefulness、thankfulness 和 appreciation 同義替換。

guilt
[gɪlt]
n. 內疚；罪惡

例 After breaking her father's phone, she was filled with **guilt**.
打碎父親的手機後，她充滿了罪惡感。

herd
[hɝd]
n. 群體

例 The more people get vaccinated, the better our chances of reaching **herd** immunity are.
接種疫苗的人越多，我們獲得群體免疫的機會就越大。

holistic
[ho`lɪstɪk]
adj. 全面的；整體的

例 He took a **holistic** approach to enhancing his well-being.
他採取了全面的方法來提高他的健康。

hormone
[`hɔrmon]
n. 荷爾蒙

例 **Hormones** regulate various physiological functions.
荷爾蒙調節多種生理功能。

hospice
[`hɑspɪs]
n. 臨終安養院

例 **Hospice** offers end-of-life care with a focus on comfort and support.
臨終安養院提供臨終關懷，專注於舒適和支持。

hospitalization
[ˌhɑspɪtl̩`zeʃən]
n. 住院

例 Her severe symptoms necessitated immediate **hospitalization**.
她的嚴重症狀需要立即住院治療。

hydration
[haɪ`dreʃən]
n. 補充水分

例 During physical activity, proper **hydration** is essential to ensure optimal performance.
在體育活動期間，適當的補水對於確保最佳表現是至關重要的。

🖈 **考點提醒**
「水分不足」為 dehydration。

hygiene
[`haɪdʒin]
n. 衛生

例 The importance of good **hygiene** cannot be overstated.
良好衛生習慣的重要性再怎麼強調都不為過。

immune
[ɪ`mjun]
adj. 免疫的

例 After a week of intense training, I felt my **immune** system had been enhanced.
經過為期一週的高強度訓練，我感覺到自己的免疫系統增強了。

indicative
[ɪn`dɪkətɪv]
adj. 表示的；象徵的

例 The symptoms you're having now are **indicative** of a major shift in your overall health.
你現在出現的症狀顯示你的整體健康狀況發生了重大變化。

☆ **考點提醒**

indicative 的常見句型為：be indicative of。

infection
[ɪn`fɛkʃən]
n. 感染

例 A fever indicates the possible presence of an **infection**.
發燒表示可能存在感染。

infirmary
[ɪn`fɝ·mərɪ]
n. 醫務室

例 I visited the campus **infirmary** for a quick health check before classes.
上課前我去了校園醫務室進行了快速健康檢查。

insomnia
[ɪn`sɑmnɪə]
n. 失眠

例 I have been experiencing **insomnia** lately, unable to retrieve the usual rhythm of sleep.
最近我一直失眠，無法恢復正常的睡眠節奏。

intestine
[ɪn`tɛstɪn]
n. 腸子

例 A blockage in the **intestine** is causing abdominal pain and discomfort.
腸道阻塞正導致腹痛和不適。

intravenous
[ˌɪntrə`vinəs]
adj. 靜脈注射的

例 The patient received medication through an **intravenous** drip.
這位患者透過靜脈注射接受藥物治療。

isolation
[ˌaɪsl̩`eʃən]
n. 隔離

例 The patient was placed in an **isolation** ward to prevent further spread of the illness.
這位病人被安置在隔離病房，以防止疾病進一步傳播。

journal
[`dʒɝ·n̩l]
n. 日誌

例 The research findings were published in a reputable medical **journal**.
該研究結果發表在著名醫學期刊。

kidney
[`kɪdnɪ]
n. 腎

例 After drinking too much coffee, it feels like my **kidneys** are working overtime to process all that caffeine.
喝了太多咖啡後，我感覺我的腎臟正在加班消化那些咖啡因。

laboratory
[`læbrəˌtorɪ]
n. 實驗室；研究室

例 These scientists conducted experiments in the **laboratory** to analyze the impact of the medicine.
這些科學家在實驗室做實驗來分析這款藥物的影響。

✒ **考點提醒**

laboratory 的簡寫為 lab。

lung
[lʌŋ]
n. 肺

例 Exposure to high levels of air pollution can be harmful to your **lungs**.
暴露在高濃度的空氣污染中可能對肺部有害。

magnetic
[mæg`nɛtɪk]
adj. 磁性的

例 She took a **magnetic** resonance imaging scan to investigate the cause of her persistent back pain.
她做了核磁共振，調查她長期背痛的原因。

medical
[`mɛdɪkl]
adj. 醫學的；醫療的

例 I always keep a box of **medical** supplies in the room.
我都會在房間裡放一盒醫療用品。

meditation
[ˌmɛdəˈteʃən]
n. 冥想；沈思

例 He practices **meditation** daily to cultivate a sense of calm and mindfulness.
他每天練習冥想，以培養平靜和正念的感覺。

metabolism
[mɛˈtæblˌɪzəm]
n. 新陳代謝

例 Skipping meals slows my **metabolism**, making it harder to maintain a healthy weight.
不吃飯會減慢我的新陳代謝，讓我更難維持健康的體重。

migraine
[`maɪgren]
n. 偏頭痛

例 My **migraine** always shows up uninvited, leaving behind a terrible mess in my head.
我的偏頭痛老是不請自來，把我的腦袋搞得一團糟。

mild
[maɪld]
adj. 溫和的；輕微的

例 Although she had tested positive for the virus, she experienced only **mild** symptoms.
儘管她的病毒檢測呈陽性，但她只出現了輕微的症狀。

mindful
[`maɪdfəl]
adj. 留心的；警覺的

例 Being **mindful** of her health, she chose nutritious food options and engaged in regular exercise.
為了照顧自己的健康，她選擇了營養豐富的食物並定期運動。

mindset
[`maɪndˌsɛt]
n. 心態

例 Maintaining a healthy **mindset** is crucial for our overall well-being.
保持健康的心態對我們的整體健康十分重要。

mineral
[`mɪnərəl]
n. 礦物質

例 Dark leafy greens are rich in essential **minerals** like iron and calcium.
深綠色葉菜富含鐵和鈣等必需礦物質。

muscular
[`mʌskjələ]
adj. 肌肉的；肌肉發達的

例 Michael enjoys displaying his **muscular** physique to his friends.
麥克喜歡向他的朋友展示他肌肉發達的體格。

nutrition
[njuˋtrɪʃən]
n. 營養

例 Even though I love junk food, I try to balance it out with some decent **nutrition**.
儘管我喜歡垃圾食物，但我會嘗試用一些適當的營養來平衡它。

obesity
[oˋbisətɪ]
n. 肥胖

例 **Obesity** has become a national issue in the United States.
肥胖已成為美國的全國性問題。

optimistic
[ˌɑptəˋmɪstɪk]
adj. 樂觀的

例 Maintaining an **optimistic** outlook can significantly enhance one's resilience and ability to navigate challenges.
保持樂觀的態度可以顯著提高一個人應對挑戰的韌性和能力。

📌 **考點提醒**

optimistic 常和 upbeat、positive 同義替換。

orthopedics
[ˌɔrθəˋpidɪks]
n. 骨科

例 The hospital has a dedicated department that specializes in **orthopedics**.
這間醫院設有專門從事骨科的科室。

outbreak
[`aʊt͵brek]
n. 爆發

例 The health authorities acted promptly to contain the latest **outbreak**.
衛生當局迅速採取行動，遏止了最新的疫情爆發。

outpatient
[`aʊt͵peʃənt]
n. 門診病患

例 After the procedure, I was transferred to the **outpatient** ward for monitoring.
手術結束後，我被轉到門診病房進行監測。

palliative
[`pælɪ͵etɪv]
adj. 安寧療護的

例 **Palliative** measures were implemented to alleviate the patient's pain.
院方採取安寧療護措施來減輕病人的痛苦。

pandemic
[pæn`dɛmɪk]
n. 大流行病；疫情

例 The **pandemic** made panic-buying reach a whole new level.
這次的疫情讓恐慌性搶購達到了一個新的高度。

✿ 考點提醒

pandemic 是「大範圍、全球性的疫情」，而 epidemic 是「區域性的疫情」。

paramedic
[͵pærə`mɛdɪk]
n. 急救醫護人員

例 The **paramedic** provided immediate medical assistance at the accident scene.
護理人員在事故現場立即提供醫療救助。

patient
[`peʃənt]
n. 病人

例 The doctor-**patient** relationship continued to worsen due to a communication breakdown.
由於溝通中斷，醫病關係持續惡化。

pediatrician
[͵pidɪə`trɪʃən]
n. 小兒科醫師

例 The **pediatrician** has a way to make every visit a bit less daunting for our little one.
這位小兒科醫生有辦法讓我們的小朋友每次就診時感覺不會那麼害怕。

pessimistic
[ˌpɛsə`mɪstɪk]
adj. 悲觀的

例 She became more and more **pessimistic** about her health condition after experiencing persistent symptoms.
在經歷了持續的症狀後，她對自己的健康狀況變得越來越悲觀。

pharmacy
[`fɑrməsɪ]
n. 藥店

例 I stopped by the **pharmacy** to pick up my prescribed medication for the cold.
我順道去藥局買了治療感冒的處方藥。

☆ **考點提醒**

pharmacy 通常是「有藥師駐店或與醫院合作的藥房」，而 drugstore 則是「藥妝店」，販賣成藥和其他日用品。

physical
[`fɪzɪkl̩]
adj. 身體的

例 The **physical** pain in his right arm made it challenging for him to raise his arm.
右手臂的疼痛讓他很難抬起手臂。

physician
[fɪ`zɪʃən]
n. 內科醫師

例 The **physician** prescribed antiviral medication for a speedy recovery.
這位醫生開了抗病毒藥物以讓病情盡快康復。

physiological
[ˌfɪzɪə`lɑdʒɪkl̩]
adj. 生理的

例 The stress of finals week had a **physiological** impact on me.
期末考週的壓力對我產生了生理影響。

practitioner
[præk`tɪʃənɚ]
n. 開業醫生

例 My **practitioner** is also an experienced massage therapist.
我的醫生也是一位經驗豐富的按摩師。

prescription
[prɪ`skrɪpʃən]
n. 處方；藥方

例 Before I left, my doctor handed me a **prescription** for antibiotics.
在我離開之前，我的醫生給了我一張抗生素處方。

prevention
[prɪ`vɛnʃən]
n. 防止

例 Vaccination is a key tool in the **prevention** of infectious diseases.
疫苗接種是預防傳染病的重要工具。

prosthesis
[`prɑsθɪsɪs]
n. 義肢；義體

例 The **prosthesis** allowed him to regain mobility and continue his active lifestyle.
這支義肢讓他恢復了活動能力並繼續他好運動的生活模式。

protein
[`protiɪn]
n. 蛋白質

例 Enzymes break down **proteins** into amino acids.
酵素將蛋白質分解成胺基酸。

psychiatry
[saɪ`kaɪətrɪ]
n. 精神病學

例 A **psychiatrist** helps you navigate the roller coaster of thoughts and emotions.
精神科醫生幫助你應對思想和情緒的雲霄飛車。

psychology
[saɪ`kɑlədʒɪ]
n. 心理學

例 Fascinated by the intricacies of the human mind, I decided to major in **psychology**.
因為對人類思維的複雜性深深著迷，我決定主修心理學。

pulse
[pʌls]
n. 脈搏

例 I regularly took my **pulse** to ensure I stayed within my target heart rate.
我會定期測量脈搏，以確保我維持在目標心率範圍內。

radiology
[redɪ`ɑlədʒɪ]
n. 放射學

例 After the X-ray, I headed to the **radiology** department to discuss the results with the specialist.
做完 X 光檢查後，我前往放射科和專家討論檢測結果。

rapid
[`ræpɪd]
adj. 迅速的

例 The patient experienced a **rapid** increase in heart rate.
這位患者的心率迅速增加。

referral
[rɪ`fɝəl]
n. 轉診；轉診病人

例 The physician provided a **referral** to a specialist for further evaluation.
這位醫生將這位病患轉診給一位專家進行進一步的評估。

reflection
[rɪ`flɛkʃən]
n. 反省；深思

例 I often discovered valuable insights in moments of quiet **reflection** on my own life.
我經常在安靜反思自己人生的時刻悟出一些珍貴的見解。

register
[`rɛdʒɪstɚ]
v. 掛號

例 You need to **register** at the reception desk before proceeding to the designated department.
你需要在櫃檯掛號後才能前往指定部門。

rehabilitation
[͵rihə͵bɪlə`teʃən]
n. 復健；康復

例 After his ankle surgery, he endured weeks of arduous **rehabilitation** to get back on his feet.
動了腳踝手術後，他經歷了數週的艱難康復期才重新站起來。

relief
[rɪ`lif]
n. 緩和；減輕

例 She let out a sigh of **relief** after seeing her test come out negative.
看到檢測結果呈現陰性後，她鬆了一口氣。

resilience
[rɪ`zɪlɪəns]
n. 恢復力

例 His extraordinary **resilience** during rehabilitation fueled a remarkable recovery journey.
他在康復期間驚人的恢復能力驅動了這趟了不起的康復之旅。

resistance
[rɪˋzɪstəns]
n. 抵抗

例 The new vaccine exhibited strong **resistance** to the disease.
這款新疫苗對這種疾病表現出很強的抵抗力。

respiratory
[rɪˋspaɪrəˌtorɪ]
adj. 呼吸的

例 The prolonged exposure to pollutants compromised his **respiratory** system.
長期接觸污染物損害了他的呼吸系統。

sanitation
[ˌsænəˋteʃən]
n. 公共衛生

例 Let's ensure the living room gets a good **sanitation** sweep before everyone arrives.
讓我們確保在每個人到達之前對客廳進行良好的衛生清潔。

spiritual
[ˋspɪrɪtʃʊəl]
adj. 精神的；心靈的

例 He has been my **spiritual** guru since I was in school.
從我上學起，他就一直是我的精神導師。

spread
[sprɛd]
n. 傳播；散布

例 The lack of preventive measures facilitated the virus's rapid **spread** within the community.
由於缺乏預防措施，病毒在社區內迅速傳播。

✦ 考點提醒

spread 也可作為動詞，為三態同型。

stretch
[strɛtʃ]
v. 延展；伸長

例 After hours of sitting in front of the computer, I needed to **stretch** my legs and take a refreshing walk outside.
在電腦前坐了幾個小時後，我需要伸展一下雙腿，到外面散散步，提提神。

suicide
[ˋsuəˌsaɪd]
n. 自殺

例 Feeling overwhelmed by despair, she unfortunately attempted **suicide**.
她感到絕望，而不幸地試圖自殺。

surgeon
[`sɜdʒən]
n. 外科醫生

例 The **surgeon** worked magic on my knee, and now I can finally hit the tennis court pain-free.
外科醫生對我的膝蓋施了魔法,現在我終於可以毫無疼痛地打網球了。

surgery
[`sɜdʒərɪ]
n. 手術

例 The **surgery** went well, and the doctors are optimistic about a full and speedy recovery.
手術進行得很順利,醫生樂觀地相信全面恢復的速度將會很快。

suspected
[sə`spɛktɪd]
adj. 疑似的

例 The **suspected** symptoms of an autoimmune disorder prompted the doctor to examine further.
疑似自體免疫疾病的症狀促使醫師進一步檢查。

symptom
[`sɪmptəm]
n. 症狀;徵兆

例 Persistent stomachaches can be a **symptom** of various digestive conditions.
持續性胃痛可能是各種消化系統疾病的症狀。

symptomatic
[ˌsɪmptə`mætɪk]
adj. 有症狀的

例 She became **symptomatic**, experiencing a fever and fatigue.
她出現症狀了,包含發燒和疲倦。

> ✒ **考點提醒**
>
> symptomatic 的反義詞為 asymptomatic「無症狀的」。

temperature
[`tɛmprətʃɚ]
n. 體溫

例 The nurse took my **temperature** every three hours.
護士每三小時給我量一次體溫。

therapeutic
[ˌθɛrəˈpjutɪk]
adj. 治療的；有益健康的

例 Engaging in **therapeutic** activities promotes emotional well-being and stress relief.
參與治療活動可以促進情緒健康和緩解壓力。

therapist
[ˈθɛrəpɪst]
n. 治療師

例 My **therapist** helps me process and overcome the challenges I face.
我的治療師幫助我處理並克服我面臨的挑戰。

tightness
[ˈtaɪtnɪs]
n. 緊繃

例 The runner felt a sense of **tightness** in her chest in the middle of the race.
比賽進行到一半時，這位跑者感到胸口發緊。

tissue
[ˈtɪʃʊ]
n. 組織

例 The surgery aimed to repair the damaged **tissue** in her knee.
本次手術的目的是修復她膝蓋受損的組織。

tracing
[ˈtresɪŋ]
n. 追蹤

例 Contact **tracing** helps identify and notify people who may have been exposed to a contagious disease.
接觸者追蹤有助於識別並通知可能接觸過傳染病的人。

transmission
[trænsˈmɪʃən]
n. 傳播；傳輸

例 The **transmission** of diseases can occur through various means.
疾病的傳播可以透過多種方式發生。

treatment
[ˈtritmənt]
n. 治療

例 She was sent to the emergency room immediately to receive **treatment** for the severe allergic reaction.
由於嚴重過敏反應，她立即被送往急診室接受治療。

trying
[`traɪɪŋ]
adj. 難受的

例 During these **trying** times, people came together to support one another.
在這些艱難時期，人們聚集在一起互相支持。

variant
[`vɛrɪənt]
n. 變體

例 The new COVID-19 **variant** is said to have higher transmissibility.
據說新的 COVID-19 變種具有更高的傳播性。

vessel
[`vɛsl]
n. 血管

例 The surgeon carefully sutured the blood **vessel** to ensure proper healing after the vascular procedure.
外科醫生仔細縫合血管，以確保血管手術後正確癒合。

viral
[`vaɪrəl]
adj. 病毒的

例 He contracted a **viral** infection, which required medical attention.
他感染了病毒，並且需要醫療照護。

virus
[`vaɪrəs]
n. 病毒

例 Health officials are taking measures to contain the **virus**.
衛生官員正在採取措施遏制該病毒。

vitamin
[`vaɪtəmɪn]
n. 維生素

例 I make sure to take my daily **vitamins** to keep my energy levels up.
我確保每天服用維生素以維持能量水平。

ward
[wɔrd]
n. 病房

例 The doctor conducted rounds in the surgical **ward**.
醫生在外科病房查房。

wellness
[`wɛlnɪs]
n. 健康

例 His approach to **wellness** involved occasional laughter and weekly yoga sessions.
他的健康方法包括偶爾的大笑和每週的瑜伽課程。

✦ 考點提醒

wellness 常與 well-being 和 health 同義替換。

wheelchair
[`hwil`tʃɛr]
n. 輪椅

例 The ramp allowed him to transition smoothly from his car to his **wheelchair**.
這個坡道使他能順利地從汽車移動到他的輪椅上。

wholesome
[`holsəm]
adj. 有益健康的

例 Their **wholesome** conversation lifted everyone's spirits.
他們有益的談話振奮了每個人。

withdrawal
[wɪð`drɔəl]
n. 撤回；停止服藥

例 I experienced severe headaches and fatigue during my **withdrawal** from coffee.
在戒咖啡期間，我出現了嚴重的頭痛和疲倦等症狀。

workout
[`wɜˑk͵aʊt]
n. 鍛鍊；健身

例 I squeezed in a quick **workout** before heading to the office.
進辦公室之前，我快速鍛鍊了一下。

wound
[wund]
n. 傷；傷口

例 With proper care and attention, the **wound** healed quickly.
有了適當的照顧和關照，傷口很快就癒合了。

C10

CHAPTER

企業管理

Chapter 10 音檔雲端連結

因各家手機系統不同，若無法直接掃描，
仍可以至以下電腦雲端連結下載收聽。
（http://tinyurl.com/4rebub5k）

accountability
[ə͵kaʊntəˋbɪlətɪ]
n. 應負責

例 Despite facing unexpected challenges, he demonstrated a high level of **accountability**.
儘管面臨意想不到的挑戰，他依然展現了高度的責任感。

accountable
[əˋkaʊntəbl]
adj. 應負責的

例 As the project leader, Sam felt **accountable** for the team's progress.
身為專案負責人，山姆需對團隊的進展負起責任。

☆ 考點提醒

accountable 的相似詞為 responsible，不同點在於：accountable 著重於「對某事的成敗負責」，而 responsible 著重於「對某事的執行負責」。

achieve
[əˋtʃiv]
v. 達到；實現

例 With Leo's help, the team **achieved** their sales targets.
在里歐的幫助下，團隊實現了銷售目標。

acquisition
[͵ækwəˋzɪʃən]
n. 獲得；收購

例 The company rejoiced in securing the successful **acquisition** of a technology startup.
這間公司很高興能夠成功收購一家科技新創公司。

acumen
[əˋkjumən]
n. 聰明；敏銳

例 The entrepreneur's business **acumen** allowed him to identify emerging trends early.
這位企業家的商業敏銳度使他能夠及早發現新興趨勢。

adaptability
[ə͵dæptəˋbɪlɪtɪ]
n. 適應性；通融性

例 The success of the team was attributed to their exceptional **adaptability**.
這支團隊的成功歸功於他們優秀的適應能力。

agile
[ˋædʒaɪl]
adj. 靈敏的

例 His **agile** mindset allowed him to navigate the challenges along the way easily.
他敏捷的思維使他能夠輕鬆應對一路上的挑戰。

aid
[ed]
n. 幫助；援助

例 She volunteered at the local community center to provide **aid** to those facing economic hardships.
她在當地的社區中心做志工，為那些面臨經濟困難的人提供援助。

📌 **考點提醒**
aid 也可作為動詞，如：Social media can aid in self-learning.「社群媒體可以幫助自學。」

align
[əˋlaɪn]
v. 使一致

例 It is important that all team members **align** their strategies and priorities.
所有團隊成員必須協調他們的策略和優先事項，這一點很重要。

alumni
[əˋlʌmnaɪ]
n. 校友

例 The **alumni** from different graduating classes shared stories of their career paths at the university reunion.
來自不同畢業班級的校友在大學聚會上分享了自己的職涯故事。

📌 **考點提醒**
alumni 為複數型，其單數型為 alumnus。

annum
[ˋænəm]
n. 年

例 His salary was $100,000 per **annum**.
他的年薪十萬美元。

📌 **考點提醒**
annum 即為 year 的意思。

attribute

[əˋtrɪbjʊt]

v. 將……歸因於

例 She **attributed** the project's success to the collaborative efforts of the entire team.

她將這項計畫的成功歸功於整個團隊的共同努力。

☆ 考點提醒

attribute 也可作為名詞，意思是「屬性」、「特質」，如：His leadership skills are an essential attribute.「他的領導能力是項重要的特質。」

budgeting

[ˋbʌdʒətɪŋ]

n. 編列預算

例 Effective **budgeting** enables businesses to allocate resources to achieve their financial goals wisely.

有效的預算編列讓企業能夠聰明地分配資源以實現財務目標。

camaraderie

[ˌkɑməˋrɑdərɪ]

n. 夥伴情誼

例 The shared experience in the military created a strong sense of **camaraderie** among them.

共同的軍旅經驗讓他們之間產生了強烈的夥伴情誼。

catering

[ˋketərɪŋ]

n. 提供飲食服務的公司

例 We hired a professional **catering** company for this weekend's event.

我們為這個週末的活動聘請了一家專業的餐飲公司。

celebration

[ˌsɛləˋbreʃən]

n. 慶祝

例 The **celebration** brought friends and family together to commemorate this historic moment.

這場慶祝活動匯聚了朋友和家人來紀念這一歷史性時刻。

cement

[sɪˋmɛnt]

v. 鞏固；強化

例 The prize he earned **cemented** his position as an industry leader.

他獲得的獎項鞏固了他行業領導者的地位。

central
[`sɛntrəl]
adj. 核心的;重要的

例 The **central** idea of his speech revolves around the importance of innovation.
他演講的中心思想圍繞著創新的重要性。

champion
[`tʃæmpɪən]
v. 支持;擁護

例 She consistently seeks to **champion** diversity and human rights in the workplace.
她始終致力於倡導工作場所的多元化和人權。

☆ 考點提醒

常與 champion 同義替換的詞有:support、uphold 和 advocate。

charitable
[`tʃærətəbl̩]
adj. 慈善的

例 Your company's **charitable** donation to the earthquake relief organization has a positive and lasting impact on the victims' lives.
貴公司向抗震救災組織的慈善捐款對災民的生活產生了正向而深遠的影響。

chunk
[tʃʌŋk]
n. 大量

例 They dedicated a significant **chunk** of time to developing a brand-new enrollment system.
他們投入了大量時間來開發全新的註冊系統。

clerical
[`klɛrɪkl̩]
adj. 文書行政的

例 He was bored with the daily repetitive **clerical** duties.
他厭倦了每天重複的文書工作。

cohort
[`kohɔrt]
n. 同夥

例 Our team consists of a diverse **cohort** of professionals with varied backgrounds.
我們的團隊由具有不同背景的多元化專業人士組成。

collaborative
[kə`læbərətɪv]
adj. 合作的

例 The open classroom space encourages **collaborative** learning.
開放的教室空間鼓勵協作學習。

colloquial
[kə`lokwɪəl]
adj. 口語化的

例 The author used **colloquial** language to make the story more authentic.
作者用了口語化的語言，讓故事更真實。

conquer
[ˌkɑŋkə]
v. 征服

例 She set out to **conquer** the business world, facing obstacles with resilience and determination.
她開始征服商業世界，以堅韌和決心面對障礙。

conscious
[`kɑnʃəs]
adj. 有意識的；察覺到的

例 No one was **conscious** of the impact of the new policy at the time.
當時沒有人意識到新政策的影響。

> ☆ **考點提醒**
>
> conscious 意思是「察覺事物的存在」，而 aware 則是指「知道事物的存在並有所理解」。

conservative
[kən`sɜvətɪv]
adj. 保守的

例 His **conservative** views shaped his approach to social and economic issues.
他的保守觀點塑造了他處理社會和經濟問題的方法。

constitute
[`kɑnstəˌtjut]
v. 構成

例 Individuals from various backgrounds and professions **constitute** this formidable team.
來自不同背景和職業的個人組成了這個強大的團隊。

constraint
[kən`strent]
n. 限制；約束

例 Despite significant financial **constraints**, they managed to come up with cost-effective solutions, leading to the successful completion of the project.
儘管面臨嚴重的財務限制，他們還是設法提出了具有成本效益的解決方案，從而成功完成了這項專案。

constructive
[kən`strʌktɪv]
adj. 有建設性的

例 In this webinar, you will be encouraged to engage in **constructive** brainstorming sessions.
在本次網路研討會中，我們將鼓勵您參與建設性的腦力激盪會議。

consultant
[kən`sʌltənt]
n. 顧問

例 As a marketing **consultant**, Nick assisted his clients in analyzing strategies and offering strategic advice to boost brand visibility.
身為行銷顧問，尼克協助客戶分析策略並提供策略性建議，以提高品牌知名度。

contract
[kən`trækt]
n. 合約

例 We spent an entire afternoon carefully reviewing the **contract**.
我們花了一下午的時間仔細審閱合約。

core
[kor]
n. 核心；精髓

例 The **core** values of the company are innovation, collaboration, and integrity.
這間公司的核心價值是創新、合作和誠信。

crisis
[`kraɪsɪs]
n. 危機

例 The sudden financial **crisis** prompted swift responses from the management to devise new strategies in response to it.
突如其來的財務危機促使管理階層迅速的反應，制定新的因應策略。

criteria
[kraɪ`tɪrɪə]
n. 評判標準

例 The company has not established clear **criteria** for evaluating job applicants.
公司尚未制定明確的評估求職者的標準。

✿ 考點提醒

criteria 為複數型，其單數型為 criterion。

crucial
[`kruʃəl]
adj. 重要的；關鍵的

例 Effective communication is **crucial** in resolving conflicts in both personal and professional settings.
有效的溝通對於解決個人和職場衝突至關重要。

decisive
[dɪ`saɪsɪv]
adj. 決定性的；果斷的

例 We need a **decisive** person to deal with the issues we're facing.
我們需要一個果斷的人來處理我們面臨的問題。

degree
[dɪ`gri]
n. 程度；等級

例 His proficiency in English contributes to the project's success to a high **degree**.
他的英語程度在很大程度上幫助了本計畫的成功。

✿ 考點提醒

degree 常與 level 和 extent 近義詞替換。

delegate
[`dɛlə,get]
v. 委託；委派

例 She **delegated** routine tasks and projects of lesser complexity to the new hires.
她將日常任務和複雜性較低的專案委派給新員工。

✿ 考點提醒

delegate 常與 assign 同義替換。

diligent
[`dɪlədʒənt]
adj. 勤勉的

例 She is **diligent** in her work and demonstrates a solid commitment to our company.
她工作勤奮，表現出對我們公司的堅定承諾。

> **✎ 考點提醒**
> diligent 的常見近義詞有 hard-working、industrious 和 assiduous。

discipline
[`dɪsəplɪn]
n. 學科

例 The research project attracts experts from a wide range of **disciplines**.
這項研究計畫吸引了來自各個學科的專家。

discomfort
[dɪs`kʌmfɚt]
n. 不適

例 The low temperature outside added to his **discomfort** as he waited anxiously for the test result.
在他焦急地等待檢測結果時，外面的低溫讓他更加不舒服。

domain
[do`men]
n. 領域

例 Mr. Modan excelled in the **domain** of applied physics.
莫丹先生在應用物理學領域表現出色。

> **✎ 考點提醒**
> domain 常與 field 和 area 同義替換。

earn
[ɝn]
v. 賺；贏

例 After years of hard work, she was able to **earn** a well-deserved promotion within the company.
經過多年的努力，她在公司獲得了當之無愧的晉升。

eloquent
[`ɛləkwənt]
adj. 有說服力的

例 The speaker's **eloquent** address left a lasting impression on everyone present.
那位演講者說服力十足的演講給在場的每個人留下了深刻的印象。

embrace
[ɪmˋbres]
v. 接納；欣然接受

例 Compared with his conservative parents, he loves to **embrace** novelty.
與他保守的父母相比，他更喜歡擁抱新奇事物。

empathy
[ˋɛmpəθɪ]
n. 同情；同理心

例 As an employer, you must have **empathy** for your employees.
身為雇主，你必須對你的員工心懷同理心。

enable
[ɪnˋeb!]
v. 使能夠

例 The new software will **enable** employees to clock in from their phones.
這個新軟體將可以讓員工透過手機打卡上班。

engineer
[ˌɛndʒəˋnɪr]
v. 策劃；設計

例 The software developer collaborated to **engineer** a more user-friendly interface.
軟體開發人員合作設計了一個對用戶更友好的介面。

enhance
[ɪnˋhæns]
v. 提高

例 She decided to **enhance** her managerial skills by taking advanced courses.
她決定透過參加高級課程來提高自己的管理技能。

enroll
[ɪnˋrol]
v. 登記；加入

例 He made the decision to **enroll** in a local university to study computer science.
他決定進入當地的一所大學學習電腦科學。

entail
[ɪnˋtel]
v. 需要；意味著

例 To embark on this ambitious project, it will **entail** a well-defined timeline to ensure its success.
要進行這項目標遠大的計劃需要一個明確的時間表來確保它的成功。

✄ 考點提醒
entail 可與 necessitate、require 和 call for 同義替換。

entity
[ˋɛntətɪ]
n. 實體；存在

例 The newly established organization operates as a separate legal **entity**.
這個新成立的組織以一個獨立的法人實體運作。

entrepreneur
[ˌɑntrəprəˋnɝ]
n. 企業家

例 The young **entrepreneur** was sued in federal court by his former partner.
這位年輕的企業家被他的前合夥人向聯邦法院起訴。

entry-level
[ˋɛntrɪ ˋlɛvl]
adj. 入門的；初階的

例 A media assistant is an **entry-level** position in the marketing department.
媒體助理是行銷部門的初級職位。

ensemble
[ɑnˋsɑmbl]
n. 整體；整套

例 The fashion designer showcased an elegant **ensemble** on the runway.
這位時裝設計師在伸展台上展示了優雅的套裝。

equip
[ɪˋkwɪp]
v. 使配有；使有能力

例 The office is **equipped** with the latest facilities to provide a productive environment for employees to enhance their overall work experience.
辦公室配備了最新的設施，為員工提供高效的環境，並提升他們的整體工作體驗。

✄ 考點提醒
equip 常見用法為：equip sb. / sth. with... 或 be equipped with...。

excel

[ɪk`sɛl]

v. 擅長；突出

例 She consistently strives to **excel** in her academic pursuits.

她始終致力於在學術上取得傑出的表現。

> ☆ 考點提醒
>
> 與 excel 搭配的介系詞為 in 或 at。

expertise

[ˌɛkspɚ`tiz]

n. 專業知識；專業技術

例 As a marketing director, her **expertise** in brand development has been instrumental in the company's success.

作為行銷總監，她在品牌開發方面的專業知識對公司的成功發揮了重要作用。

> ☆ 考點提醒
>
> expertise 是指「專業知識或技能」，而 specialty 則是指「專業領域」，相較之下，expertise 更為具體。

external

[ɪk`stɚnəl]

adj. 外部的；外界的

例 Our company hired an **external** consultant to provide an unbiased evaluation of its current business processes.

我們公司外聘了一位顧問，對當前公司的業務流程進行公正的評估。

facet

[`fæsɪt]

n. 方面

例 As a leader, he has to consider every **facet** of the project.

身為領導者，他必須考慮這項專案的方方面面。

favor

[`fevɚ]

v. 贊同；偏袒

例 It is crucial to ensure a level playing field and not to **favor** our opponent during the competition.

確保公平的競爭環境並且在比賽中不偏袒對手是很重要的。

feasible
[`fizəbl]
adj. 可行的

例 After a thorough analysis, they concluded that the project needed to be logistically **feasible**.
經過徹底分析後，他們得出結論，這個項目需要在後勤上可行。

fiscal
[`fɪskl]
adj. 財政的

例 Our current **fiscal** strategy focuses on optimizing revenue and controlling expenses.
我們目前的財政策略專注於最大化收入和控制支出。

> ✎ **考點提醒**
>
> fiscal 偏向「國家財政」，而 financial 偏向「公司或個人財政」。常見片語有：fiscal year「財政年度」。

foot
[fʊt]
v. 支付

例 They played a game to decide who would **foot** the bill.
他們玩了一個遊戲來決定誰來買單。

format
[`fɔrmæt]
n. 格式；形式

例 She presented the data in a different **format** to enhance understanding during the presentation.
她用了不同的格式來呈現數據，以提升報告的可理解度。

foster
[`fɔstɚ]
v. 培養；促進

例 The program aimed to **foster** mutual understanding between business owners from diverse backgrounds.
這項計劃旨在促進不同背景的企業主之間的相互理解。

fundamental
[ˌfʌndəˋmɛntl̩]
adj. 根本的；重要的

例 Understanding is **fundamental** to any successful relationship.
理解是任何成功關係的基礎。

furthermore

[ˋfɝˏðɚˋmor]

adv. 並且；此外

例 The new system streamlined the workflow and, **furthermore**, led to increased productivity.

這套新系統簡化了工作流程，此外還提高了生產力。

📌 **考點提醒**

furthermore 常見的近義詞有：moreover、besides、additionally、what's more。

gain

[gen]

v. 獲得；贏得

例 We are surprised at the speed at which the product is **gaining** traction in the market.

我們對該產品在市場上獲得關注的速度感到驚訝。

germane

[dʒɝˋmen]

adj. 有密切關連的

例 Make sure to only ask questions **germane** to the agenda during the meeting.

確保在會議期間只提出與議程密切相關的問題。

📌 **考點提醒**

germane 常與 relevant 同義替換。

governance

[ˋgʌvɚˏnəns]

n. 統治；管理

例 The board of directors plays a crucial role in the **governance** of the company.

董事會在公司管理中發揮著至關重要的作用。

grit

[grɪt]

n. 毅力

例 There is no correlation between **grit** and talent.

毅力和天賦之間沒有相關性。

groundbreaking
[ˋgraʊndˌbrekɪŋ]
adj. 開創性的

例 The company's **groundbreaking** approach to combining cutting-edge technology sets a new standard for innovation in the industry.
這間公司結合尖端科技的突破性方法為行業創新樹立了新標準。

hence
[hɛns]
adv. 因此

例 According to the forecast, there will be heavy rain tomorrow; **hence**, the outdoor activities have been rescheduled.
根據預報，明天將有大雨，因此，戶外活動已重新安排。

✗ **考點提醒**

hence 可與 therefore、thus、as a result、for this reason 等表達法同義替換。

hierarchy
[ˋhaɪəˌrɑrkɪ]
n. 階級制度

例 In the corporate **hierarchy**, each rank corresponds to specific responsibilities.
在公司的階級結構中，每個層級都對應著特定的職責。

imbue
[ɪmˋbju]
v. 灌輸；滲透

例 I tried to **imbue** my children with a love for music by playing classical piano music to them every day.
我每天都會為孩子們播放古典鋼琴曲，試著讓他們愛上音樂。

immersion
[ɪˋmɝʃən]
n. 沉浸

例 The cultural **immersion** experience allowed participants to fully engage with the local community.
這場文化沉浸體驗使參與者們能夠充分融入當地社區。

imperative
[ɪmˋpɛrətɪv]
adj. 必要的；極其重要的

例 It is **imperative** that you submit the project proposal by the end of the day.
你必須在當天結束之前提交專案提案。

incident
[ˋɪnsədnt]
n. 事件

例 There was a significant **incident** in the factory yesterday, and that's what caused the delay.
昨天工廠發生了一起重大事件，這就是延誤的原因。

✐ 考點提醒

incident 是指「偶發事件」，而 event 則是指「規劃好的事件或活動」。

inequality
[ˌɪnɪˋkwɑlətɪ]
n. 不平等

例 Despite significant improvement, workplace **inequality** remains a pressing issue.
儘管有了顯著改善，工作場所的不平等仍然是一個緊迫的問題。

innate
[ˋɪnˋet]
adj. 天生的

例 Her **innate** ability to connect with people allowed her to excel in her role as a salesperson.
她與生俱來的與人溝通的能力讓她能夠在銷售人員的角色中表現出色。

innovation
[ˌɪnəˋveʃən]
n. 創新；改革

例 Our latest line of products was hailed as an **innovation** in the market.
我們最新的產品系列被譽為市場上的創新。

insolvent
[ɪnˋsɑlvənt]
adj. 無力償還的

例 The company was declared **insolvent** after accumulating substantial debts.
這間公司在累積巨額的債務後被宣布破產。

✐ 考點提醒

insolvent 和 bankrupt 意思相近。insolvent 是指「財務上資不抵債的狀態」，而 bankrupt 則是一間公司「在法律上破產的狀態」。

intensive
[ɪnˋtɛnsɪv]
adj. 密集的；高強度的

例 She enrolled her daughter in an **intensive** course to quickly improve her language level.
她為女兒報讀了密集課程，以快速提高女兒的語言水平。

interdisciplin-ary
[ˌɪntɚˋdɪsəplɪˌnɛrɪ]
adj. 跨學科的

例 The school boasts an **interdisciplinary** program that allows students to explore connections between different subjects.
學校擁有跨學科課程，讓學生探索不同學科之間的連結。

internal
[ɪnˋtɝnl̩]
adj. 內部的

例 A comprehensive restructuring is needed to address the company's **internal** challenges.
這間公司需要進行全面重組來解決公司內部的挑戰。

intervene
[ˌɪntɚˋvin]
v. 干預；介入

例 I was called to **intervene** in the negotiation, trying to help them find common ground.
我被要求介入談判，試圖幫助他們找到共同點。

iterative
[ˋɪtəˌretɪv]
adj. 反覆的

例 We took an **iterative** approach to perfecting the plan.
我們採取了反覆的方法來完善此項計劃。

keen
[kin]
adj. 熱衷的；渴望的

例 She is particularly **keen** on attending the weekend seminar.
她特別熱衷於參加週末研討會。

✧ **考點提醒**

keen 的常見結構為：be keen to Vr. 和 be keen on N/V-ing。

lessen
[`lɛsn]
v. 減輕;降低

例 Using strong passwords helps **lessen** the risk of unauthorized access to your sensitive information.
使用高強度的密碼有助於降低未經授權取得你的敏感資訊的風險。

leverage
[`lɛvərɪdʒ]
v. 運用;發揮作用

例 The tech startup sought to **leverage** social media to promote its visibility.
這家科技新創公司尋求利用社群媒體來提高其知名度。

lucrative
[`lukrətɪv]
adj. 賺錢的

例 Investing in cryptocurrency can be a **lucrative** endeavor.
投資加密貨幣可能是一項利潤豐厚的事業。

managerial
[ˌmænəˈdʒɪrɪəl]
adj. 管理的

例 Our employees receive regular training to enhance their **managerial** abilities.
我們的員工定期接受培訓,以提高他們的管理能力。

mentor
[`mɛntə-]
n. 導師

例 As a **mentor**, she constantly shared her industry knowledge and offered career advice to us.
作為導師,她不斷向我們分享她的行業知識並提供職涯建議。

✧ 考點提醒

mentor 也可做為動詞,意思是「指導」,如:
mentor my students「指導我的學生」。

methodology
[ˌmɛθədˈɑlədʒɪ]
n. 方法

例 The research team outlined the **methodology** for their study.
研究團隊概述了他們的研究方法。

mutual
[`mjutʃʊəl]
adj. 共同的;相互的

例 Our relationship is built on **mutual** trust and respect.
我們的關係建立在相互信任和尊重的基礎上。

negotiate
[nɪ`goʃɪˌet]
v. 協商；談判

例 The representatives met to **negotiate** solutions to current conflicts and issues.
代表們碰頭協商解決當前的衝突和問題。

networking
[`nɛtˌwɝkɪŋ]
n. 建立人際網路

例 Effective **networking** is about building meaningful connections that can lead to mutual growth.
有效的人際網路打造是指建立有意義的聯繫，從而實現共同成長。

nonprofit
[ˌnɑn`prɑfɪt]
adj. 非營利的

例 The **nonprofit** organizations rely mainly on donations to support their initiatives.
這些非營利組織主要依靠捐款來支持他們的倡議。

obligation
[ˌɑblə`geʃən]
n. 義務；責任

例 Employees have an **obligation** to adhere to the company's code of conduct.
員工有義務遵守公司的行為準則。

✍ **考點提醒**

obligation 是指「規定上的義務」，而 responsibility 則是指「道義上的責任」。

operational
[ˌɑpə`reʃənl]
adj. 經營上的；運轉的

例 The **operational** procedures need to be simplified to achieve higher efficiency.
需要簡化操作程序以實現更高的效率。

outperform
[ˌaʊtpɚ`fɔrm]
v. 勝過

例 The functionality of the new product allowed it to **outperform** competitors.
新產品的功能使其超越競爭對手。

placement
[`plɛsmənt]
n. 佈置；人員配置

例 The **placement** of the advertisement on social media platforms resulted in a significant increase in product awareness.
在社群媒體平台上投放廣告導致產品知名度顯著提高。

possess
[pə`zɛs]
v. 擁有

例 Julian seems to **possess** an innate ability to connect with people with her words.
朱利安似乎擁有一種與生俱來的能力，可以用她的言語與人們建立聯繫。

professional
[prə`fɛʃənḷ]
n. 專業人士

例 I look forward to attending the workshop, where I meet **professionals** from this industry.
我很期待參加這場研討會，在那裡我可以見到這個行業的專業人士。

prompt
[prɑmpt]
v. 促使

例 The question from the audience **prompted** the speaker to stray from the topic and start sharing his own experience.
觀眾的提問促使這位演講者岔開話題，開始分享自己的經驗。

repetitive
[rɪ`pɛtɪtɪv]
adj. 重複的

例 I think the mundane, **repetitive** tasks are meant to be performed by robots.
我認為那些乏味的、重複性的任務就應該由機器人來執行。

residency
[`rɛzədənsɪ]
n. 常駐；駐職權

例 The aspiring chef secured a **residency** at the renowned restaurant.
這位有抱負的廚師在這家著名的餐廳獲得了駐職權。

retribution
[ˌrɛtrɪˈbjuʃən]
n. 懲罰

例 The country imposed economic sanctions in **retribution** for the violation of international agreements.
這個國家實施了經濟制裁，以懲罰違反國際協議的行為。

rigorous
[ˈrɪgərəs]
adj. 嚴格的；嚴峻的

例 The course underwent a **rigorous** review process before it was launched online.
這套課程在線上推出之前經過了嚴格的審核過程。

✦ 考點提醒

rigorous 常與 strict、meticulous 同義替換。

risk
[rɪsk]
n. 風險

例 Any type of investment involves a certain level of **risk**.
任何類型的投資都涉及一定程度的風險。

routine
[ruˈtin]
n. 例行公事

例 The maintenance workers follow a strict **routine** to inspect the machinery.
維修人員依照嚴格的程序檢查機器。

scenario
[sɪˈnɛrɪˌo]
n. 情況；局面

例 In the worst-case **scenario**, the company would have to close its operation.
在最壞的情況下，這間公司可能得停止它們的業務。

secretarial
[ˌsɛkrəˈtɛrɪəl]
adj. 秘書的

例 The **secretarial** team provides administrative support in the office.
這個秘書團隊在辦公室提供行政支援。

seek
[sik]
v. 尋求；企圖

例 Upon graduation, I began to **seek** employment in the publishing industry actively.
畢業後，我開始積極尋找出版業的就業機會。

✦ **考點提醒**

seek 常與 look for、search for、hunt for 同義替換。

sole
[sol]
adj. 唯一的

例 He was the **sole** heir of the late entrepreneur's property.
他是這位已故企業家的財產的唯一繼承人。

specify
[`spɛsəˌfaɪ]
v. 明確指明

例 I asked the representative to **specify** the details of the project.
我請代表具體說明該項目的細節。

stability
[stə`bɪlətɪ]
n. 穩定性

例 The political and economic **stability** of the country is the main factor that drives foreign investment.
這個國家政治和經濟的穩定是吸引外商投資的主要因素。

statement
[`stetmənt]
n. 陳述；聲明

例 The company issued a public **statement** addressing its approach to resolving the recent reputational damage.
這間公司發表了一份公開聲明，詳述了他們解決最近聲譽受損事件的方法。

strategic
[strə`tidʒɪk]
adj. 策略的

例 Expanding our market presence is our ultimate **strategic** objective.
擴大市場佔有率是我們的最終策略目標。

streamline
[`strim͵laɪn]
v. 簡化；使有效率

例 We have recently installed a new software system to **streamline** inventory management.
我們最近安裝了一個新的軟體系統來簡化庫存管理。

strive
[straɪv]
v. 奮鬥；努力

例 I assume that is the goal we should all be **striving** for.
我認為這是我們所有人都應該努力實現的目標。

subordinate
[sə`bɔrdn̩ɪt]
n. 部屬；下屬

例 What is your secret to having so many loyal **subordinates**?
你擁有這麼多忠誠下屬的秘訣是什麼？

supervisory
[͵supɚ`vaɪzərɪ]
adj. 監督的

例 The **supervisory** team worked closely with us to ensure we stayed on schedule.
監管團隊與我們密切合作，確保我們按計劃進行。

swiftly
[`swɪftlɪ]
adv. 迅速地

例 The reported bugs were **swiftly** addressed within four hours.
呈報的錯誤在四小時內得到了迅速的解決。

thesis
[`θisɪs]
n. 命題；論點

例 The **thesis** statement asserts that increased access to education can reduce societal inequalities.
論文主題陳述斷言：增加教育機會可以減少社會不平等。

threat
[θrɛt]
n. 威脅

例 A potential **threat** to our company's data security was identified.
一個對我們公司資料安全的潛在威脅被發現了。

trait
[tret]
n. 特徵；特性

例 Honesty is one of the positive personality **traits** that I value.
誠實是我看重的正向人格特質之一。

transferable
[træns`fɝəbl̩]
adj. 可轉移的

例 We should measure ourselves against the trend to see if we possess the **transferable** skills to keep up with an ever-evolving society.
我們應該對照趨勢來衡量自己，看看我們是否擁有可轉移的技能來跟上不斷發展的社會。

undesired
[ˌʌndɪ`zaɪrd]
adj. 不希望得到的

例 The recent update resulted in an **undesired** outcome, disrupting the entire computer system.
最近一次的更新導致了不良結果，干擾了整個電腦系統。

unemployed
[ˌʌnɪm`plɔɪd]
adj. 失業的

例 She seems to enjoy the state of being temporarily **unemployed**.
她似乎很享受暫時失業的狀態。

unravel
[ʌn`rævl̩]
v. 揭開；解開

例 As the project progressed, unexpected challenges began to **unravel**.
隨著這項專案的進展，意想不到的挑戰開始出現。

urban
[`ɝbən]
adj. 城市的

例 **Urban** life is too overwhelming for older people to adapt to.
城市生活對老年人來說太難適應。

✗ 考點提醒
urban 的反義詞為 rural「鄉下的」。

vigorous
[`vɪgərəs]
adj. 有力的；精力旺盛的

例 The store launched a **vigorous** marketing campaign to promote their new products.

這家商店發起了轟轟烈烈的行銷活動來推銷他們的新產品。

✎ 考點提醒

> 常與 vigorous 混淆的詞：rigorous「嚴謹的」、「嚴峻的」。可用 vital「有活力的」對 vigorous，rigid「嚴格的」對 rigorous 來聯想，幫助記憶。

visionary
[`vɪʒə͵nɛrɪ]
adj. 有遠見的

例 He is a **visionary**, innovative, and forward-thinking leader.

他是一位富有遠見、創新和前瞻性的領導者。

voluntary
[`vɑlən͵tɛrɪ]
adj. 自願的；志願的

例 Participation in the campaign is entirely **voluntary**.

參與活動完全是自願的。

✎ 考點提醒

> voluntary 的反義詞為 compulsory「強制的」。

weakness
[`wiknɪs]
n. 弱點；缺點

例 Her fear of public speaking has been her biggest **weakness**.

她對公開演講的恐懼一直以來是她最大的弱點。

✎ 考點提醒

> weakness 的反義詞為 strength「優點」、「強項」。

worthwhile
[`wɝθ`hwaɪl]
adj. 值得做的

例 It is always **worthwhile** to invest time in building relationships with clients.

投入時間與客戶建立關係總是值得的。

C 11
CHAPTER

企業發展

Chapter 11 音檔雲端連結

因各家手機系統不同，若無法直接掃描，
仍可以至以下電腦雲端連結下載收聽。
（http://tinyurl.com/dxjs7v2a）

accelerator
[æk`sɛləˌretɚ]
n. 加速裝置

例 The **accelerator** program provides access to funding and resources to expedite business growth.
此項企業加速計畫提供資金和資源管道幫助加速業務成長。

adaptive
[ə`dæptɪv]
adj. 適應的

例 We need to implement an **adaptive** strategy to stay ahead of market trends.
我們需要實施適應性策略以保持領先市場趨勢的狀態。

alliance
[ə`laɪəns]
n. 同盟；結盟

例 The companies formed a strategic **alliance** to enhance their competitiveness.
這些公司組建了策略聯盟，以增強他們的競爭力。

amortization
[əˌmɔrtə`zeʃən]
n. 分期償還

例 Through **amortization**, the borrower gradually reduces the outstanding balance on the loan.
透過分期償還，借款人逐漸減少貸款的未償餘額。

antitrust
[ˌæntɪ`trʌst]
adj. 反托拉斯的；反壟斷的

例 His speech prompted the government to investigate potential **antitrust** violations.
他的演講促使政府開始調查可能存在的反壟斷違規行為。

arbitrage
[`arbətrɪdʒ]
n. 套利

例 The investors engage in **arbitrage** by buying a currency at a lower price in one market and selling it at a higher price in another.
這些投資者透過在一個市場上以較低價格購買貨幣並在另一個市場以較高價格出售來進行套利。

asset
[ˈæsɛt]
n. 資產；人才

例 The extensive industry contacts I had built over the years turned out to be a valuable **asset**.
這些年來我累積的廣大的業內人脈證明是一筆寶貴的財富。

attachment
[əˈtætʃmənt]
n. 附件

例 The email contained the revised proposal as an **attachment**.
這封電子郵件於附件中包含修改後的提案。

bankruptcy
[ˈbæŋkrəptsɪ]
n. 破產

例 The company had to file for **bankruptcy** and restructure its operations.
這間公司不得不申請破產並重組業務。

📌 **考點提醒**

bankrupt「破產的」為形容詞，常與動詞 go 搭配：go bankrupt。

billionaire
[ˌbɪljəˈnɛr]
n. 億萬富翁

例 The entrepreneur ascended to **billionaire** status after the successful launch of his startup.
這位企業家在成功創辦自己的公司後躋身億萬富翁的行列。

branch
[bræntʃ]
n. 分公司；分店

例 The company decided to open a new **branch** in the business district.
這間公司決定在這個商業區開設新分公司。

buyout
[ˈbaɪˌaʊt]
n. 買斷

例 The multinational corporation announced a strategic **buyout** of its competitor.
這家跨國公司宣布對他們的競爭對手進行策略性收購。

canvas
[`kænvəs]
n. 帆布；畫布

例 They utilized a whiteboard **canvas** to visualize the initial planning of the marketing campaign.
他們利用白板畫布來將此次行銷活動的初步規劃視覺化。

capitalist
[`kæpətlɪst]
n. 資本家

例 The **capitalist** has been a prominent advocate for free-market policies.
這位資本家一直是自由市場政策的著名倡導者。

☆ 考點提醒

capital 同時具有「首都」和「資本」的意思。

cash
[kæʃ]
v. 兌現

例 I needed to **cash** my paycheck to cover my recent expenses.
我需要兌現薪水來支付最近的開支。

churn
[tʃɝn]
n. 顧客流失

例 The company is working actively to reduce customer **churn** and enhance service quality.
這間公司正積極努力減少客戶流失並提高服務品質。

circular
[`sɝkjələ]
adj. 循環的；迂迴的

例 The manufacturing company adopts a **circular** business model, committing itself to environmental responsibility.
這間製造廠採取循環商業模式，致力於承擔環保責任。

citizenship
[`sɪtəzn ʃɪp]
n. 國籍；公民身份

例 Emphasizing both social and environmental responsibility, the company makes corporate **citizenship** a priority in its business practices.
這間公司強調社會和環境責任，將企業公民作為他們業務實踐的優先事項。

☆ 考點提醒

citizen 為「市民」、「公民」的意思。

closure
[`kloʒɚ]
n. 結束;關閉

例 The sudden **closure** of the local factory had a significant impact on the supply chain.
當地那間工廠如此突然的關閉對供應鏈造成了重大影響。

coefficient
[ˌkoɪˈfɪʃənt]
n. 係數

例 A strong correlation **coefficient** emerged from the regression analysis.
迴歸分析顯示出強烈的相關係數。

concept
[`kɑnsɛpt]
n. 概念

例 The **concept** revolutionized the market with its simplicity and innovation.
這個概念以它的簡單和創新徹底顛覆了市場。

conceptualize
[kənˈsɛptʃʊəlˌaɪz]
v. 概念化

例 Try to **conceptualize** the complex idea in an understandable format.
嘗試將這個複雜的想法概念化為易於理解的格式。

conglomerate
[kənˈglɑmərɪt]
n. 企業集團

例 The **conglomerate** keeps expanding its business portfolio by acquiring local companies in relevant industries.
這個集團透過收購相關產業的本地公司不斷擴大其業務組合。

consequently
[`kɑnsəˌkwɛntlɪ]
adv. 結果;因此

例 We didn't meet the deadline for the project, and **consequently**, the client wasn't too happy about it.
我們沒有按時交上專案,因此,客戶對此不太滿意。

✎ 考點提醒

consequently 和 therefore、thus、as a result 一樣,通常放在子句的開頭,但不能充當連接詞。

conservation
[ˌkɑnsəˈveʃən]
n. 保存；保育

例 The company allocates a portion of its profits to support **conservation** efforts.
這間公司挪出一部分利潤來支持保育工作。

consolidation
[kənˌsɑləˈdeʃən]
n. 聯合；鞏固

例 The company is going through a **consolidation** process, combining and restructuring all its departments.
該公司正在經歷一段整合過程，合併並重組其所有部門。

consumerism
[kənˈsjumərɪzm]
n. 消費主義

例 **Consumerism** denotes that buying is the answer to everything.
消費主義意味著購買是一切問題的答案。

continuity
[ˌkɑntəˈnjuətɪ]
n. 連續性

例 Maintaining **continuity** in business operations is essential in times of transition.
在轉型時期維持業務運作的連續性是至關重要的。

continuous
[kənˈtɪnjʊəs]
adj. 連續的

例 The company maintains **continuous** improvement through ongoing monitoring and evaluation.
這間公司透過持續的監控和評估保持持續的進步。

contribution
[ˌkɑntrəˈbjuʃən]
n. 貢獻

例 His **contribution** to the project was highly recognized.
他對該計劃的貢獻得到了高度認可。

conversely
[kənˈvɝslɪ]
adv. 相反地

例 Sales increased; **conversely**, expenses decreased.
銷售額增加；相反，開支卻減少了。

✦ 考點提醒

conversely 常見的近義詞有 contrarily、on the contrary、on the flip side。

corporation
[ˌkɔrpəˈreʃən]
n. 股份公司

例 The **corporation** announced record profits for the fiscal year.
這間公司宣布本財年的獲利創歷史新高。

cyber
[ˈsaɪbɚ]
n. 網路

例 To safeguard sensitive data from online threats, the company adopted robust **cyber** security measures.
為了保護敏感資料免受網上威脅，這間公司採取了強有力的網路安全措施。

differentiation
[ˌdɪfəˌrɛnʃiˈeʃən]
n. 差異化

例 Product **differentiation** is a critical strategy for companies to create a distinct product identity.
產品差異化是企業為其產品創造獨特身分的關鍵策略。

debt
[dɛt]
n. 債；負債

例 The financial consultant worked closely with the company to sort out its **debts**.
這位財務顧問與這間公司密切合作解決其債務問題。

decentraliza-tion
[ˌdisɛntrələˈzeʃən]
n. 權力分散

例 **Decentralization** disperses decision-making authority.
權力下放分散了決策權。

deck
[dɛk]
n. 簡報

例 We need to prepare a presentation **deck** to showcase our new product features.
我們需要準備一個簡報來展示我們的新產品功能。

📌 考點提醒

deck 原意為「一副牌」，早期的簡報基本就是以一疊卡片呈現的。

deliverable
[dɪˋlɪvərəbl̩]
n. 可交付的任務

例 The design proposal is an important **deliverable** for the client's review.
這份設計方案是給客戶審查的重要項目。

demographics
[ˌdɪməˋgræfɪks]
n. 人口統計資料；用戶群

例 Real names allow businesses to reach specific **demographics** more accurately.
實名可以讓企業更準確地接觸特定的用戶群。

despite
[dɪˋspaɪt]
prep. 儘管

例 **Despite** numerous setbacks, the team achieved success.
儘管遇到了諸多挫折，團隊還是成功了。

✦ 考點提醒

despite 為介系詞，後面必須接名詞或動名詞。

divestiture
[dəˋvɛstətʃə]
n. 剝離財產或權利

例 The company announced the **divestiture** of a portion of its assets to focus on its primary business operations.
這間公司宣布剝離部分資產，專注於主營業務運作。

divestment
[dəˋvɛstmənt]
n. 脫離

例 The company's **divestment** from non-core assets aims to streamine its portfolio and focus on strategic business areas.
這間公司剝離非核心資產的目的是精簡其投資組合並專注於策略業務領域。

dividend
[ˋdɪvəˌdɛnd]
n. 股息；紅利

例 The company distributed a generous **dividend** to its shareholders.
這間公司向股東派發了豐厚的股息。

documentation

[ˌdɑkjəmɛn`teʃən]

n. 證明文件

例 We will need to present accurate **documentation** of product specifications upon request.
我們將需要根據要求提供準確的產品規格文件。

☆ 考點提醒

documentation 為 document 的總稱，不加 s。

downsizing

[`daʊnˌsaɪzɪŋ]

n. 縮減開支

例 The company had to implement **downsizing** during the recession.
這家公司在經濟衰退期間不得不實施裁員。

due

[dju]

adj. 到期的；應支付的

例 The loan is **due** next month, and we must make arrangements to ensure timely repayment.
貸款下個月到期，我們得做好按時還款的安排。

ecosystem

[`ɛkoˌsɪstəm]

n. 生態系統

例 The company's success is tied to a healthy **ecosystem** of suppliers, partners, and customers.
這家公司的成功與供應商、合作夥伴和客戶的健康生態系統密不可分。

emerging

[ɪ`mɝdʒɪŋ]

adj. 新興的

例 He focuses on investing in **emerging** markets to capitalize on new business opportunities.
他專注於投資新興市場，以利用新的商機。

emission

[ɪ`mɪʃən]

n. 散發

例 The electric car produces zero **emissions**, making it an environmentally friendly transportation option.
電動車零排放，讓它成為一種環保的交通工具選擇。

empower
[ɪm`paʊɚ]
v. 使能夠；授權

例 The organization seeks to **empower** children by providing essential work skills and enhancing their employability.
該組織致力於透過提供基本的工作技能和提高他們的就業能力來賦予兒童能力。

entrust
[ɪn`trʌst]
v. 信託；託管

例 I will **entrust** you with the responsibility of leading the project.
我將把領導這個專案的責任交給你。

escalate
[`ɛskə͵let]
v. 逐步上升；加劇

例 The disagreement between the two departments began to **escalate**.
兩個部門之間的分歧開始升級。

ethical
[`ɛθɪkl]
adj. 道德的

例 The **ethical** decision was clear, and she chose honesty over convenience.
這道道德問題十分明確，而她選擇了誠實，而不是方便。

ethos
[`iθɑs]
n. 價值理念；信條

例 His **ethos** is rock-solid, and that's why everyone trusts him.
他的理念堅如磐石，這就是為什麼每個人都信任他。

equity
[`ɛkwətɪ]
n. 股本；資產淨值

例 The tech startup secured additional funding to boost **equity** and expand its operations.
這家科技新創公司獲得了額外資金，得以提高股本並擴大業務。

expansion
[ɪk`spænʃən]
n. 擴張

例 The company announced plans for **expansion** into foreign markets.
這間公司宣布了進軍海外市場的計畫。

expansive
[ɪk`spænsɪv]
adj. 擴張的；廣闊的

例 He took an **expansive** approach to try to penetrate the market.
他採取了擴張的方法來嘗試打入市場。

expenditure
[ɪk`spɛndɪtʃɚ]
n. 支出

例 We carefully monitor our **expenditures** to maintain financial stability.
我們仔細地監控我們的支出以維持財務穩定。

extension
[ɪk`stɛnʃən]
n. 擴大；延伸

例 The product line **extension** successfully attracted new customers.
這次的產品線延伸成功吸引到了新客戶。

☆ 考點提醒

extension 也可以是「延期」的意思，如：
apply for an extension「申請延期」。

factor
[`fæktɚ]
n. 因素

例 The success of the campaign can be attributed to various **factors**.
這場活動的成功可歸因於許多因素。

fashion
[`fæʃən]
n. 方式

例 The team completed the project in a collaborative **fashion**.
這組團隊以協作的方式完成了本項專案。

☆ 考點提醒

fashion 當「方式」的意思時，常與 way 同義替換。

forward
[`fɔrwɚd]
v. 轉發；轉交

例 **Forward** this message to your team members to ensure everyone is informed about the upcoming changes.
將這個訊息轉發給你的團隊成員，以確保每個人都了解即將發生的變化。

franchise
[`fræn͵tʃaɪz]
n. 特許經營店；經銷權

例 Mark decided to open a **franchise** of a popular coffee chain in the area.
馬克決定在該地區加盟一家受歡迎的咖啡連鎖店。

funding
[ˋfʌndɪŋ]
n. 資金

例 We tried to secure additional **funding** to speed up our expanding process.
我們試圖獲得額外的資金來加快我們的擴張進程。

funnel
[ˋfʌnl̩]
v. 投入；注入

例 We decided to **funnel** resources into the key growth areas to maximize profitability.
我們決定將資源投入關鍵成長領域，來實現利潤最大化。

giant
[ˋdʒaɪənt]
n. 巨擘；巨頭

例 The tech firm partnered with a semiconductor industry **giant** to boost its capabilities.
這間科技公司與一間半導體產業巨頭合作，以提高他們的能力。

grassroots
[ˋgræsˋruts]
adj. 草根的；基層的

例 The movement's success was fueled by **grassroots** support from local communities.
這項運動的成功得益於當地社區的草根支持。

gross
[gros]
adj. 總的；毛的

例 The fiscal year saw a notable surge in the company's **gross** income.
本財年中，該公司的總收入有了顯著成長。

headquarters
[ˋhɛdˋkwɔrtɚ]
n. 總部

例 The company's **headquarters** is situated in the bustling downtown area of the city.
公司總部位於市中心的繁華地段。

☆ 考點提醒

headquarters 詞尾一定有 s，為單複數同型的名詞。headquarter 為動詞，是「設立總部」的意思，如：The company is headquartered in New York.「這間公司的總部設立於紐約。」

horizontal
[ˌhɑrəˈzɑntḷ]
adj. 水平的

例 The **horizontal** structure encourages collaboration and facilitates decision-making.
這種橫向結構鼓勵協作並促進決策。

hostile
[ˈhɑstɪl]
adj. 敵對的；有敵意的

例 The negotiations took a **hostile** turn, hindering the progress of the project.
這場談判出現了敵對狀態，阻礙了整個專案的進展。

humanitarian
[hjuˌmænəˈtɛrɪən]
adj. 人道主義的

例 The corporation provides **humanitarian** aid to communities affected by the earthquake.
這間公司向受地震影響的社區提供人道援助。

hurdle
[ˈhɝdḷ]
n. 障礙

例 Our current biggest **hurdle** is securing sufficient funding for the plan.
我們目前最大的障礙是為這項計劃獲得足夠的資金。

inclusion
[ɪnˈkluʒən]
n. 包容性

例 The organization prioritizes **inclusion** by embracing diversity in its hiring practices.
這個組織透過在招聘實踐中擁抱多元來強調其包容性。

income
[ˈɪnˌkʌm]
n. 收入

例 The product launch resulted in a substantial increase in the entrepreneur's **income**.
本產品的推出使得這位企業家的收入大幅增加。

✗ **考點提醒**

「支出」為 expense，而不是 outcome「結果」。

incubator
[`ɪnkjə͵betə]
n. 育成計畫

例 We joined a business **incubator** to benefit from more networking opportunities.
我們加入了一個企業育成計畫,以便從更多的交流機會中受益。

inherent
[ɪn`hɪrənt]
adj. 固有的;與生俱來的

例 The challenges we face are **inherent** in the system.
我們面臨的挑戰是系統固有的。

intent
[ɪn`tɛnt]
n. 意圖;目的

例 Her **intent** in proposing the new policy was to enhance communication among team members.
她提出新政策的目的是為了加強團隊成員之間的溝通。

> ✍ **考點提醒**
>
> intent 也可作為形容詞,如:I was intent on working abroad.「我一心想出國工作。」

interface
[`ɪntə͵fes]
n. 介面

例 The new software has a user-friendly **interface**, making it easier for users to navigate.
這款新軟體具有用戶友好的介面,讓用戶操作起來更容易。

justice
[`dʒʌstɪs]
n. 公平;正義

例 Our idea of **justice** involves making sure everyone plays by the rules.
我們的公平理念包括確保每個人都遵守規則。

insight
[`ɪn͵saɪt]
n. 洞察力;眼光

例 His perspective on the situation gave me some real **insight** into what's going on behind the scenes.
他對整個情況的看法讓我對幕後發生的事情得到了一些真正的了解。

institution
[ˌɪnstəˈtjuʃən]
n. 公共機構

例 We have turned our office into a bit of a breakfast **institution** where everyone gathers for a big breakfast every morning.
我們已經將我們的辦公室變成了一個早餐機構，每個人每天早上都聚集在一起享用豐盛的早餐。

📌 **考點提醒**

institution 涵蓋較為廣泛，而 institute 則通常是指學術研究類的機構。

interim
[ˈɪntərɪm]
adj. 過渡時期的；臨時的

例 We appointed an **interim** leader during the transition period.
我們在過渡期間任命了一位臨時領導人。

landscape
[ˈlændˌskep]
n. 整體格局

例 We have conducted a thorough analysis of the domestic business **landscape**.
我們對國內商業格局進行了全面分析。

lean
[lin]
adj. 精實的

例 We keep things **lean** by cutting unnecessary expenses and focusing on what really helps our business grow.
我們透過削減不必要的開支並專注於真正有助於我們業務成長的事情來保持精實。

legacy
[ˈlɛgəsɪ]
n. 功業；遺產

例 We are proud of the **legacy** we've built over the past decade.
我們為過去十年來所建立的功業感到自豪。

legal
[ˈligl]
adj. 法律的

例 We reserve the right to take **legal** action to protect our interests.
我們保留採取法律行動保護我們利益的權利。

liquidity
[lɪˋkwɪdətɪ]
n. 資產流動性

例 We need to make sure we have enough **liquidity** to handle unexpected expenses.
我們需要確保有足夠的流動性來應付意外開支。

loop
[lup]
n. 環；循環

例 Make sure to keep me in the **loop** regarding any updates on the project timeline.
請務必讓我隨時了解專案時間表的任何新進度。

loyalty
[ˋlɔɪəltɪ]
n. 忠誠

例 Her unwavering **loyalty** to the company has fostered a strong sense of camaraderie and trust among colleagues.
她對公司堅定不移的忠誠在同事之間培養了強烈的友誼和信任感。

margin
[ˋmɑrdʒɪn]
n. 利潤

例 To increase profit **margins**, we will implement some pricing adjustments.
為了提高利潤率，我們將進行一些定價調整。

meanwhile
[ˋmin,hwaɪl]
adv. 同時

例 **Meanwhile**, while we wait for the supplier's response, let's focus on the upcoming fair.
同時，在等待供應商回覆的期間，讓我們專注於即將到來的展會。

measure
[ˋmɛʒɚ]
n. 措施；手段

例 We need to take some tentative **measures** to address the unexpected cost increase.
我們需要採取一些臨時措施來應對意外的成本上升。

meticulous
[mə`tɪkjələs]
adj. 縝密的；一絲不苟的

例 She conducted a **meticulous** review of the reports.
她對報告進行了相當仔細的審查。

milestone
[`maɪl‚ston]
n. 里程碑

例 Completing the interface redesign was a significant **milestone** for us.
完成介面重新設計對我們來說是一個重要的里程碑。

mitigate
[`mɪtə‚get]
v. 減輕

例 We tried to **mitigate** potential financial losses by implementing some risk management strategies.
我們試圖透過實施一些風險管理策略來降低潛在的財務損失。

merge
[mɝdʒ]
v. 合併

例 They are planning to **merge** with another startup to shore up their competitiveness.
他們正計劃與另一家新創公司合併，以增強競爭力。

momentum
[mo`mɛntəm]
n. 推動力

例 We lost **momentum** in our project due to unforeseen challenges.
因為一些不可預見的挑戰，我們失去了做這項專案的推動力。

niche
[nɪtʃ]
n. 利基市場；合適的位置

例 Identifying and targeting a specific **niche** is an important first step.
確定並瞄準特定的利基市場是重要的第一步。

obvious
[`ɑbvɪəs]
adj. 明顯的

例 There are **obvious** benefits to streamlining production processes.
簡化生產流程有明顯的好處。

optimization
[ˌɑptɪmaɪˈzeʃən]
n. 優化

例 The team implemented targeted **optimization** measures to enhance performance and efficiency.
這支團隊實施了針對性的優化措施，以提高績效和效率。

otherwise
[ˈʌðəˌwaɪz]
adv. 在另一情況下

例 The challenge presented a unique opportunity for growth that I could not **otherwise** have encountered.
這項挑戰給了我一次特別的成長機會，這在其他情況下我是無法遇到的。

penetration
[ˌpɛnəˈtreʃən]
n. 穿透；滲透

例 Market **penetration** increased after the successful product launch.
產品成功推出後，市場滲透率有所提升。

philanthropy
[fɪˈlænθrəpɪ]
n. 慈善；博愛

例 The billionaire's **philanthropy** transformed the lives of thousands.
這位億萬富翁的慈善事業改變了數千人的生活。

pitch
[pɪtʃ]
n. 推銷式演講

例 Steve delivered an impressive **pitch** to secure funding for his startup.
史蒂夫發表了一場令人印象深刻的演講，為他的新創公司籌集資金。

pledge
[plɛdʒ]
n. 保證；承諾

例 The company made a substantial **pledge** to contribute to local education programs.
這間公司做出了重大承諾，為當地教育計畫做貢獻。

presumably
[prɪˈzuməblɪ]
adv. 想必

例 The deadline for the report is tomorrow, so **presumably**, everyone is working diligently on it.
報告的截止日期是明天，所以想必大家都在努力工作。

proposition
[ˌprɑpəˈzɪʃən]
n. 倡議；主張

例 The marketing team presented a compelling **proposition**, emphasizing product strengths and market advantages.
這個行銷團隊提出了令人信服的主張，強調產品優勢和市場優勢。

prototype
[ˈprotəˌtaɪp]
n. 原型

例 The engineer created a **prototype** to test the new design concept.
這名工程師創建了一個原型來測試新的設計理念。

prove
[pruv]
v. 證明；證實

例 The new marketing strategy has **proved** effective in reaching the target audience.
事實證明，新的行銷策略能夠有效地吸引目標受眾。

📌 **考點提醒**
prove 的過去分詞用 proved 或 proven 都可以。

provided
[prəˈvaɪdɪd]
conj. 假如

例 The project will proceed as planned, **provided** that nothing unexpected happens.
如果不出意外的話，這次的計劃將會按計劃進行。

📌 **考點提醒**
provided 的意思即為 if，但 provided 更為正式。

prowess
[ˈpraʊɪs]
n. 本領；能力

例 He displayed his **prowess** in negotiations from an early age.
他從小就展現出高超的談判能力。

redundancy
[rɪˈdʌndənsɪ]
n. 冗贅；多餘

例 The report was full of **redundancies** and needs revising.
這份報告充滿了冗贅的資訊，需要修改。

regulatory
[ˋrɛgjələˌtorɪ]
adj. 監管的

例 The **regulatory** requirements were complicated but necessary.
這些監管要求很複雜，但也是必要的。

reshuffle
[riˋʃʌfl]
v. 重新調整

例 The management decided to **reshuffle** certain positions to optimize team efficiency and strategic alignment.
管理階層決定對部分職位進行重組，以優化團隊效率和戰略一致性。

restructure
[riˋstrʌktʃɚ]
v. 改組

例 The company should **restructure** for increased overall efficiency.
這間公司應該進行重組以提高整體效率。

retrenchment
[rɪˋtrɛntʃmənt]
n. 緊縮開支

例 The company had to do some **retrenchment** in the face of a challenging period.
面對如此艱鉅的時期，這間公司不得不進行一些裁員。

ritual
[ˋrɪtʃʊəl]
n. 儀式；慣例

例 The morning sofa talk has become a daily **ritual** for us.
早晨的沙發談話已經成為我們的日常儀式。

seed
[sid]
n. 種子；起源

例 The startup received a **seed** investment to fuel its initial development.
這間新創公司獲得了種子投資，有助於推動其初始發展。

segmentation
[ˌsɛgmənˋteʃən]
n. 劃分

例 **Segmentation** guides precise marketing for diverse customer groups.
精細劃分有助於引導針對不同客戶群的精準行銷。

sensitivity
[ˌsɛnsəˈtɪvətɪ]
n. 敏感性

例 His **sensitivity** to customer feedback improved product development.
他對客戶回饋的敏感度提高了產品開發。

severance
[ˈsɛvərəns]
n. 遣散

例 Generous **severance** packages were extended to the impacted employees.
受到影響的員工獲得了豐厚的遣散費。

solvency
[ˈsɑlvənsɪ]
n. 償付能力

例 After landing a big client, the business quickly regained its financial footing and proved its **solvency**.
在拿下一位大客戶後,這間公司迅速恢復了財務基礎並證明了其償付能力。

subculture
[ˈsʌbˌkʌltʃɚ]
n. 次文化

例 Our company has a distinctive **subculture** marked by innovation, collaboration, and a gender-friendly work environment.
我們公司擁有獨特的次文化,以創新、合作和性別友善的工作環境為標誌。

supplier
[səˈplaɪɚ]
n. 供應商

例 We found a reliable **supplier** for raw materials.
我們找到了可靠的原料供應商。

synergy
[ˈsɪnɚdʒɪ]
n. 協同效應

例 The teamwork between the two teams created a **synergy** that led to the project's success.
這兩個團隊之間的合作產生了協同效應,促成了本次專案的成功。

target
[ˈtɑrgɪt]
v. 設定目標

例 We aim to **target** younger demographics with the new advertising campaign.
我們的目標是透過新的廣告活動瞄準年輕族群。

tariff
[`tærɪf]
n. 關稅

例 The government recently imposed a **tariff** on imported goods.
政府最近對進口商品徵收關稅。

tolerance
[`tɑlərəns]
n. 寬容

例 The company promotes a culture of diversity and **tolerance** to foster innovation.
這間公司提倡多元化和寬容的文化以促進創新。

trademark
[`tred,mɑrk]
n. 商標；特色

例 Apple's bitten apple logo is one of the most iconic **trademarks** worldwide.
蘋果公司那被咬一口的蘋果標誌是全球最具代表性的商標之一。

transformation
[,trænsfɚ`meʃən]
n. 轉變

例 The company's major overhaul and **transformation** revitalized its corporate culture.
這間公司的大整頓和轉型，讓企業文化煥發出新的活力。

triple
[`trɪpl]
adj. 三倍的；三重的

例 The company focuses on the **triple** bottom line, incorporating social, environmental, and financial considerations into its decision-making process.
這間公司注重三重底線，將社會、環境和財務考量納入決策過程。

valuation
[,væljʊ`eʃən]
n. 估值

例 The new product launch propelled the startup's **valuation** to new heights.
這項新產品的推出將這家新創公司的估值推向了新的高度。

venture

[ˋvɛntʃɚ]

n. 企業

例 The entrepreneurs' **venture** placed them in the business spotlight.

這些創業家們的企業使他們成為商業的焦點。

✦ 考點提醒

venture 通常是指「包含創新或風險的企業」。

vertical

[ˋvɝtɪkļ]

adj. 垂直的

例 The company achieved efficiency through **vertical** integration.

這間公司透過垂直整合實現了效率。

C 12

CHAPTER

金融

Chapter 12 音檔雲端連結

因各家手機系統不同，若無法直接掃描，
仍可以至以下電腦雲端連結下載收聽。
（http://tinyurl.com/32jthzm2）

accounting
[ə`kaʊntɪŋ]
n. 會計

例 I specialize in **accounting** for precise financial management.
我的專業是會計，以實現精確的財務管理。

alert
[ə`lɝt]
n. 警戒狀態

例 The sudden market downturn triggered a financial **alert** among investors.
突如其來的市場低迷引發了投資者的金融警報。

amenable
[ə`minəbl]
adj. 順從的

例 The finance team found him **amenable** and open to collaborative discussions.
財務團隊發現他很順從，並願意進行合作討論。

annuity
[ə`njuətɪ]
n. 年金

例 Think of an **annuity** like getting a regular paycheck from your savings account.
將年金想像為從你的儲蓄帳戶中定期領取薪水。

aptitude
[`æptə͵tjud]
n. 傾向；天資

例 She demonstrated a natural **aptitude** for finance.
她展現了與生俱來的金融天賦。

assorted
[ə`sɔrtɪd]
adj. 各色各樣的

例 The store offers **assorted** financial products to cater to diverse needs.
這家店提供各類金融商品，滿足不同需求。

✦ 考點提醒

assorted 可與 various、a wide range of、a variety of 同義替換。

astute
[ə`stjut]
adj. 精明的

例 His **astute** observations and quick analytical skills make him an invaluable asset to our firm.
他敏銳的觀察力和快速的分析能力使他成為我們公司的寶貴資產。

audit
[`ɔdɪt]
v. 審計；查帳

例 The company decided to carry out an **audit** to assess its financial health and identify areas for improvement.
這間公司決定進行審計，以評估財務狀況並確定需要改進的領域。

banish
[`bænɪʃ]
v. 驅逐；開除

例 The company aims to **banish** outdated financial practices and embrace innovative strategies.
這間公司的目標是消除過時的金融策略並採取創新策略。

bilateral
[baɪ`lætərəl]
adj. 雙邊的

例 The two countries signed a **bilateral** trade agreement to strengthen economic ties.
這兩個國家簽署了雙邊貿易協定以加強經濟聯繫。

bond
[band]
n. 債券

例 The company issued **bonds** to raise capital for its expansion plans.
這間公司發行債券為其擴張計劃籌集資金。

bribe
[braɪb]
v. 賄賂；收買

例 It is illegal to attempt to **bribe** public officials.
試圖賄賂公職人員是違法的。

> ✗ 考點提醒
>
> bribe 也可作為名詞，常與動詞 take 或 accept 搭配，如：take bribes、accept bribes。

bullion
[`bʊljən]
n. 金條；銀條

例 Investors often purchase gold **bullion** as a tangible and valuable asset.
投資人經常購買金條作為有形且有價值的資產。

bust
[bʌst]
n. 破產

例 The pandemic led to a business **bust**, forcing many companies to close.
這次的疫情導致了企業破產，迫使許多公司倒閉。

cadence
[`kedns]
n. 韻律；抑揚頓挫

例 The financial report followed a predictable **cadence**, showcasing a striking degree of consistency.
這份財務報告遵循一個可預測的節奏，顯示出了驚人的一致性。

clientele
[ˌklaɪən`tɛl]
n. 客戶群

例 He spent a year managing to build his **clientele** bases in both countries.
他花了一年的時間設法在這兩個國家建立客戶群。

clutch
[klʌtʃ]
v. 抓住

例 He had to **clutch** the financial records urgently before the meeting.
開會前他必須緊急抓緊財務記錄。

collateral
[kə`lætərəl]
n. 擔保物

例 The borrower provided valuable real estate as **collateral** for the loan.
這位借款人提供了有價值的房地產作為貸款的抵押品。

compact
[kəm`pækt]
n. 協議

例 The shareholders signed a **compact** to formalize the terms of the investment agreement.
股東簽署了一份契約，正式確定了投資協議的條款。

condemn
[kən`dɛm]
v. 譴責

例 The authorities **condemned** the unethical financial practices of the investment firm.
當局譴責該投資公司不道德的金融行為。

congruity
[kənˈgruətɪ]
n. 一致性

例 The financial report demonstrated **congruity** with the company's long-term goals.
這份財務報告的結果與公司的長期目標是一致的。

cordial
[ˈkɔrdʒəl]
adj. 衷心的；真摯的

例 The department meeting concluded on a **cordial** note, fostering positive relations between the colleagues.
部門會議在親切的氣氛中結束，促進了同事之間的關係。

corrupt
[kəˈrʌpt]
adj. 腐敗的；貪污的

例 The **corrupt** practices within the financial institution were exposed.
這間金融機構內部的貪腐行為曝光了。

cripple
[ˈkrɪpl̩]
v. 癱瘓；削弱

例 The economic downturn severely **crippled** small businesses across the region.
此次的經濟衰退嚴重削弱了這個地區的小型企業。

debit
[ˈdɛbɪt]
n. 借記

例 I made a **debit** transaction to purchase the items online.
我以借記交易在網路上購買了這些商品。

decree
[drˈkri]
n. 法令

例 The government issued a **decree** to regulate financial transactions to enhance transparency in the financial system.
政府頒布了一項法令監管金融交易，以提高金融體系的透明度。

default
[drˈfɔlt]
v. 不履行；拖欠

例 Unfortunately, we had to **default** on its loan repayment.
不幸的是，我們不得不拖欠這次的貸款償還。

deflation
[dɪ`fleʃən]
n. 通貨緊縮

例 A prolonged reduction in general price levels characterizes **deflation**.
整體物價水準的長期下降是通貨緊縮的特徵。

☆ 考點提醒
deflation 的反義詞為 inflation「通貨膨脹」。

deprive
[dɪ`praɪv]
v. 剝奪

例 The recession threatened to **deprive** many families of their basic needs.
此次的經濟衰退可能會剝奪許多家庭的基本需求。

☆ 考點提醒
deprive 的用法為 deprive sb. of sth.。

desperate
[`dɛspərɪt]
adj. 孤注一擲的；極度渴望的

例 Facing financial ruin, the company took **desperate** measures to secure emergency funding.
面對財務危機，這間公司採取了孤注一擲的措施來獲得緊急資金。

dictate
[`dɪktet]
v. 規定；命令

例 Market trends will **dictate** our investment strategy.
市場趨勢將決定我們的投資策略。

dilemma
[də`lɛmə]
n. 進退兩難；困境

例 The budget **dilemma** requires a swift decision on cost-cutting measures.
這次的預算困境需要我們迅速決定削減成本的措施。

dissipate
[`dɪsə,pet]
v. 消散

例 The unexpected expenses caused their savings to **dissipate** rapidly.
突如其來的開支，讓他們的積蓄迅速花光。

diversification
[daɪ,vɝsəfə`keʃən]
n. 多樣化

例 Investors seek **diversification** to spread risk across various asset classes.
投資者尋求多元化以分散不同資產類別的風險。

economical
[ˌikəˋnɑmɪkl̩]
adj. 經濟的；節約的

例 Hybrid cars proved to be more **economical** in terms of fuel efficiency.
事實證明，混合動力車在燃油效率方面更加經濟。

elite
[eˋlit ɪˋlit]
n. 菁英

例 The club is open only to the **elite** members of the financial community.
這個社團只開放給金融界的菁英成員加入。

eminent
[ˋɛmənənt]
adj. 卓越的；著名的

例 The **eminent** economist delivered a keynote address at the summit.
這位著名經濟學家在峰會上發表了主題演講。

endorse
[ɪnˋdɔrs]
v. 背書；認可

例 The professor was quick to **endorse** the innovative financial strategy.
這位教授很快就認可了這項創新的金融策略。

equation
[ɪˋkweʃən]
n. 方程式；平衡

例 Balancing risk and reward is the financial **equation** for success.
平衡風險和報酬是成功的財務方程式。

everlasting
[ˌɛvɚˋlæstɪŋ]
adj. 永久的

例 The benefits of wise financial planning are **everlasting**.
聰明的財務規劃的好處是永恆的。

eviscerate
[ɪˋvɪsəˌret]
v. 大幅削減

例 The market crash threatened to **eviscerate** the company's profits.
這次的市場崩盤可能會削弱這間公司的利潤。

excess
[ɪk`sɛs]
n. 超過；過剩

例 The company accumulated **excess** inventory due to a sudden drop in consumer demand.
由於消費者需求突然下降，這間公司累積了過剩庫存。

✗ 考點提醒

excess 的形容詞形式為 excessive「過剩的」。

exemplary
[ɪg`zɛmplərɪ]
adj. 模範的；示範的

例 Her **exemplary** leadership during the financial crisis earned her widespread acclaim.
她在金融危機期間優秀的領導能力為她贏得了廣泛的讚譽。

exploit
[ɪk`splɔɪt]
v. 剝削；利用

例 They **exploited** loopholes in tax regulations to minimize their financial obligations.
他們利用稅收法規的漏洞來最大限度地減少他們的財政義務。

fabulous
[`fæbjələs]
adj. 極好的

例 The company reported a **fabulous** financial quarter.
這間公司公佈了出色的財務季度業績。

federal
[`fɛdərəl]
adj. 聯邦的

例 The **Federal** Reserve plays an important role in shaping the country's monetary policy.
聯準會在制定國家貨幣政策方面發揮著重要作用。

feeble
[fibl]
adj. 虛弱的；無力的

例 The **feeble** economic recovery raised concerns about the country's financial stability.
經濟復甦的乏力引發了人們對該國金融穩定性的擔憂。

fetch
[fɛtʃ]
v. 取來

例 Attempts to **fetch** a higher stock value proved challenging in the volatile market.
事實證明，在動盪的市場中，試圖獲得更高的股票價值是相當有挑戰性的。

figurehead
[`fɪgjɚˌhɛd]
n. 名義上的元首；傀儡

例 The CEO became a mere **figurehead** after the board took over strategic decision-making.
董事會接手戰略決策後，這位執行長就變成了一個傀儡。

flaunt
[flɔnt]
v. 炫耀

例 He likes to **flaunt** his extravagant lifestyle on social media.
他喜歡在社群媒體上炫耀自己奢侈的生活方式。

fluctuate
[`flʌktʃʊˌet]
v. 波動

例 Stock prices constantly **fluctuate** based on market demand.
股票價格會根據市場需求不斷波動。

foremost
[`forˌmost]
adj. 一流的；最好的

例 The expert's research is considered **foremost** in the field of financial economics.
這位專家的研究被認為是金融經濟學領域中第一流的。

fraction
[`frækʃən]
n. 一小部分；片段

例 I invested only a **fraction** of my savings in the stock market.
我只將一小部分儲蓄投資於股票市場。

friction
[`frɪkʃən]
n. 摩擦

例 **Friction** between the team members dragged behind the financial project's progress.
團隊成員之間的摩擦拖累了金融專案的進展。

frugal
[`frugl]
adj. 節儉的

例 Despite his wealth, he maintained a **frugal** lifestyle.
儘管擁有財富，他仍維持著節儉的生活方式。

fruitless
[`frutlɪs]
adj. 無益的；沒效果的

例 Despite numerous attempts, their efforts turned out **fruitless**.
儘管進行了多次嘗試，但他們的努力都沒有結果。

fuss
[fʌs]
v. 小題大作；過分關心

例 I decided not to **fuss** over the minor errors in the financial statement.
我決定不再為財務報表中的小錯誤而大驚小怪。

✂ **考點提醒**

fuss 也可作為名詞，用法為：make a fuss over「對……大驚小怪」。

galvanize
[`gælvə͵naɪz]
v. 激勵

例 The successful IPO helped **galvanize** the company's financial prospects.
首次公開募股的成功幫助提振了這間公司的財務前景。

gauge
[gedʒ]
v. 衡量；判斷

例 The analyst closely monitored investor behavior to **gauge** market sentiment.
這位分析師密切關注投資人行為以衡量市場情緒。

✂ **考點提醒**

gauge 也可作為名詞，為「衡量標準」的意思。

generic
[dʒɪ`nɛrɪk]
adj. 一般性的；通用的

例 The financial advisor provided **generic** advice suitable for a wide range of clients.
這位財務顧問提供了適合廣大客戶的一般性建議。

genuine
[`dʒɛnjʊɪn]
adj. 真實的；由衷的

例 His smile was **genuine** when he heard about the positive results.
當他聽到是好的結果時，他的笑容是真誠的。

gist
[dʒɪst]
n. 主旨；要點

例 I will give you the **gist** of the financial report in a few sentences.
我會用幾句話向您介紹這份財務報告的要點。

glimpse
[glɪmps]
n. 瞥見

例 The financial analyst provided a **glimpse** into the upcoming market trends.
這位金融分析師展望了即將來臨的市場趨勢。

gravity
[`grævətɪ]
n. 嚴重性

例 He still did not understand the **gravity** of this matter.
他還不明白這件事的嚴重性。

greedy
[`gridɪ]
adj. 貪心的

例 His **greedy** investment decisions led to significant financial losses.
他貪婪的投資決定導致了重大的經濟損失。

grim
[grɪm]
adj. 殘酷的；恐怖的

例 We faced **grim** financial prospects after consecutive quarters of losses.
在連續幾季虧損之後，我們面臨了嚴峻的財務前景。

grudge
[grʌdʒ]
v. 妒忌；不情願做

例 Despite their past differences, he chose not to **grudge** her success.
儘管他們過去存在分歧，但他選擇不嫉妒她的成功。

✗ **考點提醒**

grudge 作為名詞時為「記恨」的意思，用法為：
hold a grudge against ...「對……記恨」。

halt
[hɔlt]
v. 使停止

例 The sudden economic decline forced the company to **halt** its expansion plans.
突然的經濟衰退迫使這間公司停止了擴張計畫。

⚡ **考點提醒**

halt 也可作為名詞,用法為:... come to a halt「……停住」。

haven
[`hevən]
n. 避風港

例 Amid economic turbulence, investors sought gold as a **haven** for preserving wealth.
在經濟動盪的情況下,投資人尋求黃金作為保值財富的避風港。

havoc
[`hævək]
n. 破壞;混亂

例 The cyberattack wreaked **havoc** on the company's financial systems.
這次網路攻擊對這間公司的財務系統造成了嚴重破壞。

hectic
[`hɛktɪk]
adj. 忙亂的

例 Work has been super **hectic** lately, with tight deadlines and meetings.
最近的工作非常忙碌,截止日期和會議都很緊迫。

hedge
[hɛdʒ]
n. 兩面下注

例 The **hedge** fund aggressively pursues high returns by employing complex investment strategies.
對沖基金透過採用複雜的投資策略以積極追求高回報。

hesitant
[`hɛzətənt]
adj. 猶豫的

例 I'm a bit **hesitant** about investing in the stock market right now.
我現在對投資股市有點猶豫。

hint
[hɪnt]
v. 暗示

例 The manager **hinted** about the upcoming financial restructuring during the meeting.
經理在開會時暗示了即將進行的財務重組。

hollow
[`hɑlo]
adj. 空洞的；中空的

例 The impressive-sounding financial proposal turned out to be **hollow**.
這份聽起來很棒的財務提案結果卻是空洞的。

humiliate
[hju`mɪlɪˌet]
v. 羞辱

例 His public comments managed to **humiliate** the team.
他的公開言論羞辱了這個團隊。

hurl
[hɝl]
v. 用力丟擲

例 He chose to **hurl** insults about my financial decisions during the discussion.
在這次激烈的爭吵中，他選擇侮辱我的財務決定。

hypothesize
[haɪ`pɑθəˌsaɪz]
v. 假定

例 We need to **hypothesize** that the market will behave unpredictably in the coming months.
我們需要假設未來幾個月市場的表現將無法預測。

illusion
[ɪ`ljuʒən]
n. 錯覺；假象

例 Our project's success turned out to be an outright **illusion**.
事實證明，我們專案的成功完全是一種幻想。

impending
[ɪm`pɛndɪŋ]
adj. 即將到來的

例 The **impending** layoffs created a sense of crisis within the company.
即將到來的裁員在公司內部掀起了一股危機感。

impromptu
[ɪm`prɑmptju]
adj. 即席的

例 He delivered an **impromptu** speech on his supervisor's demand.
他應主管的要求發表了一場即興演講。

improvise
[`ɪmprəvaɪz]
v. 即興；臨時做

例 Facing unexpected questions during the presentation, she had to **improvise** and respond confidently on the spot.
在報告中遇到意想不到的問題，她必須即興發揮，並在現場自信地回答。

impulse
[`ɪmpʌls]
n. 衝動

例 He bought the expensive gadget on **impulse**, ignorant about its impact on his financial situation.
他一時衝動買了這個昂貴的小工具，不知道它對他的財務狀況的影響。

indifference
[ɪn`dɪfərəns]
n. 冷漠

例 He showed **indifference** towards the team's struggles.
他對團隊的困難漠不關心。

inferiority
[ɪnfɪrɪ`arətɪ]
n. 低等；劣勢

例 His constant comparison to others created a sense of **inferiority**.
他不斷與他人比較，從而產生了一種自卑感。

☆ **考點提醒**

inferiority「劣勢」的反義詞為 superiority「優越」。

inflation
[ɪn`fleʃən]
n. 通貨膨脹

例 **Inflation** is affecting the purchasing power of consumers.
通貨膨脹正在影響消費者的購買力。

inflict
[ɪn`flɪkt]
v. 使遭受；打擊

例 The economic downturn **inflicted** severe hardships on many businesses.
經濟低迷給許多企業帶來了嚴重困難。

interest
[ˈɪntərɪst]
n. 利息

例 Savings accounts offer a safe way to grow your money with **interest** over time.
儲蓄帳戶提供了一種安全的方式讓你的錢隨著時間增加利息。

✎ **考點提醒**

interest 作為「利息」時為不可數名詞。

liable
[ˈlaɪəbl]
adj. 應負法律責任的

例 You are **liable** for any financial obligations incurred by your company.
你需要對你公司產生的任何財務義務負責。

liaison
[ˌlɪeˈzɑn]
n. 聯繫

例 He acts as the **liaison** between the finance team and upper management.
他擔任財務團隊和高階主管之間的聯絡人。

liberty
[ˈlɪbətɪ]
n. 自由

例 With financial freedom, she has the **liberty** to choose her investment strategies independently.
有了財務自由，她便可以自由地選擇自己的投資策略。

linger
[ˈlɪŋgə]
v. 持續；徘徊

例 The financial uncertainties continued to **linger**.
金融不確定性持續存在。

loose
[lus]
adj. 寬鬆的

例 The company's **loose** financial policies need to be tightened.
這間公司寬鬆的財務政策需要收緊。

ludicrous
[ˈludɪkrəs]
adj. 荒唐的

例 The idea of investing all their savings in real estate seemed **ludicrous**.
將所有積蓄投資在房地產的想法似乎很荒謬。

majority
[mə`dʒɔrətɪ]
n. 大多數

例 The **majority** of shareholders approved the financial restructuring plan.
大多數股東批准了財務重組方案。

maneuver
[mə`nuvɚ]
v. 操縱

例 Investors must strategically **maneuver** in the complex financial market to maximize returns.
投資者必須在複雜的金融市場中進行策略性操作，以實現最大報酬。

markedly
[`markɪdlɪ]
adv. 明顯地

例 The shop's profits increased **markedly** after implementing the new marketing strategy.
實施新的行銷策略後，這間店的利潤出現了顯著增加。

✗ 考點提醒

markedly 常與 considerably、significantly 和 noticeably 同義替換。

meddle
[`mɛdl]
v. 干涉

例 Stop **meddling** in the financial decisions of others.
不要再干涉別人的財務決策。

minority
[maɪ`nɔrətɪ]
n. 少數

例 A **minority** of shareholders expressed concerns about the relocation plan.
少數股東對這個搬遷計畫表示擔憂。

minus
[`maɪnəs]
prep. 減去

例 The final balance was $5,000 **minus** the incurred expenses.
減去已產生的費用，最終餘額為五千美元。

✗ 考點提醒

minus 也有「負數」、「缺點」的意思。

monetary
[`mʌnə͵tɛrɪ]
adj. 財政的；貨幣的

例 The government implemented **monetary** policies to control inflation.
政府實施了貨幣政策來控制通貨膨脹。

muster
[`mʌstɚ]
v. 召集；鼓起

例 In a financial crisis, it's crucial to **muster** support for effective budget solutions.
在金融危機中，為有效的預算解方爭取支持是相當重要的。

obsolete
[`ɑbsə‚lit]
adj. 過時的；廢棄的

例 The outdated financial system has become **obsolete**.
這套過時的金融體系已經沒人在用了。

outlaw
[`aʊt‚lɔ]
v. 宣布為違法；取締

例 The government has **outlawed** certain risky financial practices to protect investors.
為了保護投資者，政府已取締某些有風險的金融行為。

overlap
[‚ovɚ`læp]
n. 重疊

例 There is a significant **overlap** between the responsibilities of the two departments.
這兩個部門的職責有明顯重疊。

parallel
[`pærə‚lɛl]
adj. 平行的；相似的

例 The analyst drew **parallel** conclusions from the two reports.
這位分析師從這兩份報告中得出了相似的結論。

passive
[`pæsɪv]
adj. 消極的；被動的

例 He opted for a **passive**, conservative investment strategy.
他選擇了一個被動而保守的投資策略。

✿ 考點提醒
passive 的反義詞為 active「積極的」。

patronage
[`pætrənɪdʒ]
n. 資助

例 The company's success was due to generous **patronage** from the local community.
這間公司的成功得益於當地社區的慷慨贊助。

pension
[ˈpɛnʃən]
n. 年金；退休金

例 She relies on her **pension** as a source of financial support in retirement.
她依靠退休金作為退休後的經濟來源。

percolate
[ˈpɚkəˌlet]
v. 滲出

例 News about the impending interest rate hike began to **percolate** through the financial community.
這則有關即將升息的消息開始在金融界傳播。

pertinent
[ˈpɚtnənt]
adj. 相關的；適切的

例 The financial advisor provided only **pertinent** information on the client's investment goals.
這位財務顧問僅只提供了關乎客戶投資目標的相關資訊。

plausible
[ˈplɔzəbl]
adj. 似是真實的

例 Your explanation seemed **plausible**, but there were still inconsistencies in the financial data.
你的解釋似乎有道理，但這份財務數據中仍有不一致的地方。

portable
[ˈportəbl]
adj. 手提式的

例 He carried a **portable** calculator for quick calculations during client meetings.
他攜帶一台便攜式計算器，以便在與客戶會面時快速計算。

precarious
[prɪˈkɛrɪəs]
adj. 不穩固的

例 The company has a **precarious** financial situation after a series of unexpected setbacks.
在經歷了一系列意想不到的挫折後，這間公司的財務狀況岌岌可危。

preponderance
[prɪˋpɑndərəns]
n. 數量上的優勢

例 The **preponderance** of data pointed to a decline in the company's financial performance.
大量數據顯示該公司的財務表現有所下降。

prevalent
[ˋprɛvələnt]
adj. 盛行的

例 Digital transactions have become **prevalent**, replacing traditional methods.
數位交易已變得十分普遍，並取代了傳統方法。

propellant
[prəˋpɛlənt]
n. 推動力

例 The positive financial results acted as a **propellant**, driving the company's stock prices to new highs.
這次優秀的財務表現起到了推進的作用，推動了公司股價再創新高。

publicity
[pʌbˋlɪsətɪ]
n. 名聲；宣傳

例 The scandal resulted in bad **publicity** and damaged the company's reputation.
這次的醜聞造成了不良名聲並損害了公司的聲譽。

pump
[pʌmp]
v. 灌注

例 The central bank decided to **pump** more money into the market to stimulate growth.
央行決定向市場注入更多資金以刺激成長。

radical
[ˋrædɪkl]
adj. 激進的；徹底的

例 The new financial strategy was a **radical** departure from the company's traditional approach.
這個新的財務策略與公司的傳統方法截然不同。

rare
[rɛr]
adj. 罕見的

例 Her ability to accurately predict market trends is a **rare** talent.
她能夠準確預測市場趨勢的能力著實是個難得的才能。

reinforce
[ˌriɪn`fɔrs]
v. 鞏固；強化

例 The company decided to **reinforce** its risk management practices.
這間公司決定加強其風險管理實務。

relentless
[rɪ`lɛntlɪs]
adj. 持續不懈的

例 Despite numerous failures, her **relentless** pursuit of success never wavered.
儘管經歷了無數次的失敗，她對成功持續的不懈追求從未動搖。

remainder
[rɪ`mendɚ]
n. 剩餘部分

例 After the expenses, the **remainder** of my paycheck went into savings.
扣除這些費用後，我剩下的薪水都存進了儲蓄裡。

✗ **考點提醒**

remainder 常與 rest 同義替換，但 remainder 更為正式。

retrospect
[`rɛtrəˌspɛkt]
n. 回顧

例 In **retrospect**, the bold investment decision proved to be a success.
事後看來，這項大膽的投資決策是成功的。

sabotage
[`sæbəˌtɑʒ]
v. 破壞

例 Their misinformation strategy sought to **sabotage** our reputation.
他們的假訊息策略試圖破壞我們的聲譽。

sacrifice
[`sækrəˌfaɪs]
v. 犧牲

例 I had to **sacrifice** my weekend to meet the urgent deadline.
我不得不犧牲我的週末才能趕上緊迫的期限。

✗ **考點提醒**

sacrifice 常與 give up 同義替換。

scapegoat
[`skep͵got]
n. 替罪羔羊

例 He made the intern the **scapegoat** for the mistake.
他讓這位實習生成為這個錯誤的替罪羔羊。

scrutiny
[`skrutnɪ]
n. 仔細；詳細檢查

例 The company's financial statements underwent thorough **scrutiny** during the audit.
這間公司的財務報表在審計期間接受了徹底的審查。

shrink
[ʃrɪŋk]
v. 萎縮；變小

例 The company's profits began to **shrink** due to increasing operational costs.
由於營運成本增加，這間公司的利潤開始萎縮。

✗ 考點提醒

shrink 常與 decrease、dwindle 和 diminish 同義替換。

slander
[`slændɚ]
v. 詆毀；誹謗

例 He attempted to **slander** the competitor by spreading false rumors about their financial health.
他試圖透過散佈有關競爭對手財務狀況的虛假謠言來誹謗他們。

sparsely
[`spɑrslɪ]
adv. 稀少地；稀疏地

例 The financial details were **sparsely** mentioned in her presentation.
財務細節在她這次的演講中很少被提及。

stabilize
[`stebl͵aɪz]
v. 使穩定

例 The central bank implemented measures to **stabilize** the country's economy.
央行採取措施穩定國家經濟。

standardize
[`stændəd͵aɪz]
v. 使標準化

例 They decided to **standardize** the financial reporting processes for consistency and efficiency.
他們決定對財務報告流程進行標準化,以實現一致性和效率。

striking
[`straɪkɪŋ]
adj. 顯著的

例 The new financial strategy made a **striking** difference in the company's profitability.
這個新的財務策略對公司的獲利能力產生了顯著的影響。

susceptible
[sə`sɛptəbl̩]
adj. 易受……影響的

例 Their financial stability was **susceptible** to market fluctuations.
他們的財務穩定性很容易受到市場波動的影響。

✎ 考點提醒

susceptible 的常見用法為:be susceptible to...。

symbolize
[`sɪmbl͵aɪz]
v. 象徵

例 The dollar sign in our logo **symbolizes** financial freedom.
我們標誌中的金錢符號象徵著財務自由。

thereby
[ðɛr`baɪ]
adv. 藉此

例 She decided to cut unnecessary expenses, **thereby** improving her financial situation.
她決定削減不必要的開支,從而改善她的財務狀況。

tycoon
[taɪ`kun]
n. 巨頭

例 The tech **tycoon** revolutionized the industry with his innovative products.
這位科技巨頭以他創新的產品徹底改變了這個產業。

underwater
[ˈʌndɚˌwɔtɚ]
adj. 資不抵債的

例 After the market crash, many investors found themselves **underwater** on their investments.
在這次市場崩盤後，許多投資者發現自己的投資陷入了資不抵債的處境。

upswing
[ˈʌpˌswɪŋ]
n. 上漲

例 The successful product launch was followed by an **upswing** in the company's financial performance.
那項產品成功推出後，這間公司的財務表現隨之上升。

volatility
[ˌvɑləˈtɪlətɪ]
n. 不穩定；波動

例 Market **volatility** makes it difficult for investors to predict financial outcomes.
市場波動使投資者難以預測財務結果。

C 13
CHAPTER

商業

Chapter 13 音檔雲端連結

因各家手機系統不同，若無法直接掃描，
仍可以至以下電腦雲端連結下載收聽。
（http://tinyurl.com/yvwx5vjr）

actuary
[`æktʃʊˌɛrɪ]
n. 精算師

例 The **actuary** used statistical models to manage financial risks for the company.
這位精算師使用統計模型來管理公司的財務風險。

allegedly
[ə`lɛdʒɪdlɪ]
adv. 據說

例 The company **allegedly** engaged in fraudulent practices.
這間公司據說有詐欺行為。

allure
[ə`lɪʊr]
v. 引誘

例 The latest product **allured** customers, driving sales.
最新產品吸引了客戶，推動了銷售。

amplify
[`æmpləˌfaɪ]
v. 增強；擴大

例 The marketing campaign aims to **amplify** brand visibility.
這次的行銷活動旨在擴大品牌知名度。

apologetic
[əˌpɑlə`dʒɛtɪk]
adj. 道歉的

例 The company was **apologetic** for the shipping delay.
這間公司對這次的發貨延誤表示歉意。

attest
[ə`tɛst]
v. 證實

例 My signature **attests** to the authenticity of the document.
我的簽名證明了這份文件的真實性。

✨ **考點提醒**

attest 作為不及物動詞時，需搭配介系詞 to。

austerity
[ɔ`stɛrətɪ]
n. 緊縮

例 The government imposed **austerity** measures to control spending.
政府實施緊縮措施來控制支出。

backfire
[`bæk`faɪr]
v. 適得其反

例 The marketing strategy **backfired**, resulting in a decline in sales.
這個行銷策略適得其反，導致了銷量下降。

backlash
[`bæk͵læʃ]
n. 強烈反對

例 The policy change led to a public **backlash**.
這項政策變化引起了公眾的強烈反對。

bailout
[`bel͵aʊt]
n. 紓困；援助

例 The government approved a **bailout** to rescue the company.
政府批准了一項紓困計畫來拯救這間公司。

barter
[`bɑrtɚ]
v. 以物易物

例 We decided to **barter** services instead of exchanging money.
我們決定以以物易物代替金錢交換。

bizarre
[bɪ`zɑr]
adj. 古怪的

例 Your behavior at the auction was **bizarre**.
你在拍賣會上的行為很奇怪。

bloom
[blum]
v. 繁榮；興盛

例 E-commerce platforms tend to **bloom** during Christmas.
電商平台往往在聖誕節期間生意興隆。

blunder
[`blʌndɚ]
v. 犯錯

例 He **blundered** during the negotiation, resulting in a breakdown in the deal.
他在談判中犯了個錯誤，導致交易破裂。

bombard
[bɑm`bɑrd]
v. 轟炸

例 They chose to **bombard** social media with promotional content.
他們選擇用促銷內容轟炸社群媒體。

bounce
[baʊns]
v. 反彈

例 Our business **bounced** back after a short period of decline.
我們的業務在經歷了短暫的下滑後出現反彈。

breadth
[brɛdθ]
n. 寬度；幅度

例 The **breadth** of the product line catered to diverse customer preferences.
這個產品線的廣泛性滿足了不同顧客的喜好。

brisk
[brɪsk]
adj. 興旺的

例 Business was **brisk** after the successful product launch.
產品成功推出後,生意非常地紅火。

brittle
[ˋbrɪtl]
adj. 易碎的

例 This country's **brittle** economy struggled to recover after the recession.
這個國家脆弱的經濟在經濟衰退後難以復甦。

bulk
[bʌlk]
n. 大量;體積

例 We purchased the materials in **bulk**.
我們大量購買材料。

chamber
[ˋtʃembɚ]
n. 會場;室

例 The board met in the **chamber** to discuss the proposed strategy.
董事會在會議室開會討論研擬的策略。

circumspect
[ˋsɝkəmˌspɛkt]
adj. 謹慎的

例 He was **circumspect** in his financial investments.
他在金融投資方面非常謹慎。

concur
[kənˋkɝ]
v. 同意;並存

例 I **concur** with the decision to expand the product line.
我同意擴大產品線的決定。

✿ 考點提醒

concur 與 agree 同義,但 concur 較為正式,且語氣更強烈。

cosmopolitan
[ˌkɑzməˋpɑlətn]
adj. 國際性的

例 Shanghai has a **cosmopolitan** atmosphere with diverse cultures.
上海具有國際化氛圍與多元文化。

counterfeit
[ˋkaʊntɚˌfɪt]
n. 冒牌貨;仿製品

例 The shopkeeper unknowingly bought a **counterfeit**.
這位店主在不知情的情況下買到了假貨。

creditor
[`krɛdɪtə-]
n. 債權人

例 The **creditor** demanded prompt repayment of the loan.
這位債權人要求立即償還貸款。

currency
[`kɝ-ənsɪ]
n. 貨幣

例 We exchanged our **currency** at the airport before traveling.
我們出發前在機場兌換了貨幣。

debate
[dɪ`bet]
n. 辯論;爭論

例 They engaged in a heated **debate** over the staffing change.
他們針對人事變動展開了激烈的爭論。

deceit
[dɪ`sit]
n. 欺詐

例 The customer filed a complaint against the website for **deceit** in product descriptions.
這位顧客投訴這個網站在產品說明上存在欺騙行為。

decelerate
[di`sɛləˌret]
v. 減緩

例 Economic growth began to **decelerate** due to domestic market uncertainties.
由於國內市場的不確定性,經濟成長開始放緩。

deduce
[dɪ`djus]
v. 推論

例 From the evidence available, we could **deduce** their preferences.
從現有的證據中,我們可以推論出他們的偏好。

defend
[dɪ`fɛnd]
v. 防禦;為……辯護

例 He had to **defend** his decisions during the meeting.
他必須在開會時捍衛自己的決定。

▶▶ Track 145 ━

discourage
[dɪsˋkɝ·ɪdʒ]
v. 勸阻；使挫敗

例 The challenging task did not **discourage** his determination.
這項艱鉅的任務並沒有挫敗他的決心。

☆ 考點提醒

discourage 可視為 encourage「鼓勵」的反義詞。

dismal
[ˋdɪzml̩]
adj. 陰鬱的

例 The quarterly financial report showed **dismal** performance.
這份季度財務報告顯示業績慘淡。

drastic
[ˋdræstɪk]
adj. 激烈的

例 They took **drastic** measures to cut costs.
他們採取了激烈的措施來削減成本。

duplicate
[ˋdjupləkɪt]
n. 副本；複製品

例 Please provide the **duplicate** for our records.
請提供副本以供我們記錄。

☆ 考點提醒

duplicate 也可作為動詞，意思是「複製」，通常具有實務目的；而 copy 則帶有「抄襲」、「模仿」的負面含義。

fellowship
[ˋfɛloˌʃɪp]
n. 交情；夥伴關係

例 The team members developed a strong sense of **fellowship** during the workshop.
在研討會期間，這些團隊成員之間建立了深厚的交情。

feminine
[ˋfɛmənɪn]
adj. 女性的

例 The online boutique specializes in selling **feminine** clothing and accessories.
這家線上精品店專賣女性服裝和配件。

☆ 考點提醒

「男性的」為 masculine。

300 **CHAPTER 13** 🍰 商業

flawless
[`flɔlɪs]
adj. 無瑕疵的

例 Your performance was **flawless** during the presentation.
你在演講過程中的表現完美無瑕。

foresee
[for`si]
v. 預見

例 I could not **foresee** that the market would experience such a sudden downturn.
我無法預見市場會經歷如此突然的低迷。

fraudulent
[`frɔdʒələnt]
adj. 欺詐的

例 The shop was accused of **fraudulent** activities.
這家商店被指控從事詐欺活動。

gloom
[glum]
n. 陰暗；悲觀情緒

例 The economic forecast brought **gloom** to the investors.
這份經濟預測為投資者帶來了悲觀情緒。

grip
[grɪp]
n. 緊握

例 Economic uncertainty had a tight **grip** on the market.
經濟的不確定性嚴重影響了市場。

humidity
[hju`mɪdətɪ]
n. 濕度

例 The high **humidity** affected the storage conditions for the sensitive electronic equipment.
高濕度影響了敏感電子設備的存放條件。

ignite
[ɪg`naɪt]
v. 點燃；激起

例 His speech had the power to **ignite** enthusiasm among the employees.
他的演講具有激發了員工熱情的能力。

illustrate
[`ɪləstret]
v. 說明；闡釋

例 The diagram **illustrates** the key points of the presentation.
這個圖表說明了這份報告的要點。

incentive
[ɪn`sɛntɪv]
n. 刺激；動機

例 The bonus served as a strong **incentive** for increased productivity.
這筆獎金有效地促進了生產力的提升。

inclination
[ˌɪnkləˋneʃən]
n. 傾向;趨勢

例 You showed an **inclination** towards the creative aspects of the project.
你表現出了對這個專案創意方面的興趣。

indebt
[ɪnˋdɛt]
v. 使負債

例 Excessive spending left her deeply **indebted**.
過度花銷讓她負債累累。

indeed
[ɪnˋdid]
adv. 的確

例 **Indeed**, his argument holds water.
確實,他的論點是有道理的。

infamous
[ˋɪnfəməs]
adj. 聲名狼藉的

例 The company became **infamous** for its employees' scandals.
這間公司因員工醜聞而臭名昭著。

☆ 考點提醒

infamous 常與 notorious 和 ill-famed 同義替換。

legislation
[ˌlɛdʒɪsˋleʃən]
n. 立法;法規

例 New **legislation** was passed to regulate online transactions.
官方通過了新的立法來規範線上交易。

maniac
[ˋmeniˌæk]
n. 瘋子

例 His aggressive behavior earned him a reputation as a **maniac**.
他的攻擊性行為為他贏得了瘋子的名聲。

manipulate
[məˋnɪpjəˌlet]
v. 操縱

例 He attempted to **manipulate** the stock prices for personal gain.
他試圖操縱股價以謀取個人利益。

maternal
[məˋtɝnl]
adj. 母親的;母性的

例 She showed a **maternal** concern for the well-being of her team members.
她對團隊成員的福祉表現出母性的關心。

☆ 考點提醒

「父親的」為 paternal。

memorandum
[ˌmɛməˈrændəm]
n. 備忘錄

例 He penned a **memorandum** summarizing the meeting's main points.
他寫了一份備忘錄，總結了這次會議的重點。

monopoly
[məˈnɑplɪ]
n. 壟斷；獨佔權

例 The company eventually gained a **monopoly** in the domestic market.
這間公司最終獲得了國內市場的壟斷地位。

nominal
[ˈnɑmənl]
adj. 象徵性收費的；微乎其微的

例 The cost of the software update was **nominal**.
本次軟體更新的花費是象徵性的。

offshore
[ˈɔfˌʃor]
adv. 離岸；海外

例 The company decided to move its manufacturing **offshore** to reduce costs.
這間公司決定將生產轉移到海外以降低成本。

petrol
[ˈpɛtrəl]
n. 汽油

例 I filled up the car with **petrol** before I hit the road again.
再次上路之前，我給車上加滿了汽油。

predisposition
[ˌpridɪspəˈzɪʃən]
n. 傾向

例 His natural **predisposition** for innovation greatly benefited the team's creative projects.
他天生的創新傾向使這支團隊的創意專案受益良多。

prime
[praɪm]
adj. 一流的；主要的

例 They secured a **prime** location for their new store.
他們為新店選了一個黃金地段。

reiterate
[riˈɪtəˌret]
v. 重申

例 Let me **reiterate** the main points of the proposal.
讓我重申一次這份提案的要點。

residual
[rɪˋzɪdʒʊəl]
adj. 殘留的

例 I calculated the **residual** value of the machinery after depreciation.
我計算了折舊後這台機器的殘值。

reveal
[rɪˋvil]
v. 顯露；揭露

例 Don't **reveal** all your negotiation tactics upfront.
不要提前透露你所有的談判策略。

savvy
[ˋsævɪ]
adj. 精明的；知曉的

例 She is the most financially **savvy** person on our team.
她是我們團隊中最深諳財務的人。

slump
[slʌmp]
n. 不景氣；萎靡

例 Our company is in a **slump**, facing decreased sales and profitability.
我們公司正處於低迷狀態，面臨銷售額和獲利能力的下降。

steadfast
[ˋstɛd͵fæst]
adj. 堅定的

例 He remained **steadfast** in his commitment to the project in the face of challenges.
面對挑戰，他仍然堅定不移地致力於該專案。

stipulate
[ˋstɪpjə͵let]
v. 規定

例 The contract clearly **stipulates** the terms of the agreement.
這份合約明確規定了本協議的條款。

subsidy
[ˋsʌbsədɪ]
n. 補助；津貼

例 The government offered a **subsidy** to boost the adoption of renewable energy projects.
為了促進再生能源項目的採用，政府提供了補貼。

sum
[sʌm]
n. 一筆金額

例 She received a large **sum** of money from her uncle.
她從她叔叔那裡得到了一大筆錢。

temporary
[ˈtɛmpəˌrɛrɪ]
adj. 暫時的

例 Her role at the company was only **temporary**.
她在公司的職位只是暫時的。

☆ **考點提醒**

「永久的」為 permanent。

temptation
[tɛmpˈteʃən]
n. 誘惑

例 The **temptation** to spend was hard to resist.
花錢的誘惑難以抗拒。

tense
[tɛns]
adj. 緊繃的；緊張的

例 The atmosphere in the office was **tense**.
辦公室的氣氛很緊張。

terrific
[təˈrɪfɪk]
adj. 極好的

例 Our team had a **terrific** quarter since we exceeded all of our expectations.
我們的團隊度過了一個非常棒的季度，因為我們超出了我們的所有預期。

thorny
[ˈθɔrnɪ]
adj. 棘手的

例 The negotiation became **thorny** due to conflicting interests.
由於利益衝突，這次的談判變得很棘手。

tilt
[tɪlt]
n. 傾斜

例 The market experienced a sudden **tilt** due to the policy change.
市場因政策變化而突然傾斜。

token
[ˈtokən]
n. 信物；象徵

例 He gave her a **token** to express his gratitude.
他給了她一枚信物表達謝意。

toll
[tol]
n. 使用費

例 We needed to pay the **toll** to cross the bridge.
我們需要繳過路費才能過橋。

tragedy
[ˈtrædʒədɪ]
n. 悲劇

例 The bankruptcy of the company was a **tragedy** for the local economy.
這間公司的破產對當地經濟來說是一場悲劇。

transcend
[trænˈsɛnd]
v. 超越

例 The platform seeks to **transcend** traditional retail boundaries by offering a seamless shopping experience.
本平台力求透過提供無縫購物體驗來超越傳統零售的界限。

transcontinen-tal
[ˌtrænskɑntəˈnɛntl̩]
adj. 橫越大陸的

例 The railroad facilitated **transcontinental** travel across the United States.
這條鐵路促進了橫貫美國的交通。

trauma
[ˈtrɔmə]
n. 創傷

例 The data breach caused significant **trauma** to the company's reputation.
這次的資料外洩對公司的聲譽造成了重大損害。

treaty
[ˈtritɪ]
n. 協議；條約

例 The two countries signed a **treaty** to promote peaceful cooperation.
這兩國簽署了條約，促進彼此的和平合作。

tremendous
[trɪˈmɛndəs]
adj. 極大的

例 We achieved **tremendous** success in the new product launch.
我們在新產品發布中取得了巨大成功。

triumph
[ˈtraɪəmf]
n. 勝利；成功

例 His success in the negotiation was a **triumph** for the entire team.
他在談判中的成功是整個團隊的勝利。

turf
[tɝf]
n. 草皮

例 The company specializes in installing artificial **turf** for commercial properties.
這間公司專門為商用房地產安裝人造草皮。

ultimatum
[ˌʌltəˈmetəm]
n. 最後通牒

例 They issued an **ultimatum**, demanding immediate repayment.
他們發出最後通牒，要求立即償還。

unanimously
[juˈnænəməslɪ]
adv. 無異議地

例 All committee members **unanimously** agreed on the decision.
全體委員會成員一致同意了這項決定。

unbearable
[ʌnˈbɛrəbl]
adj. 難以承受的

例 The pressure from tight deadlines became **unbearable** for her.
緊迫的期限帶來的壓力讓她難以承受。

unconditional
[ˌʌnkənˈdɪʃənl]
adj. 無條件的

例 The company offered **unconditional** refunds for dissatisfied customers.
這間公司對不滿意的顧客提供無條件退款。

underestimate
[ˈʌndəˈɛstəˌmet]
v. 低估

例 Never **underestimate** the competitor's market influence.
永遠不要低估競爭對手的市場影響力。

undergraduate
[ˌʌndəˈɡrædʒʊɪt]
n. 大學生

例 She pursued an **undergraduate** degree in business administration.
她攻讀工商管理學士學位。

📌 **考點提醒**

「研究生」為postgraduate，其中post有「後」的意思。

undermine
[ˌʌndəˈmaɪn]
v. 侵蝕；破壞

例 Your harsh comments seemed to **undermine** his authority during the meeting.
你的嚴厲評論似乎破壞了他在會議上的權威。

undertaking
[ˌʌndəˈtekɪŋ]
n. 事業；工作

例 The construction project is a significant **undertaking** that requires careful planning.
這次的建設項目是一項重大的工程，需要仔細規劃。

unlikely
[ʌnˋlaɪklɪ]
adj. 不太可能的

例 It's **unlikely** that investors' confidence can be restored quickly after the market crash.
市場崩盤後，投資者的信心不太可能迅速恢復。

unload
[ʌnˋlod]
v. 卸貨

例 We worked together to **unload** the truck quickly.
我們通力合作，很快就把卡車上的貨都卸下了。

unscrupulous
[ʌnˋskrupjələs]
adj. 無恥的

例 The **unscrupulous** sales person deceived customers with false claims.
這個無良推銷員用假訊息欺騙顧客。

upheaval
[ʌpˋhivl]
n. 動盪

例 The sudden staffing change caused **upheaval** within the company.
突如其來的人事變動，引起了公司內部的動盪。

utmost
[ˋʌtˌmost]
adj. 最大的

例 She faced the challenge with the **utmost** determination.
她以最大的決心面對這場挑戰。

utter
[ˋʌtɚ]
v. 表達；發聲

例 He **uttered** a quick apology before leaving.
離開前他簡短地道歉了。

utterly
[ˋʌtɚlɪ]
adv. 徹底地；完全地

例 The strategy **utterly** transformed the company's marketing approach.
這項策略徹底改變了這間公司的行銷方式。

📌 **考點提醒**

utterly 常與 completely、entirely、thoroughly 同義替換。

vanity
[`vænətɪ]
n. 空虛;虛榮

例 The excessive spending on luxury office decor reflected his **vanity**.
會花那麼多錢把辦公室裝修得如此豪華,這就反映了他的虛榮心。

📌 **考點提醒**

vanity 的形容詞形式為 vain「虛榮的」。

vanquish
[`væŋkwɪʃ]
v. 征服

例 They sought to **vanquish** competitors in the market.
他們試圖擊敗市場上的競爭對手。

veto
[`vito]
v. 否決

例 The CEO decided to **veto** the proposed plan.
執行長決定否決研擬的計劃。

vibrant
[`vaɪbrənt]
adj. 充滿生機的

例 The **vibrant** market attracted customers with its diverse selection of products.
這個充滿活力的市場以它多樣化的產品選擇吸引了顧客。

vicious
[`vɪʃəs]
adj. 邪惡的

例 The company faced **vicious** competition in the market.
這間公司面臨市場惡性競爭。

viscosity
[vɪs`kasətɪ]
n. 黏性

例 The liquid is known for its **viscosity**.
這種液體以其黏度而聞名。

void
[vɔɪd]
adj. 無效的;空的

例 The contract became **void** after both parties agreed to terminate it.
雙方同意終止後,這份合約即宣告無效。

📌 **考點提醒**

void 的反義詞為 valid「有效的」。

wagon
[`wægən]
n. 馬車

例 They unloaded the supplies from the **wagon**.
他們從馬車上卸下物資。

wedge
[wɛdʒ]
n. 楔子

例 I used a **wedge** to keep the door open.
我用楔子讓門開著。

weed
[wid]
v. 淘汰；清除

例 The team used the strategy to **weed** out ineffective ideas.
這支團隊使用這項策略來淘汰無效的想法。

📌 **考點提醒**

weed 當名詞時為「雜草」的意思，我們可由「去除雜草」的意思來延伸聯想。

withhold
[wɪð`hold]
v. 抑制

例 The management decided to **withhold** certain information until after the product launch.
管理層決定在產品推出之前先保留某些資訊。

workaholic
[ˌwɝkə`hɔlɪk]
n. 工作狂

例 Compared with me, John is a real **workaholic**.
和我比起來，約翰是個真正的工作狂。

youngster
[`jʌŋstɚ]
n. 年輕人

例 **Youngsters** often prefer online shopping for its convenience.
年輕人往往喜歡網上購物，因為它的方便性。

C 14 CHAPTER

房產

Chapter 14 音檔雲端連結

因各家手機系統不同，若無法直接掃描，
仍可以至以下電腦雲端連結下載收聽。
（http://tinyurl.com/3x55bd89）

accent
[`æksɛnt]
n. 強調；著重

例 The plush velvet throw pillows served as a luxurious **accent**.
這些長毛絨的天鵝絨抱枕增添了奢華的氣息。

adjustable
[ə`dʒʌstəbl]
adj. 可調整的

例 The **adjustable** floor plan allowed buyers to customize living spaces to suit their preferences.
可調節的樓面配置讓買家可以客製化自己的居住空間，以滿足他們的個人喜好。

aesthetic
[ɛs`θɛtɪk]
n. 美學

例 The eclectic mix of elements creates a unique **aesthetic** in the home.
多元的元素組合營造出獨特的家居美感。

affluent
[`æfluənt]
adj. 富裕的

例 Luxurious mansions of different styles can be seen in the **affluent** area of the city.
在這處城市的富人區隨處可見風格各異的豪宅。

ambient
[`æmbɪənt]
adj. 周遭的；環繞的

例 The soft glow of **ambient** light creates a cozy and inviting atmosphere.
柔和的環境光營造出舒適溫馨的氛圍。

antiquated
[`æntə͵kwetɪd]
adj. 古老的

例 The historic mansion boasted an **antiquated** design.
這座歷史悠久的宅邸擁有古老的設計。

applaud
[ə`plɔd]
v. 贊同；稱讚

例 My colleagues were enthusiastically **applauding** my idea.
我的同事們都熱烈地贊同我的想法。

appreciation
[ə͵priʃɪ`eʃən]
n. 增值

例 The **appreciation** of the property was partly due to its strategic location.
這套房產的增值部分歸因於它的戰略位置。

approximation
[əˌprɑksəˈmeʃən]
n. 近似值

例 The agent provided an **approximation** of the property's market value based on recent sales in the neighborhood.
這位仲介根據附近區域最近的銷售情況提供了這套房產大致的市場價值。

architect
[ˈɑrkəˌtɛkt]
n. 建築師

例 The **architect** designed a sleek, modern home with a fantastic exotic touch.
這位建築師設計了一座時尚且現代的住宅，具有令人驚艷的異國情調。

artificial
[ˌɑrtəˈfɪʃəl]
adj. 人工的

例 The cozy living room was enhanced by the warm glow of **artificial** lighting.
人造燈光的溫暖光芒將這間舒適的客廳拔高了一個層次。

assumption
[əˈsʌmpʃən]
n. 假定；設想

例 The **assumption** was that a neutral color scheme would appeal to most buyers.
我們的假設是中性配色方案會吸引大多數買家。

astonish
[əˈstɑnɪʃ]
v. 使驚訝

例 The innovative use of recycled materials in the design truly **astonished** me.
這次設計中的回收材料的創新使用確實令我驚訝。

📌 考點提醒

「令我驚訝的是」：to my astonishment。

attic
[ˈætɪk]
n. 閣樓

例 The **attic** that has slanted ceilings is a cozy retreat for me.
有傾斜天花板的閣樓對我來説是一個舒適的休憩之處。

attorney
[ə`tɝnɪ]
n. 律師

例 The **attorney** reviewed the legal documents related to the house sale.
這位律師審查了與房屋出售相關的法律文件。

✧ **考點提醒**

attorney 一般可與 lawyer 同義替換。

barren
[`bærən]
adj. 荒蕪的

例 The **barren** backyard was transformed into a vibrant outdoor haven.
這處貧瘠的後院變成了充滿活力的戶外天堂。

bearing
[`bɛrɪŋ]
n. 方向感

例 Since I just moved here, I am still getting my **bearings** here.
我才剛搬到這裡，所以我還在熟悉這裡環境的方位。

brink
[brɪŋk]
n. 邊緣

例 The negotiation was on the **brink** of success as both parties finally reached an agreement on the terms of the house purchase.
談判即將成功，雙方最終就購屋條款達成協議。

broker
[`brokɚ]
n. 經紀人

例 The experienced **broker** satisfied both the buyer and seller with his expertise.
這位經驗豐富的經紀人以其專業知識讓買方和賣方都感到滿意。

bubble
[`bʌbl]
n. 泡沫化

例 The housing market was experiencing a **bubble** during the decade.
在那十年間，房地產市場經歷了一次泡沫化。

bulletin
[`bʊlətɪn]
n. 公告

例 The **bulletin** highlights the latest information on available properties in the neighborhood.
這則公告重點介紹了這個社區可售房產的最新資訊。

bypass
[`baɪˌpæs]
v. 繞過

例 The homeowners chose to **bypass** particular renovations and prioritize essential repairs for a quicker move-in.
這些屋主選擇繞過某些裝修，優先進行必要的維修，以便能更快入住。

cabinet
[`kæbənɪt]
n. 櫥櫃

例 I got a new **cabinet** to store all those pots and pans.
我買了一個新櫃子來存放所有這些鍋碗瓢盆。

📌 **考點提醒**

cabinet 通常是用來存放或展示物品的，而 cupboard 則通常用來存放廚房用品。

carpet
[`kɑrpɪt]
n. 地毯

例 I love the soft feel of the new **carpet** in the living room.
我喜歡客廳新地毯的柔軟觸感。

close-knit
[`klos`nɪt]
adj. 緊密的

例 The neighborhood is **close-knit**, with neighbors supporting one another like a big family.
這裡的鄰里關係十分緊密，鄰居之間互相支持，就好比一個大家庭。

coincidence
[ko`ɪnsɪdəns]
n. 巧合

例 It was a remarkable **coincidence** that both families chose to move into their new houses on the same day.
兩個家庭選擇在同一天搬進新房，真是驚人的巧合。

commencement
[kə`mɛnsmənt]
n. 開始

例 His hammering on the wall signaled the **commencement** of the home renovation.
他在牆上的這一錘標誌著房屋裝修的開始。

commission
[kə`mɪʃən]
n. 佣金

例 The agent earned a big **commission** after successfully closing the deal on the sale of the property.
成功完成房產銷售交易後，這位經紀人賺取了一大筆佣金。

comparative
[kəm`pærətɪv]
adj. 比較的

例 The **comparative** analysis of the two properties gave them a broad idea about which one best suited their preferences.
這兩處房產的比較分析讓他們對何者最符合他們的喜好有了一個大致的了解。

completion
[kəm`pliʃən]
n. 完成

例 The **completion** of their home was met with joy and satisfaction.
他們的家竣工後，他們感到高興和滿足。

condominium
[`kɑndə͵mɪnɪəm]
n. 公寓

例 After years of apartment living, Dereck decided it was time to buy a **condominium**.
經過多年的公寓生活後，德里克決定是時候購買一間有產權的公寓了。

✿ 考點提醒
condominium 為「出售公寓」，而 apartment 為「出租公寓」。condominium 又可稱為 condo。

considerable
[kən`sɪdərəbl]
adj. 相當大的；可觀的

例 The spacious front yard was a **considerable** factor in our decision to buy the house.
這處寬敞的前院是我們決定買這棟房子的重要因素。

contingency
[kən`tɪndʒənsɪ]
n. 應急方案

例 The **contingency** allowed the buyers to conduct a satisfactory inspection before finalizing the deal.
這種應急方案讓買家能夠在完成交易之前進行一次令人滿意的檢查。

contrast
[`kɑn͵træst]
n. 對比

例 The modern living room is a stark **contrast** to the rustic charm of the farmhouse.
這座現代的客廳與農舍的質樸魅力形成鮮明對比。

conveyance
[kən`veəns]
n. 運輸

例 The **conveyance** of the property title was smoothly executed.
產權轉讓工作順利進行了。

cooperative
[ko`ɑpə͵retɪv]
adj. 合作的；協作的

例 The **cooperative** atmosphere among residents made the neighborhood a welcoming and supportive community.
居民之間的合作氛圍使這個社區成為一個熱情、互助的社區。

curb
[kɝb]
n. 馬路邊欄

例 The flowerbeds along the **curb** added a burst of color to the neighborhood street.
路邊的花壇為鄰里內的街道增添了一絲色彩。

decor
[de`kɔr]
n. 裝潢

例 The vintage **decor** in the room exuded a nostalgic charm.
房間裡復古的裝潢散發著懷舊的魅力。

deed
[did]
v. 轉讓

例 The seller agreed to **deed** the property to the new owner upon the completion of the sale.
這位賣方同意在出售完成後將房產轉讓給新業主。

depreciation
[dɪˌpriʃɪˋeʃən]
n. 折舊

例 Sometimes, you have to accept the **depreciation** and invest in a new appliance.
有時候,你必需接受折舊並投資購買新設備。

development
[dɪˋvɛləpmənt]
n. 開發;發展

例 After weeks of planning, the backyard **development** is finally complete.
經過幾週的規劃,後院的開發終於完成了。

distinctive
[dɪˋstɪŋktɪv]
adj. 特殊的

例 The interior design of their home is truly **distinctive**.
他們家的室內設計確實很有特色。

drapery
[ˋdrepərɪ]
n. 窗簾

例 She chose elegant silk **drapery** for the living room windows.
她為客廳的窗戶選擇了優雅的絲綢窗簾。

dual
[ˋdjuəl]
adj. 雙的

例 The **dual**-purpose room serves as both a home office and a guest room.
這間雙功能房既可作為家庭辦公室,又可作為客房。

duplex
[ˋdjuplɛks]
n. 雙拼式房屋

例 They decided to rent out one unit of their **duplex**.
他們決定出租他們雙拼房的其中一間。

dwelling
[ˋdwɛlɪŋ]
n. 住處;住宅

例 After years of city living, they found solace in a charming coastal **dwelling**.
經過多年的城市生活,他們在這處迷人的海岸住宅中找到了慰藉。

earnest
[ˋɜnɪst]
adj. 誠摯的

例 He spoke with **earnest** sincerity about his plans to transform the old house into a cozy living haven.
他真誠地講述了他要將老房子改造成舒適的居住環境的計劃。

elderly
[`ɛldə·lɪ]
adj. 年長的

例 The **elderly** woman tended to her garden every morning.
這位老婦人每天早上都會照顧她的花園。

📌 **考點提醒**

elderly 時常帶有「上年紀的」，甚至「衰老的」的些許負面意涵；而 elder 則是表達「前輩的」、「資深的」意思。

encroachment
[ɪn`krotʃmənt]
n. 侵占；侵入

例 The neighbor's **encroachment** on our property prompted us to address the issue through open communication.
鄰居侵占我們的財產的這件事促使我們透過公開溝通來解決這個問題。

encumbrance
[ɪn`kʌmbrəns]
n. 負擔；拖累

例 The outstanding mortgage on the house was the only **encumbrance** for us.
這間房子的未償還抵押貸款是我們目前唯一的負擔。

entirety
[ɪn`taɪrtɪ]
n. 全部

例 The vintage furniture created a cohesive look in its **entirety**.
這些復古家具營造出整體統一的外觀。

escrow
[`ɛskro]
n. 暫由第三方保管

例 The buyer placed the earnest money in **escrow** to demonstrate commitment.
買方將保證金託管以表明承諾。

estate
[ɪs`tet]
n. 地產

例 They invest in real **estate** for long-term financial growth.
他們投資房地產是為了實現長期的財務成長。

exhaust
[ɪg`zɔst]
v. 耗盡

例 I **exhausted** all available options before replacing the old fridge in my house.
在更換家裡的舊冰箱之前，我瀏覽過一切可用的選擇。

fabric
[`fæbrɪk]
n. 布料；織品

例 I chose a soft, durable **fabric** for the new couch.
我為新沙發選擇了柔軟耐用的布料。

faith
[feθ]
n. 信任

例 Despite setbacks, their unwavering **faith** in their dream home kept them going.
儘管遇到挫折，他們對夢想房子的堅定信念支持著他們繼續奮鬥。

focal
[`fokl]
adj. 焦點的

例 The stylish chandelier became the **focal** point of the room.
這盞時尚的吊燈成為這間房間的焦點。

foreclosure
[for`kloʒɚ]
n. 失去抵押品贖回權

例 They were facing the unfortunate reality of **foreclosure** on their home.
他們面臨著房屋被取消抵押品贖回權的不幸現實。

✫ **考點提醒**

foreclosure 的名詞形式為 foreclose「失去抵押品贖回權」。

foyer
[`fɔɪɚ]
n. 大廳

例 The **foyer** featured a classic marble floor, setting a sophisticated tone for the building.
門廳鋪設經典的大理石地板，為這棟大樓奠定了精緻的基調。

freehold
[`fri͵hold]
n. 永久產權不動產

例 They purchased a property with **freehold** ownership, granting them complete control and ownership of both the land and the house.
他們購買了永久產權的房子，賦予他們對土地和房屋的完全的控制和所有權。

frontage
[`frʌtɪdʒ]
n. 房子正面

例 The house has an impressive street **frontage** and a well-maintained garden.
這棟房子擁有很棒的臨街面和一個維護良好的花園。

garnishment
[`gɑrnɪʃmənt]
n. 扣押令

例 After falling behind on mortgage payments, the homeowner faced the risk of wage **garnishment**.
拖欠抵押貸款後，房主面臨工資被扣押的風險。

glory
[`glorɪ]
n. 榮譽；光彩

例 After years of refurbishment, the historic mansion was restored to its former **glory**.
經過多年的整修，這座歷史悠久的宅邸恢復了昔日的光彩。

greenery
[`grinərɪ]
n. 綠植

例 The attic is adorned with lush **greenery**.
閣樓上裝飾著蓊鬱的綠植。

identical
[aɪ`dɛntɪkl̩]
adj. 完全相同的

例 The rooms facing each other are nearly **identical**.
面對面的這兩個房間幾乎一模一樣。

increment
[`ɪnkrəmənt]
n. 增值

例 There is a gradual **increment** in the value of our property.
我們的財產價值逐漸增加。

index
[`ɪndɛks]
n. 指數

例 The real estate market **index** is showing a steady increase.
房地產市場指數呈現穩定上升態勢。

investment
[ɪn`vɛstmənt]
n. 投資

例 They decided to make an **investment** in real estate in this region.
他們決定在該地區投資房地產。

laminate
[`læmə,net]
n. 層壓板

例 The kitchen renovation included installing durable **laminate** countertops.
廚房裝修包括安裝耐用的層壓板檯面。

landlord
[`lænd,lord]
n. 房東

例 Our **landlord** promptly addressed the plumbing issue.
我們的房東立刻解決了管道問題。

lease
[lis]
v. 出租；承租

例 They chose to **lease** the office space for a year to test the suitability of the location for their business.
他們選擇承租這間辦公空間一年，以測試該地點是否適合他們的業務。

✦ **考點提醒**

lease 可以是「出租給他人」或「向他人承租」的意思。

leasehold
[`lis,hold]
n. 租賃權

例 They own the flat, but it's a **leasehold**.
他們擁有這套公寓，但它是租賃權。

lest
[lɛst]
conj. 以免

例 I double-checked the security system **lest** any intruders attempt to break in.
我再次檢查了安全系統，以免任何入侵者試圖闖入。

listing
[`lɪstɪŋ]
n. 登記項目

例 The real estate agent created an appealing **listing** for the charming townhouse.
這位房地產經紀人為這座迷人的聯排別墅創建了一個吸引人的清單。

loan
[lon]
n. 貸款

例 They secured a home **loan** to finance their new house.
他們獲得了房屋貸款來為新房融資。

location
[lo`keʃən]
n. 位置

例 The house's perfect **location** sealed the deal for the young man.
這棟房子的完美位置讓這位年輕人敲定了這筆交易。

minimalism
[`mɪnɪmə͵lɪzm]
n. 極簡主義

例 Their apartment is a showcase of modern **minimalism**.
他們的公寓是現代簡約主義的典範。

✧ 考點提醒
maximalism 為「極繁主義」。

modular
[`mɑdʒələ]
adj. 組合式的

例 We went for **modular** furniture to easily adapt the living space to our needs.
我們選擇了組合式家具，以便輕鬆地根據我們自己的需求調整生活空間。

molding
[`moldɪŋ]
n. 裝飾板條

例 The living room was elegantly finished with intricate **molding**.
客廳是以繁複的裝飾板條裝潢的。

mortgage
[`mɔrgɪdʒ]
n. 抵押貸款；抵押

例 They obtained a **mortgage** to buy their first home.
他們獲得了抵押貸款來購買他們的第一棟房子。

neighborhood
[`nebə͵hʊd]
n. 街坊鄰居

例 They live in a quiet, friendly **neighborhood**.
他們住在一個安靜、友善的社區。

net
[nɛt]
adj. 淨值的

例 After expenses, they only earned a modest **net** profit from selling their property.
扣除費用後，他們出售房產僅獲得微薄的淨利潤。

obliging
[ə`blaɪdʒɪŋ]
adj. 順從的；樂於助人的

例 The neighbor was so **obliging**, helping me with the heavy lifting during the move.
搬家的時候，那個鄰居超級熱心地幫我搬重物。

occasional
[ə`keʒənl]
adj. 偶爾的

例 In the quiet suburb, they enjoyed the **occasional** encounter with friendly neighbors.
在這個安靜的郊區，他們很享受偶爾遇到友善的鄰居。

palette
[`pælɪt]
n. 色彩；色調

例 The soothing color **palette** created a peaceful atmosphere in the bedroom.
舒緩的色調在臥室營造出寧靜的氛圍。

phenomenon
[fə`namə͵nan]
n. 現象

例 The rapid increase in property prices is a noteworthy **phenomenon** in the current real estate market.
房價快速上漲是當前房地產市場的一個值得注意的現象。

✦ 考點提醒

phenomenon 的複數型為 phenomena。

plumbing
[`plʌmɪŋ]
n. 管道系統

例 The **plumbing** issue in the bathroom is still unresolved.
浴室的水管問題仍未解決。

preliminary
[prɪ`lɪmə͵nɛrɪ]
adj. 初步的；預備的

例 After the **preliminary** inspection, they decided to proceed with the purchase of the house.
經過初步檢查後，他們決定繼續買房子。

principal
[`prɪnsəpl]
n. 本金

例 They paid the **principal** on their mortgage, reducing the overall loan amount.
他們償還了抵押貸款本金，從而減少了貸款總額。

profitability
[ˌprɑfɪtə`bɪlətɪ]
n. 利潤率

例 The homeowner was delighted to see a significant boost in the property's **profitability**.
這位房主很高興看到這套房產的利潤率顯著提高。

proportion
[prə`porʃən]
n. 比例

例 The designer ensured that the **proportion** of furniture in the room was balanced.
這位設計師確保房間內家具的比例是平衡的。

puzzle
[`pʌzl]
v. 苦思

例 I paused to **puzzle** over the confusing directions before successfully assembling the cabinet.
在成功組裝這組櫥櫃之前，我停下來思考了一下這份令人困惑的説明書。

quarterly
[`kwɔrtə·lɪ]
adj. 季度的

例 They conduct a **quarterly** inspection of the house to address maintenance needs.
他們每季對房屋進行一次檢查，以滿足維護上的需求。

ratio
[`reʃo]
n. 比率

例 The **ratio** of bedrooms to bathrooms in the new condo is ideal for our family.
這間新公寓的臥室與浴室的比例非常適合我們一家人。

realtor
[`rɪəltɚ]
n. 房地產仲介

例 The **realtor** found them a perfect home in Seattle.
這位房地產經紀人在西雅圖為他們找到了一個完美的家。

redemption
[rɪ`dɛmpʃən]
n. 清償

例 They finally achieved financial **redemption**, paying off their debts.
他們終於實現了財務救贖，還清了債務。

refinance
[,rifi`næns]
v. 再融資

例 We decided to **refinance** our mortgage to take advantage of lower interest rates.
我們決定利用較低的利率對抵押貸款進行再融資。

relocation
[rilo`keʃən]
n. 搬遷

例 After accepting the job offer, they began preparations for their **relocation** to Chicago.
接受這份工作邀約後，他們開始為搬遷到芝加哥做準備。

remodel
[ri`mɑdl]
v. 改建

例 They plan to **remodel** the bathroom for a contemporary look.
他們計劃將浴室改造成現代風格。

renovation
[,rɛnə`veʃən]
n. 翻修；裝修

例 They began the **renovation** to update and enhance their home.
他們開始裝修來翻新、改善他們的家。

residential
[,rɛzə`dɛnʃəl]
adj. 住宅的

例 They live in a **residential** compound for added security.
為了更好的安全性，他們住在住宅區。

respectively

[rɪ`spɛktɪvlɪ]

adv. 分別地；各自地

例 They selected neutral tones for the walls and vibrant colors for the furniture, creating a harmonious and lively atmosphere, **respectively**.

他們為牆壁選擇了中性色調，為家具選擇了鮮豔的色彩，分別營造出和諧活潑的氛圍。

✗ 考點提醒

respectively 常放句尾。

restoration

[ˌrɛstə`reʃən]

n. 重建；復原

例 The multiple **restorations** revived the old farmhouse.

經過了多次修復，這棟古老的農舍重新煥發了生氣。

sculpture

[`skʌlptʃɚ]

n. 雕塑

例 The garden featured a beautiful **sculpture**, adding an artistic touch to the outdoor space.

這座花園裡有個美麗的雕塑，為戶外空間增添了藝術氣息。

settlement

[`sɛtḷmənt]

n. 定居處

例 They found a peaceful **settlement** in a small coastal town.

他們在一個沿海小鎮找到了一個和平的定居點。

shutter

[`ʃʌtɚ]

n. 百葉窗

例 She opened the **shutters**, allowing the sunlight to fill the room.

她打開了百葉窗，讓陽光灑滿房間。

✗ 考點提醒

shutters 常為複數型。

signage

[`saɪnɪdʒ]

n. 招牌

例 The **signage** on the side of the road guided us to the open house.

路邊的指示牌引導我們前往這次的房屋開放日。

situate
[`sɪtʃʊ,et]
v. 使位於

例 The cozy cottage is **situated** in a picturesque valley.
這幢舒適的小屋坐落在風景如畫的山谷中。

✦ 考點提醒

situate 常見的用法為：be situated in ...「位於……」。

split
[splɪt]
v. 分攤

例 We decided to **split** the cost of the home renovation project.
我們決定分攤房屋裝修工程的費用。

subdivision
[sʌbdə`vɪʒən]
n. 細分；劃分的土地

例 The city council approved the new **subdivision**, allowing for the construction of additional homes.
市議會批准了新的分區，允許建造更多房屋。

suburb
[`sʌbɝb]
n. 近郊；郊區

例 They decided to move to the **suburbs** for a quieter lifestyle.
他們決定搬到郊區過更安靜的生活。

suite
[swit]
n. 套房

例 The penthouse **suite** in the high-rise offers breathtaking views of the city skyline.
這棟高樓的頂樓套房可欣賞城市天際線的壯麗景色。

tenant
[`tɛnənt]
n. 租客

例 The **tenant** reported a leaking faucet to the landlord.
這位房客向房東回報了水龍頭漏水的問題。

testimonial
[,tɛstə`monɪəl]
n. 推薦；褒揚

例 It is valuable to refer to the **testimonial** to gauge the quality of their work.
我們可以參考一下別人的推薦來衡量他們的工程品質。

thoughtful
[`θɔtfəl]
adj. 考慮周到的；體貼的

例 The design is **thoughtful**, blending functionality with aesthetics seamlessly.
這款設計相當周到，將功能性和美學無縫融合。

townhouse
[`taʊn͵haʊs]
n. 排屋

例 I decided to buy a **townhouse** in the heart of the city.
我決定在市中心買一棟排屋。

tranquil
[`træŋkwɪl]
adj. 寧靜的

例 The lake view from the cabin was **tranquil** and peaceful.
從小屋看到的湖景寧靜且祥和。

underlying
[͵ʌndəˋlaɪɪŋ]
adj. 潛在的

例 The home inspector identified an **underlying** issue affecting the property's foundation.
房屋檢修人員發現了影響房屋地基的一個根本問題。

underwriting
[`ʌndə͵raɪtɪŋ]
n. 承銷；承保

例 The **underwriting** of the mortgage application confirmed the borrower's eligibility for the real estate purchase.
抵押貸款申請的承銷確認了這位借款人購買房地產的資格。

uniform
[`junə͵fɔrm]
adj. 相同的；統一的

例 The kitchen tiles were of **uniform** size.
廚房磁磚尺寸統一。

upholstery
[ʌpˋholstərɪ]
n. 室內裝潢的物件；家具襯墊

例 The **upholstery** on the couch was plush and inviting.
沙發上的裝飾豪華而誘人。

variable
[`vɛrɪəbl]
n. 可變因素

例 When planning the renovation, it's crucial to consider all the **variables**.
當我們計劃裝修時，務必考慮到所有的變數。

vintage
[`vɪntɪdʒ]
adj. 老式的

例 She decorated her apartment with **vintage** furniture.
她用老式家具來裝飾她的公寓。

waterproof
[`wɔtɚˌpruf]
adj. 防水的

例 They applied a **waterproof** sealant to protect the basement from potential leaks.
他們使用了防水密封劑來保護地下室免受潛在漏水的影響。

while
[hwaɪl]
conj. 而

例 They prefer a modern aesthetic, **while** we lean toward a more traditional style of house design.
他們更喜歡現代美學，而我們則傾向於更傳統的房屋設計風格。

✦ 考點提醒
while 可凸顯前後語意的對比。

widen
[`waɪdn]
v. 拓寬

例 The city decided to **widen** the street to ease traffic congestion.
這個城市決定拓寬街道以緩解交通堵塞的問題。

withstand
[wɪð`stænd]
v. 抵抗；禁得起

例 The sturdy construction of the house allows it to **withstand** harsh weather conditions.
這間房屋堅固的結構使其能夠承受惡劣的天氣條件。

zoning

[ˋzonɪŋ]

n. 都市區域規劃

例 The **zoning** regulations restrict commercial development in that residential area.

分區法規限制了這個住宅區的商業開發。

語研力 E094

征服考場 嚴選2000多益單字
得分王：多益滿分教師獨家關鍵考點

作　　者	徐培恩（Ryan）
顧　　問	曾文旭
出版總監	陳逸祺、耿文國
主　　編	陳蕙芳
執行編輯	翁芯琍
美術編輯	李依靜
法律顧問	北辰著作權事務所

印　　製	世和印製企業有限公司
初　　版	2024 年 04 月
出　　版	凱信企業集團 - 凱信企業管理顧問有限公司
電　　話	（02）2773-6566
傳　　真	（02）2778-1033
地　　址	106 台北市大安區忠孝東路四段 218 之 4 號 12 樓
信　　箱	kaihsinbooks@gmail.com

定　　價	新台幣 360 元 / 港幣 120 元
產品內容	1 書

總 經 銷	采舍國際有限公司
地　　址	235 新北市中和區中山路二段 366 巷 10 號 3 樓
電　　話	（02）8245-8786
傳　　真	（02）8245-8718

國家圖書館出版品預行編目資料

征服考場 嚴選2000多益單字得分王：多益滿分教
師獨家關鍵考點／徐培恩（Ryan）著. -- 初版. --
臺北市：凱信企業集團凱信企業管理顧問有限公
司, 2024.04
　面；　公分
ISBN 978-626-7354-40-7(平裝)

1.CST: 多益測驗 2.CST: 詞彙

805.1895　　　　　　　　　　　113001952

凱信企管

用對的方法充實自己，
讓人生變得更美好！

凱信企管

用對的方法充實自己，
讓人生變得更美好！

凱信企管

用對的方法充實自己，
讓人生變得更美好！

凱信企管

用對的方法充實自己，
讓人生變得更美好！